Nicola Förg

Böse Häuser

PIPER

Zu diesem Buch

»Irmi sah den roten Punkt, oder besser: Etwas in ihrem Unterbewusstsein nahm ihn wahr. Sie war angestrengt vom Gespräch der Männer, vom stetig dahinplätschernden Vortrag dieses Herrn Kluge. Der rote Punkt bewegte sich hektisch, und Irmi blickte durchs offene Fenster in die Richtung, aus der er kommen musste. Im Graublau des Himmels nahm sie eine merkwürdig wischende Bewegung wahr. In dem Moment sackte der Mann neben ihr in sich zusammen. Sein Hemd war blutig, eine Kugel schien die Herzgegend getroffen zu haben. Irmi stürmte nach draußen, sah sich um und rief den Notarzt. Eigentlich war sie ganz privat hier gewesen, doch nun steckte sie mitten in einem Mordfall.«
Spannend, aktuell und mit subtilem Humor: In Nicola Förgs »Böse Häuser« wird der Wunsch nach einem eigenen Zuhause zum lebensgefährlichen Traum.

Nicola Förg, Bestsellerautorin und Journalistin, hat mittlerweile dreiundzwanzig Kriminalromane verfasst, an zahlreichen Krimi-Anthologien mitgewirkt und einen Island- sowie einen Weihnachtsroman vorgelegt. »Hintertristerweiher«, ihr von der Presse vielfach gelobter Roman, ist „eine feinsinnige Familiengeschichte, die über Generationen hinweg reicht und einen spannenden Bogen schlägt von den Wirren des Zweiten Weltkriegs bis zu den Wirrungen in der Jetztzeit.“ (*Münchner Merkur*). Die gebürtige Oberallgäuerin, die in München Germanistik und Geografie studiert hat, lebt heute mit ihrer Familie auf einem Hof in Prem am Lech.

Nicola Förg

Böse Häuser

Ein Alpen-Krimi

PIPER

Mehr über unsere Autorinnen, Autoren und Bücher:
www.piper.de

Von Nicola Förg liegen im Piper Verlag vor:
Alpen-Krimis
Band 1: Tod auf der Piste
Band 2: Mord im Bergwald
Band 3: Hüttengaudi
Band 4: Mordsviecher
Band 5: Platzhirsch
Band 6: Scheunenfest
Band 7: Das stille Gift
Band 8: Scharfe Hunde
Band 9: Rabenschwarze Beute
Band 10: Wütende Wölfe
Band 11: Flüsternde Wälder
Band 12: Böse Häuser
Band 13: Hohe Wogen

Glück ist nichts für Feiglinge
Das Winterwunder von Dublin
Hintertristerweiher

Unser Versprechen für mehr Nachhaltigkeit
• Klimaneutrales Produkt
• FSC®-zertifiziertes Papier
• Hergestellt in Europa

FSC www.fsc.org MIX Papier aus verantwortungsvollen Quellen FSC® C083411

Ungekürzte Taschenbuchausgabe
ISBN 978-3-492-30726-0
Juni 2022

Redaktion: Dr. Annika Krummacher
Umschlaggestaltung: Uıberlin / Patrizia Di Stefano
Umschlagabbildung: Patrizia Di Stefano; Getty Images
(Sean Gladwell; Ed Freeman)
Satz: Satz für Satz, Wangen im Allgäu
Gesetzt aus der Adobe Caslon
Druck und Bindung: CPI books GmbH, Leck
Printed in the EU

Für Ines und Frau Frigg

I know not how it was – but, with the first glimpse of the building, a sense of insufferable gloom pervaded my spirit. I say insufferable; for the feeling was unrelieved by any of that half-pleasureable, because poetic, sentiment, with which the mind usually receives even the sternest natural images of the desolate or terrible.

Ich weiß nicht, wie es kam – aber ich wurde gleich beim ersten Anblick dieser Mauern von einem unerträglich trüben Gefühl befallen. Ich sage unerträglich, denn dies Gefühl wurde durch keine der poetischen und darum erleichternden Empfindungen gelindert, mit denen die Seele gewöhnlich selbst die finstersten Bilder des Trostlosen oder Schaurigen aufnimmt.

Edgar Allan Poe, Der Untergang des Hauses Usher

PROLOG

»Frau Reindl, was verschafft mir die Ehre an einem so wolkenverhangenen Samstag in den Iden des Februars?«

Kathi schnaubte. »Ich versuche, Irmi zu erreichen. Ist sie da?«

»Keine Ahnung«, entgegnete Fridtjof Hase. »Ich komme gerade von einer Skitour zurück. Moment …« Es dauerte ein paar Sekunden. »Das Auto ist weg. Haben Sie es schon auf ihrem Handy probiert?«

»Da geht nur die Mailbox ran.«

»Ja nun. Das übliche bayerische Funkloch. Irmi pflegt sich nicht bei mir abzumelden.«

»Bitte, Herr Hase, Irmi war gestern bei einer wichtigen Zeugin. Leider hat sie es vorgezogen, uns im Unklaren zu lassen. Sie wollte sich heute früh melden. Nun ist Mittag durch. Und den Weinzirl erreich ich auch nicht. Sein Handy läutet ewig. Eine Mailbox ist ihm wohl zu luxuriös. Scheiße!«

Der Hase schwieg sekundenlang. »Sie nehmen an, die beiden sind zusammen unterwegs?«

»Ja, und ich hab ein total schlechtes Gefühl! Ich weiß, Intuition ist eher Irmis Ding, aber da stimmt was nicht.«

»Treffen wir uns im Büro?«, schlug der Hase vor.

»Gerne.«

Fünfundzwanzig Minuten später, es war vierzehn Uhr geworden, trafen sie ein. Sie telefonierten etwas herum und erfuhren, dass Irmi weder bei Lissi noch bei ihrem Bruder war. Weinzirls Vermieterin meinte, dass er vor sechs Uhr morgens weggefahren sei, denn dann komme Sir Sebastian, sein Hund, nämlich immer im Lauf des Vormittags zu ihr.

»Wenn Weinzirls Handy an ist, dann können wir es mit Sicherheit leichter orten«, sagte der Hase. »Rufen Sie die Staatsanwaltschaft an? Ich setz mich schon mal an den PC.«

Kathi rauschte hinaus und war schnell zurück. »Ich hab das Okay. Das hätten wir aber auch ohne Zustimmung der Staatsanwaltschaft gemacht, oder?«

Der Hase nickte. Er beherrschte das Versenden einer sogenannten Stillen SMS und bekam auch flugs die GPS-Daten.

»Ich habe es bei Irmis Handy auch versucht, da bekomme ich aber nichts«, meinte er. »Was bedeutet, dass es gar nicht sendet. Sie wird kaum die SIM-Karte oder den Akku entfernt haben, oder? Das gefällt mir nicht.«

Kathi gab die Koordinaten ein und starrte auf die Karte am PC. »Das ist am Urisee in Tirol. Was macht der Weinzirl denn da?«

»Wir fahren hin, dann wissen wir es«, erwiderte der Hase mit beherrschter Stimme.

»Da gibt es ein Bordell«, sagte Kathi leise.

»Ich wage zu bezweifeln, dass er und Irmi dort auf eine Swingerparty gegangen sind«, meinte der Hase.

»Sehr witzig!«

Es war mutig oder vielleicht auch todesmutig vom Hasen, bei Kathi ins Auto einzusteigen. Sie bretterte aus Garmisch hinaus und durchs Außerfern.

»Sie wissen schon, dass die Tiroler Kollegen gerne blitzen?«, bemerkte er.

»Natürlich, ich lebe hier!«

Im nächsten Moment stieg Kathi in die Eisen, der Gurt des Hasen rastete ein, und er klappte nach vorn wie ein Crashtest-Dummy.

»Hier zum Beispiel steht so ein Kasten«, kommentierte sie grinsend und gab wieder Gas.

Nach einer guten halben Stunde waren sie vor Ort. Das ehemalige Hotel, das nun in der Tat ein Saunaclub war, war etwas höher gelegen. Der Wanderparkplatz war zu dieser Jahreszeit fast leer. Sie stiegen aus und sahen sich etwas unschlüssig um. Kathi ging zum Urisee hinunter, der blau im Waldgürtel lag. Oder eher grüntürkis.

Am gegenüberliegenden Ufer stand ein Bus.

»Das ist Weinzirls Wagen!«, rief Kathi.

»Über den Feldweg am See entlang. Los!«

Sie hasteten wieder zum Auto, und Kathi raste um den See, bis sie Weinzirls VW-Bus erreicht hatten. Kathi zog ihre Waffe und näherte sich dem Wagen. Die Fahrerkabine war leer. Sie nickte dem Hasen zu, der in den Griff der Seitentür fasste. Sie ließ sich problemlos öffnen. »O Scheiße«, entfuhr es Kathi. Im Wagen lag ein Toter, aber eindeutig nicht Weinzirl. Der Mann im Wagen hatte eine Schussverletzung am Oberschenkel und einen Kopfschuss.

»Wo stecken Irmi und der Weinzirl?«, sagte Kathi ins Leere, denn der Hase war verschwunden. Wenig später war er wiederaufgetaucht. Er trug mittlerweile Handschuhe und hielt Kathi mit spitzen Fingern ein Handy entgegen.

»Schauen Sie mal, was unterm Beifahrersitz lag. Das haben wir vorhin geortet. Von den beiden Kollegen keine Spur. Was macht der Tote im VW-Bus? Frau Reindl, wir sollten uns beeilen. Ich fürchte, Ihr schlechtes Gefühl hat Sie nicht getrogen.«

1

Irmi sah den roten Punkt, oder besser: Etwas in ihrem Unterbewusstsein nahm ihn wahr. Sie war angestrengt vom Gespräch der Männer, vom stetig dahinplätschernden Vortrag dieses Herrn Kluge. Er störte sie zunehmend, denn sie wollte in sich hineinhorchen, in die Stille hineinspüren, schließlich ging es um nichts Geringeres als ihre Zukunft. Aber in diesem Wortgeprassel war das kaum möglich.

Der rote Punkt erinnerte sie an den Laserpointer für Katzen, den sie mal ausprobiert hatte. Die beiden Kater waren völlig aus dem Häuschen gewesen, dabei war so ein Laserpointer im Grunde ein fieses Spielzeug, denn man jagte und jagte und jagte und kam zu keinem Erfolg. Eine Beschreibung, die auch auf die vergangenen Wochen in Irmis Leben gepasst hätte. Sie und der Hase waren von Haus zu Haus, von Hof zu Hof gejagt.

Der rote Punkt bewegte sich hektisch, und Irmi blickte durchs offene Fenster in die Richtung, aus der er kommen musste. Im Graublau des Himmels nahm sie eine merkwürdig wischende Bewegung wahr. Irmi machte einen Schritt auf den Hasen zu, wollte etwas sagen. In dem Moment fiel ein Schuss. Der Mann neben ihr sackte zu einem laschen Bündel zusammen.

Irmi stürzte zu ihm. Sein Hemd war blutig, eine Kugel schien die Herzgegend getroffen zu haben. Auch der Hase war sofort da und versuchte, die Wunde zuzuhalten. Irmi stürmte nach draußen und rief den Notarzt. Das Wort »Schussverletzung« wurde vom Wind verzerrt und über den Auerberg getragen. Schnelle Wolken formierten sich und lösten sich wieder auf. Als Irmi wieder hineinging, schloss der Hase gerade die Augen des Mannes. Er sah auf, schüttelte den Kopf. Der Mann war binnen weniger Minuten verstorben.

»Weg vom Fenster«, sagte der Hase mit fester Stimme und schob die beiden anderen Männer in Richtung der offenen Küche, wo sie fassungslos und paralysiert stehen blieben. Irmi sah hinaus, der Februarhimmel spielte weiter Farbmalkasten in Hellgrau und Dunkelgrau. Ab und zu gaukelten unregelmäßige blaue Flecken vor, dass das Wetter noch schön werden könnte. Währenddessen kam die Wahrheit in aller Härte bei ihnen an: Soeben war einer aus ihrer Mitte erschossen worden. Mitten ins Herz.

Der Hase war neben Irmi getreten. »Du solltest Weilheim anrufen.«

»Mach ich gleich. Wo kam der Schuss her? Hier ist überall offenes Gelände. Keine Gebäude und nichts, wo man erhöht stehen könnte.«

Der Hase sah sich um. »Hast du irgendwas bemerkt? Ich meine, vor dem Schuss?«

»Da war ein roter Punkt am Himmel und eine Art Wischer, klingt blöde, ich weiß.«

»Nein, gar nicht. Ich würde nach dem ersten Augenschein auch sagen, der Schuss kam von schräg oben.«

»Ja gut, aber woher genau?«

»Drohne«, meinte der Hase lakonisch.

Irmi starrte ihn an. »Eine Drohne? Hier am Arsch der

Welt gibt es einen Drohnenpiloten, der so versiert ist, dass er einen Mann erschießen kann. So kaltblütig?«

»Ich befürchte, ja.«

Eigentlich waren sie ganz privat hier gewesen, doch nun steckten sie mitten in einem Mordfall. Irmi hasste das Wort »eigentlich«. Denn eigentlich hätte das hier eine Besichtigung werden sollen. Die Besichtigung eines Bauernhofs hier am Auerberg.

Irmi und der Hase hatten schon bald feststellen müssen, dass es im Werdenfels, im Raum Murnau, einfach keine Immobilien mehr gab. Der Markt war leer gefegt. In diesen Zeiten, in denen Negativzinsen drohten, in denen es niemanden und nichts gab, dem man eine Geldanlage anvertraut hätte, und der Sparstrumpf oder das Geld im Eisenkastl auf dem Speicher auch keine hundertprozentige Option war, kauften die Leute Grund und Boden und alles, was ansatzweise ein Haus war.

Erschwerend kam hinzu, dass Irmi Platz haben wollte ums Haus. Ein paar Hektar sollten es schon sein. Lange Zeit war ihr nicht bewusst gewesen, in welchem Luxus sie bisher gelebt hatte. Ihre Heimat Schwaigen war ein Unikum, ein Juwel, ein Ort, der ein wenig aus der Zeit gefallen war. Der Asphaltweg endete vor dem Mangoldhof, wo Vögel in Wasserpfützen badeten und Rehe in samtiger Dämmerung aus dem Wald traten.

Da waren ihre Kater, die vergeblich im Boden herumbuddelten, um die Maus zu erwischen, und angewidert ihre erdigen schwarzen Pfoten schüttelten. Da waren die Jungviecher auf der Weide, die himmelhoch buckeln konnten.

Die Berge, die mit den Wolken flirteten. All diese Ausblicke, Seitenblicke, Seelenblicke. Der erste Kaffee im Morgenlicht auf dem Hausbankerl, ein Bier im Abendrot. Die Luft, von Moor und Wald gereinigt, konnte man auf der Zunge schmecken. All das war purer Luxus.

Als sie zusammen mit Fridtjof begonnen hatte, ganz unverbindlich Häuser anzusehen, hatte Irmi zum ersten Mal den Verlust ihrer Heimat gespürt. In der Dachterrassenwohnung im Haus des Hasen war das nur eine vage Ahnung gewesen, denn Irmi hatte sie immer nur als Übergangslösung gedacht. Aber nun sollte es ja ernst werden. War der Mangoldhof in Schwaigen endgültig Geschichte für sie?

Erst jetzt hatte Irmi nachgelesen, woher der Name der Ortschaft stammte. Die sogenannten Schwaigen wurden ursprünglich als Lehen vergeben. Auf solchen Höfen betrieb man Milchwirtschaft und musste jährlich eine bestimmte Anzahl von Käselaiben an den Grundherrn abgeben. Die uralte Siedlungsgeschichte, die verstreuten Höfe ihrer Heimatgemeinde, die Kraft der Berge und der Moorwiesen – all das hatte Irmi nie so bewusst wahrgenommen. Bis sie auf einmal vermisst hatte, was ihr Innerstes berührte und ausmachte. Der feinfühlige Fridtjof hatte vor ihr gespürt, dass sie Mangel litt: an Platz, an Stille, auch an Unaufgeräumtheit.

Aber einen Hof zu finden, der auch nur ansatzweise ein paar ihrer Kriterien erfüllt hätte, erschien ihnen mit jedem Besichtigungstermin utopischer. Deshalb hatte der Hase einen Gedanken aufgeworfen, der Irmi beim ersten Hören ungeheuerlich erschien: Allzu lange würden sie beide nicht mehr arbeiten und täglich nach Garmisch pendeln müssen. Daher war man doch räumlich gar nicht so festgelegt. Warum also nicht weiter westlich suchen, gar im Allgäu draußen? In Irmis Gehirn kam das nur schwerlich an. Sie würde mal nicht mehr arbeiten? Und womöglich Garmisch verlassen?

»Irmi, im Allgäu gibt es noch Einzelhöfe. Da ist die Siedlungsstruktur nämlich ganz anders als in Oberbayern. Während die Bayern in Dörfern siedelten, ist das Allgäu vom jahrhundertelangen Prozess der Vereinödung geprägt. Dabei wurden die Höfe mitsamt ihrer Parzelle aus den Ortschaften hinaus in die Flur verlegt, sodass der Bauer schließlich allein inmitten seiner Felder lebte. Meist mit einer kleinen Hofkapelle, denn in die Kirche musste ein guter Christenmensch ja immer noch gehen, aber die lag oft weit entfernt. Auf den Flachsanbau, der unrentabel wurde, als billige Baumwolle aus Übersee kam, folgte die Milchwirtschaft, und das Allgäu wurde zur Käseküche Deutschlands.«

»Käse ist natürlich eine gute Sache«, hatte Irmi etwas lahm gesagt.

Aber gleich da wohnen? Im Allgäu, bei den Schwaben draußen, das erschien Irmi schier blasphemisch. Sie hielt sich zwar für tolerant, aber ihr grauste ein wenig bei der Vorstellung, in einen Landstrich ziehen, wo die Leute »isch« statt ist sagten und »Katzabohla« für Kater, »it« statt nicht oder gar »Hennapfrupfa« für Gänsehaut. Dabei hatte der Hase natürlich recht: Sie besaßen beide nicht die Mittel, um bei den Acht-Millionen-aufwärts-Anwesen mitzubieten, die es am Staffelsee womöglich noch gegeben hätte.

Nach oben waren die Preise offen. Himalayahoch gewissermaßen. Zwanzig Milliönchen am Starnberger See? Kein Problem. Beim Anwesen für achtundvierzig Millionen am Kochelsee war immerhin ein Hubschrauber samt Landekreuz inklusive.

Deshalb hatten sie begonnen, »einfach mal so«, eine Reise westwärts anzutreten und Höfe anzusehen. Sie wurden in den Anzeigen angepriesen als »seltene und einzigartige Gelegenheit«, »Paradies für Tierfreunde«, »traumhafte Liegenschaft«, »aussichtsreicher Reiterhof« oder als »Platz, wo sich Fuchs und Hase Gute Nacht sagen«, wo allerdings auch Moder, Schimmel und der Holzwurm die Bewohner in den Schlaf sägten. Es waren Ruinen darunter, verbastelte Anwesen, Schattenlöcher, Höfe an Überlandstraßen und Überlandleitungen.

Ziemlich frustriert waren sie schließlich am Auerberg gelandet, und Irmi hatte noch gewitzelt, dass diese Immobilie ja immerhin noch in Oberbayern liege. Sie hatten den Makler Heinz Kluge konsultiert und sich beim derzeitigen Hofbesitzer getroffen, einem quereingestiegenen Biobauern namens Max Bach.

Diese beiden Herren standen nun zusammen mit Irmi und dem Hasen in der todschicken Designerküche. Von einem Augenblick zum anderen waren sie zu Überlebenden geworden. Der Tote auf dem Parkettboden war ein Mitinteressent für den Hof gewesen. Kluge hatte das Gesicht verzogen, als der Mann in seinem getunten Jeep vorgefahren war und ein »Grüß Gott« geschmettert hatte. Der Makler hatte die Contenance gewahrt, obwohl der Mann sich nicht an seine Planung für den Besichtigungstermin gehalten hatte, sondern einfach zwei Stunden zu früh gekommen war. Seine Beweggründe waren nur zu durchschaubar. Kluge hatte schon am Vortag zwei Besichtigungen durchgeführt, Irmi und der Hase waren die dritten Interessenten. Laut Kluge standen die Telefone nicht mehr still, seit er die Immobilie ins Netz gestellt hatte. Das Anwesen sei ein Filetstück, ein Gustostückerl, hatte der Makler versichert, und so etwas gelange nur höchst selten auf den Markt. Deshalb müsse man schnell zugreifen. Der Preis war auch der eines sehr feinen Filets, das obendrein mit Diamantsplittern paniert zu sein schien. Wahrscheinlich wollte der Mitinteressent ja nichts verpassen, falls ein anderer Bewerber gleich zusagen würde. Nach dem Motto: Gut, packen Sie das Haus ein, nehm ich, muss auch kein Geschenkband drum …

Längst kauften Menschen Wohnungen und Häuser, die noch gar nicht gebaut waren, und dabei durfte es wie beim Aufschnittkauf gern auch ein bisschen mehr sein. Irmi konnte das beim besten Willen nicht nachvollziehen. Sie wollte doch nicht irgendeine neutrale Neubauwohnung, selbst wenn sie noch so energieeffizient war. In einem solchen Haus ohne Geschichte lebte sie gerade, und genau das machte ihr Herz schwer. Das Haus gab ihr keine Antworten. Aus eigener Erfahrung wusste Irmi: Es gab gute und böse Häuser. Und dieses hier am Auerberg schickte sich gerade an, bitterböse zu werden.

Inzwischen waren ein Rettungswagen und der Notarzt aufgetaucht. Der Hase erläuterte leise, was geschehen war, und erwähnte, dass er und Irmi bei der Spurensicherung und der Kripo arbeiteten, allerdings gerade privat hier seien.

Wenig später fuhr dann auch ein etwas in die Jahre gekommener VW-Bus auf den Hofplatz, gefolgt von einem Streifenwagen. Dem Bus entstieg Gerhard Weinzirl. In Jeans und einer gesteppten Outdoorjacke, unter der ein T-Shirt mit Snoopy-Aufdruck hervorspitzte. Er ging nicht allzu schnell, aber mit einem zugleich selbstbewussten und abwartenden Blick, der sofort herumschweifte und an Irmi hängen blieb. Dann am Hasen.

»Ja Irmi, was machst du denn hier? Und der Herr Hase? Wurdet ihr zuerst alarmiert?«

»Gerhard, griaß di, nein, ich hab dich angerufen, oder besser gesagt Weilheim. Wir waren nämlich dabei. Also vor Ort. Aber privat.«

Wie das klang!

Weinzirl runzelte seine typische Dackelfaltenstirn, fragte aber nicht weiter nach, was es mit diesem Privaten auf sich hatte. Das unterschied einen Gerhard Weinzirl ausnehmend und einnehmend von einer Kathi Reindl. Die wäre nun wie eine Furie auf Irmi niedergefahren und hätte sie mit einer ganzen Salve von neugierigen Fragen bombardiert.

Gerhard Weinzirl hingegen interessierte sich nur für den Todesfall und bat Irmi, ihm den Tathergang zu beschreiben, soweit sie ihn mitbekommen hatte.

»Ich bin so dämlich«, sagte sie, nachdem sie ihm einen kurzen Abriss der Ereignisse gegeben hatte. »Bei diesem roten Punkt hätte ich doch sofort wissen müssen, worum es geht. Und ich denke an Katzen und Laserpointer.«

»Das Gehirn verknüpft Dinge eben unterschiedlich, je nachdem, in welchem Zusammenhang man sie erlebt. Ich erkenne meine Postbotin auch nicht, wenn ich sie in Minirock und Trägertop im Supermarkt treffe«, erwiderte Weinzirl. »Was sie im Übrigen auch nicht tun sollte.«

»Was? Einkaufen?«, fragte Irmi lächelnd.

»Minirock tragen.«

Irmi grinste, obwohl die Umstände hier nicht gerade dazu einluden. Sie kannte den Kommissar flüchtig, so, wie man sich von Besprechungen eben kannte. Garmisch gehörte zur Kriminalpolizeiinspektion Weilheim, und Weinzirl war ein Kollege, den Irmi schätzte, weil er wenig Aufhebens von sich machte. Er wirkte immer etwas brummig, verplant und latent abwesend, doch dahinter verbarg sich ein wacher Geist, der durchaus querdenken konnte.

»Dann haben Sie wohl kein Besteck dabei, Herr Hase?«, folgerte Weinzirl.

»Nein, aber ich würde Margit und Hansi anfordern – mit komplettem Equipment. Wir sollten den Standort des Schützen finden können.« Der Hase tippte sich an einen imaginären Hut und ging hinaus.

Der Notarzt suchte Irmis Blick und zeigte auf den Toten. »Kann der weg?«

»Denke schon. Veranlassen Sie das, bitte? Und den Transfer in die Rechtsmedizin?« Irmi stockte. Sie hatte hier gar nichts zu entscheiden, aber Weinzirl nickte nur.

Dann wandte er sich zu den beiden Herren. »Gibt's hier ein Büro oder so was?«

Der Hausbesitzer nickte.

»Würden Sie dann bitte mit dem Kollegen dort Platz nehmen und schon mal eine Aussage machen?« Gerhard Weinzirl nickte dem Streifenpolizisten zu. »Felix?«

»Yes, Sir.«

Weinzirl und Irmi sahen Bach und Kluge nach, die sich mit dem Kollegen ins Büro verzogen.

»Dieser Felix Steigenberger hat das Hirn eines Hamsters und die Antriebskraft eines Rohrkrepierers«, bemerkte Weinzirl.

Irmi lachte. »Wo steckt denn deine ebenso zackige wie hübsche Kollegin Evi?«

»Auf Reha. Da ist das Madl an Weihnachten daheim im Aischgrund und holt bei ihrem Karpfen züchtenden Onkel so ein Exemplar für die Feiertage. Und stell dir vor, da rutscht sie auf einer glitschigen Treppe aus und pulverisiert sich die Schulter. Alles hi. Ewig im Krankenhaus, mehrere OPs. Momentan ist sie auf Reha, auch in Franken droben. Jetzt ist schon Februar und kein Ende in Sicht.« Er stöhnte. »Und Melanie, die ja etwas mehr Hirn hätte als der Felix, ist in Mutterschutz.« Er überlegte kurz. »Immerhin hat sie einen gefunden, der sie schwängert.«

Irmi versuchte, jede Gesichtsentgleisung zu vermeiden.

»Was ist das eigentlich für eine Hütte hier?«, fragte Weinzirl unvermittelt. »Und weshalb genau bist du hier?«

»Ich suche eventuell einen Hof«, sagte Irmi zögerlich. »Mein Bruder hat doch geheiratet, ich bin ausgezogen und wohne momentan zur Miete, aber irgendwie brauch ich mehr Platz um mich rum.«

Spätestens jetzt wäre Kathi reingegrätscht und hätte nicht eher aufgegeben, bis Irmi gestanden hätte, dass sie zusammen mit dem Hasen ein Haus suchte. Doch Weinzirl wartete geduldig, bis Irmi fortfuhr.

»Wir haben … ich hab mir schon einiges angesehen. Der

Besuch hier war ein Besichtigungstermin. Der Mann mit dem Pferdeschwanz ist der Besitzer, der grauhaarige ist der Makler. Der Tote war ein Mitinteressent.«

»Verstehe.« Weinzirl sah sich um. »Das ist aber eher eine Luxusimmobilie als ein Bauernhof?«

»Ich war auch etwas überrascht. Im Exposé war die Rede von einem ›mit viel Liebe und Blick fürs Detail renovierten Anwesen‹. Und es hieß, dass man gleich einziehen könnte. Was zugegebenermaßen einen gewissen Charme hätte. Du ahnst ja nicht, wie viele Ruinen wir … ähm … ich in den letzten Wochen gesehen habe.«

»Liebe ist relativ«, meinte Weinzirl.

Der Kollege traf es auf den Punkt. Für Irmi hatte Liebe etwas mit Wärme zu tun. Doch dieses Haus war kalt. Im Eingangsbereich lagen Steinplatten, die sicher sehr teuer gewesen waren. Ansonsten dunkles Parkett. Das Bad in dunklem Grau, mit einem Steinwaschtisch wie in einem Magazin für Innenarchitektur. Max Bach hatte das Dach angehoben, wodurch das Haus mehr Raumhöhe hatte. Außerdem hatte er wohl viele Wände rausreißen lassen. Die Südfassade war fast komplett aufgebrochen, man hatte eine gewaltige Glasfront geschaffen. Ein paar Stahlträger, blutrot lackiert, trugen nun die gesamte Last. Auch auf der Nordseite des riesigen Wohn-Ess-Bereichs gab es große Fenster – durch eines davon war das Geschoss gekommen.

»Ein New-York-Loft am Auerberg, wie?«, bemerkte Weinzirl.

»Ja, aber was mir noch bizarrer vorkommt, sind die technischen Gimmicks. Fast ein Overkill mit Fotovoltaikanlage, Solarzellen und Wärmepumpe. Überall gibt es Fußbodenheizung – sogar im Stadel. Überleg mal, ein 500-Quadratmeter-Stadel mit Fußbodenheizung, was für ein Luxus!«

»Wie die Gehwege in Helsinki im Winter«, entgegnete Weinzirl.

Irmi war weder in Helsinki gewesen noch im schicken amerikanischen Skiort Beaver Creek, wo es ebenfalls beheizte Gehwege gab. Nach Beaver Creek wollte sie auch gar nicht hin, denn sie hasste Trump, Schickimickis und Skifahren. In genau der Reihenfolge. Nach Helsinki wäre sie schon eher gereist.

»Aber das Ganze soll doch eine Landwirtschaft sein?«, fuhr Weinzirl fort.

»Ja, das war es auch. Dieser Bach hat Ziegenkäse produziert und diverse Wurstwaren. Es gibt hier ein EU-zertifiziertes Schlachthaus, eine Käseküche und Kühlräume. Honig hat er auch verkauft. Und das Ganze ist ein Biohof gewesen.«

»Gewesen? Warum verkauft der denn?«

»Das können wir ihn nachher genauer fragen. Ich weiß vom Makler nur, dass der Mann ein Deutschkanadier ist, ein Quereinsteiger, der jetzt zurück nach Kanada gehen und dort in noch größerem Stil Biolandwirtschaft betreiben will. Deshalb will er schnell verkaufen, er hat seinen Tierbestand auch schon aufgelöst. So weit meine Infos.«

»Aha.« Weinzirl ließ den Blick erneut schweifen. »Mei Oma hätt g'staunt.«

Irmi lachte. »Mei Mama aa.«

»Au.«

»Au?«

»Mei Mama au, würde man hier sagen. Wenn du hierherziehen willst, müsstest du dich schon anpassen.« Weinzirl grinste.

»Enttäusch mich nicht! Ich dachte, das wäre noch Oberbayern?« Irmi gab sich theatralisch.

»Was die offiziellen Grenzziehungen betrifft, ja – sprachlich niemals!« Er sah sich nochmals um und schüttelte den Kopf. »Bauernhof – das sind für mich tiefe Decken und kleine Doppelfenster mit Eisblumen im Winter. Ein Kachelofen, wo Socken hängen, Gummistiefel im Gang. Stragula als Bodenbelag in der Küche …«

»… und Prilblumen an den Fliesen«, ergänzte Irmi lächelnd.

»Eben! Lass uns mal die Herren befragen, bevor Felix die in den Wahnsinn treibt.«

Besagter Felix kam auch soeben angeschlurft und meinte: »Die Männer wollen nicht mehr warten. Die wollen den Chef sehen.«

»Wir kommen.«

»Und ich?«

»Am besten, du spielst dir an den Füßen oder gehst mal an die Luft.«

Woraufhin sich Felix nach draußen verzog.

Irmi grinste, doch Weinzirl schüttelte unwirsch den Kopf. »Er ist eine Strafe Gottes«, brummte er. Dann sah er Irmi sehr intensiv an. »Irmi, du denkst schon auch, was ich denke?«

»Ja, auch wenn es mir nicht gefällt.«

»Aber wir können das nicht ausschließen.«

Schon nach den ersten Schrecksekunden war Irmi die

Idee gekommen, dass auch jemand anders aus der Gruppe gemeint gewesen sein könnte. Der Makler? Oder der Hausbesitzer? Womöglich hatte der Anschlag auch ihr gegolten, und sie war nur rechtzeitig zur Seite getreten. Oder der Täter hatte den Hasen im Visier gehabt. Dieser Gedanke machte Irmi noch mehr Angst. Sie wollte auf gar keinen Fall Panik aufsteigen lassen, doch sie spürte selbst, dass Weinzirl beunruhigt war.

»Ich denke, wir betrachten erst mal das Offensichtliche«, schlug er vor. »Wer war der Tote? Wer hätte ihm nach dem Leben trachten wollen? Wer mit einer Drohne mordet, ist ein Profi. Der trifft doch nicht den Falschen.«

Irmi sah ihn dankbar an. Weinzirl hatte recht: Wer solchen Aufwand betrieb, der hatte nicht mal eben spontan einen Menschen aus dem Leben geschossen. Und in der kurzen Zeit, in der sie den Mitinteressenten erlebt hatte, war ihr der mehr als unsympathisch gewesen.

Irmi und Weinzirl gingen in das kleine Büro hinüber, wo Bach gerade an einer sehr spacig aussehenden Chrom-Kaffeemaschine Espresso zapfte.

»Auch einen?«

»Gern«, sagte Irmi, und auch Weinzirl nickte.

»Herr Bach«, sagte er dann, nachdem er seinen Espresso bekommen hatte, »Sie verkaufen dieses Haus, und der Herr Kluge ist Ihr Makler. Ist das so weit richtig?«

»Ich habe bereits zum zweiten Mal …«, hob Kluge an.

Doch Weinzirl fuhr ihm in die Parade. »Wissen S' was, Sie nehmen Ihr Tässchen und warten draußen. Und wir plaudern mit dem Herrn Bach.«

Der Makler trollte sich mit einem kleinen Schnauben.

»Kluge wollte sagen«, erklärte Max Bach, »dass er mir das Haus vor Jahren verkauft hat. Eine ziemlich marode Hütte. Ich habe viel in die Modernisierung investiert.«

»Und angesichts dessen, was Sie da alles hineingesteckt haben, wundert es mich, dass Sie sie nun schon wieder verkaufen.«

»Schon ist relativ. In Kanada kaufen wir ein Mobile Home, leben ein Jahr darin, verkaufen wieder, ziehen in ein Haus mit Basement in einer anderen Provinz, leben da ein paar Jahre, verkaufen wieder, kaufen eine Ranch und verkleinern uns dann im Alter erneut. Wohnen ist da nicht so deutsch, mit Scholle und Besitz, den man für die Kinder schafft. Nichts ist so stetig wie der Wandel.« Er klang dabei ziemlich emotionslos. Irgendetwas an dem Mann störte Irmi.

»Und warum sind Sie nach Deutschland gekommen? Aus einem wandelbaren Land voller Möglichkeiten?«, fragte Weinzirl.

Irmi nippte an ihrem Espresso und grinste in sich hinein. Bei Kathi hätte derselbe Satz höchst provokant, ja sogar aggressiv geklungen. Weinzirl hingegen schien die Kunst zu beherrschen, sich dümmer zu stellen, als er war.

»Meine bayerischen Eltern sind 1960 nach Kanada ausgewandert. Damals war ich drei Jahre alt. Mein Vater hat eine gut gehende Kette von Bavarian Bakerys aufgebaut, die inzwischen meine Schwester leitet.«

»Und Backen war nicht so Ihr Ding?«

»Nein, ich habe Ingenieurwesen und Bioengineering studiert, hab in England promoviert, war dann an der Uni, aber dieser ganze universitäre Betrieb, die befristeten Verträge und die Studenten, die sich für nichts begeistern lassen – das hat mich mehr und mehr frustriert, und ich wollte mit Bioanbau meinem Leben einen neuen Sinn geben.«

»Und warum keine Farm in Kanada?«

»Damals kam es mir so vor, als wäre Kanada schon viel zu amerikanisch. Ein Regiment von Highways und Private Property, der Terror von Fast Food und Walmart. Also bin ich *back to the roots*, in die Heimat meiner Vorfahren. Ich hatte die Vision eines autarken Lebens und hab mir dazu den Hof gekauft. Und das realisiert, was ich nach wie vor für erstrebenswert erachte: unabhängig werden von Energiekonzernen, unabhängig vom Preisterror der Supermarktmogule.«

»Das klingt nach einem wahren Lebenskonzept«, bemerkte Irmi. »Warum wollen Sie das jetzt aufgeben?«

»Im Prinzip, weil ich zu erfolgreich geworden bin. Die Nachfrage nach regionalen Bioprodukten übersteigt bei Weitem das, was ich produzieren kann. Und hier verkauft ja niemand Land. Die Bauern sitzen dick und stur auf der Scholle wie dauerbrütende Strauße. Und wenn Landwirtschaftsgrund auf den Markt kommt, dann loben sie zehn Euro für den Quadratmeter aus! Für Wiesen minderer Qualität!« Er schnaubte. »Ich habe hier ein zurückgezogenes Leben geführt, man ist hier auch nicht besonders willkommen in den Dörfern.« Er sah Irmi an. »Sie vielleicht eher, zumindest sind Sie aus der Gegend. Garmisch hat hier wohl einen besseren Klang.«

Ja, das waren die typischen Klagen der Zuagroasten, sie fänden keinen Anschluss. Aber war das verwunderlich? Da kauften »Ausländer« zu überteuerten Preisen, gaben vor, die landwirtschaftliche Weisheit mit großen Strohgabeln gefressen zu haben, und sahen wie Max Bach auf die konventionellen Landwirte herab. Wussten als Quereinsteiger alles besser.

Auch Irmi war sich nicht sicher, ob sie hier reüssieren würde. Als Werdenfelserin war sie am Auerberg ebenso exotisch wie ein Kanadier. Hier durfte man bestimmt nur aus dem Kosmos zwischen Stötten und Bernbeuren stammen. Es sei denn, man ging zur Feuerwehr oder in den Pfarrgemeinderat. Doch würde der Hase Feuerwehrler werden wollen und sie Kuchen backen?

»Danke für Ihre Auskünfte«, sagte Weinzirl. »Und viel Glück mit dem Verkauf. Sie sind ja noch im Lande, falls Fragen aufkämen?«

»Sicher. Ich nehme an, Sie wollen jetzt noch mit Herrn Kluge reden?«

»Richtig.«

»Ich sag ihm Bescheid.« Max Bach ging hinaus, Irmi und Weinzirl schwiegen. Wenig später stand Kluge im Raum.

»Setzen Sie sich«, sagte Irmi.

»Wissen Sie, Frau Mangold, ich habe in meinem Leben rund dreihundert Höfe verkauft. Ich könnte Ihnen Dinge erzählen. Aber so was ist mir noch nie passiert!«

»Das hoff ich doch!«, sagte Weinzirl.

Der Makler zwinkerte etwas irritiert.

»Herr Kluge, Sie haben das Haus seinerzeit an Herrn Bach verkauft«, fuhr Weinzirl fort. »Und nun verkauft er wieder?«

»Das ist doch ein schöner Vertrauensbeweis, dass er mich erneut konsultiert. Sehen Sie, die Verkäufer sitzen ja oft diesen überregionalen Maklerunternehmen auf! Bei denen macht eine Hausfrau eine Schulung von drei Tagen, und schon ist sie Maklerin. Die versprechen das Blaue vom Himmel! Ganz schlimm, diese Quereinsteiger, das sage ich Ihnen! Seriöse Makler wie ich hingegen haben Erfahrung, jahrzehntelange Erfahrung. Die können Sie nicht mit Gold aufwiegen. Es geht ja nicht nur darum, ein paar nette Bildchen zu machen und ins Internet zu stellen! Gerade bei diesen Höfen reden wir von Behördengängen – Grundbücher, Abstandsflächen, Anbauten, sind da altrechtliche Dienstbarkeiten? Das ist wichtig! Wie ist die Lage bei den Pachtflächen? Ich konsultiere das Wasserwirtschaftsamt, die Naturschutzbehörde, den Bürgermeister – ja, was glauben Sie denn, was das für eine Arbeit ist? Das sieht der Laie doch gar nicht, der glaubt, der Makler sperre nur ein Haus auf. Das werden Sie, werte Frau Mangold, auch schon bemerkt haben, was da für Nullen am Markt unterwegs sind!«

»Ja, Herr Kluge, aber …«

Kluge war ein Mann, dem ein winziges Zeitintervall reichte, um Luft zu holen, bevor er weiterdeklamierte.

»Aber, nichts aber! Die Leute glauben, sie könnten von privat verkaufen. Ich bitte Sie! Gerade im hochpreisigen Sektor wollen Sie doch nicht die Schnäppchenjäger anziehen, mit einem guten Makler erzielen Sie immer den besseren Preis. Und wir Makler können eine Besichtigung ohne Emotionen leiten. Wenn der Eigentümer dabei ist, dann ist das ja immer schwierig. Oft sind Häuser Scheidungswaisen oder Folge eines tragischen Todesfalls! Ach! Und dann haben Sie mit Makler ja auch mehr Sicherheit.

Schließlich könnte ja ein Frauenmörder zum Besichtigen kommen!«

»Na, in dem Fall war das ja wohl eher ein Männermörder«, knurrte Weinzirl.

Dieser Satz stoppte Kluge endlich. Irmis Amüsement wuchs.

»In diesem Fall war der Eigentümer vor Ort, Herr Kluge, und wir wissen, warum er verkaufen will, aber was haben Sie für einen Eindruck von Herrn Bach?«, erkundigte sie sich.

»Herr Bach ist ein sehr introvertierter Mann, in mancherlei Hinsicht ein Spinner, aber das ist ja relativ. Und er hat was aus dem Haus gemacht, meine Güte, nicht mehr wiederzuerkennen! Und natürlich freut es mich, wenn ich jetzt wieder …«

»… wenn Sie Provision kassieren können?«

»Wenn ich hilfreich sein kann. Der Beruf eines Maklers ist ja auch der eines Psychologen. Sie sind ganz dicht dran an den Gefühlen der Menschen. Wie der Friseur. Sie erfahren so manches. Auch was Sie gar nicht wissen wollen. Sie sind oft ein Fels in der Brandung. Die Menschen lehnen sich an, suchen Anschluss, wollen mit mir befreundet sein. Ja, es ist schön, hilfreich zu sein.«

Der Hof war mit 1,6 Millionen ausgelobt, da war man gerne mal hilfreich.

»Und der Mann, der zu Tode gekommen ist, wer war das?«

»Peter Unger, Inhaber eines Autohauses in Schongau. Luxuskarossen, die er verkauft und auch vermietet hat. Er war … war …«

»Ja?«

»Sehr interessiert. Eher schon offensiv. Wollte unbedingt den ersten Termin haben.«

»Also eine übergriffige Nervensäge«, fasste Weinzirl zusammen.

Irmi konnte sich ein Lächeln nicht verkneifen. Weinzirl gefiel ihr mehr und mehr.

»Sehen Sie, solche Objekte kommen kaum mehr auf den Markt«, fuhr Kluge fort. »Alleinlage! Und dann der luxuriös-elegante Zustand. Stallungen. Und vier Hektar arrondierter Grund dabei. Arrondiert! Und ein Hektar Wald. Wer da zugreifen will, muss schnell sein.«

»Wer wusste denn, dass der Herr Unger heute zur Besichtigung kommen wollte?«

»Ich natürlich. Meine Auszubildende. Wahrscheinlich Ungers Familie. Woher soll ich wissen, wem er erzählt hat, dass er heute dieses Juwel besichtigen will?«

Aber genau das war doch der Knackpunkt. Sein Mörder – oder gar seine Mörderin? – musste ihm gefolgt sein oder auf anderem Weg erfahren haben, dass er vor Ort sein würde. Dieser Umstand beruhigte Irmi in gewisser Weise. Bis auf den Makler und den Hasen wusste niemand, dass sie heute hierherkommen wollte. Und Max Bach war immer da, den hätte man zu jedem anderen Zeitpunkt erlegen können.

In diesem Moment kam der Hase herein. »Darf ich kurz stören?«

Kluge stand auf. »Bitte sehr! Da kommen Sie rein privat her und wollen dieses zauberhafte Anwesen besichtigen, und dann passiert so etwas. Wie im Wilden Westen.«

»Da war man ja eher mit Pfeil und Bogen unterwegs«, murmelte Weinzirl.

Kluge zwinkerte kurz. »Dann eben wie im Krimi. Wie im *Tatort*. Ich glaube, ich werde in Zukunft keine Kriminalbeamten mehr zu Besichtigungen zulassen.«

Ob das ein Witz sein sollte?

»Danke für Ihre Einschätzung«, sagte Weinzirl.

Das verstand sogar Kluge und ging.

Der Hase grinste. »Was für einen brillanten Humor dieser Makler doch hat. Ach, und so ein Espresso wäre natürlich auch schön.«

»Ich würd Ihnen ja einen machen, aber das Ding erscheint mir wenig bedienungsfreundlich«, sagte Weinzirl. »Ich hab eine Maschine, die man auf die Herdplatte stellt. Die hab ich mal vor vielen Jahren am Gardasee gekauft. Bisschen verbeult, aber die tut's auch.«

Der Hase lächelte. »Das hier ist eine La Marzocco, in Florenz handgefertigt. Wird so um die siebentausend Euro kosten.«

»Was? Für eine Kaffeemaschine?«

»Sie könnten auch eine Slayer aus Seattle kaufen, da ist man mit weit über zehntausend dabei«, meinte der Hase und entlockte der glänzenden Florentinerin Kaffee.

Er roch daran, dann nippte er. »Großartig, wirklich! Aber nun zum Schützen. Wir sind uns ziemlich sicher, dass er eine Drohne verwendet hat. Wir haben den Standort ermittelt, etwa fünfhundert Meter von hier. Das Gras ist niedergetreten, es gibt auch ein paar Reifenspuren, leider in einem von Traktorreifen zerfahrenen Bereich. Ich könnte mir durchaus vorstellen, dass sie von einem Fahrrad stammen.«

»Mit dem Radl zum Attentat?« Weinzirl verzog das Gesicht.

»Das müssen wir noch klären. Aber weitere fünfhundert Meter entfernt hat ein Auto gestanden, auch hier sind wir dran. Das kann natürlich auch der Jäger, ein Landwirt oder sonst wer gewesen sein.«

»Und das geht so mir nichts, dir nichts – mit einer Drohne zu schießen?«, fragte Irmi.

»So mir nichts, dir nichts – das würde ich verneinen. Aber die Drohnen sind in den letzten Jahren immer besser geworden, sie verfügen über Kollisionssensoren, über GPS, über Ultraschallsensoren. Es gibt verschiedene Flugoptionen: Bei ›Follow me‹ fliegt die Drohne einem frei wählbaren Objekt hinterher, und bei ›Touch and fly‹ berührt man einen Punkt auf dem Handydisplay, den die Drohne dann anfliegt. Das ist die schöne neue Welt der Luftspione.«

»Damit zu schießen ist aber schon eine andere Nummer!«, warf Irmi ein.

»In der Tat, allerdings kursiert auf YouTube ein Filmchen von einem Nutzer namens Hogwit, in dem ein fliegender Quadrokopter mit Pistole in einem Waldstück aus niedriger Höhe mehrere Schüsse abgibt. Das Fluggerät fängt den Rückstoß der Schüsse interessanterweise sehr fein ab, die Pistole scheint eine Halbautomatik zu sein. Ob das Video Fake ist, weiß ich nicht. Aber ein Bastler kann so etwas sicher bauen. Und perfide Realität ist die TIKAD-Drohne, die man mit einem Maschinengewehr oder einem Raketenwerfer bestücken kann. Drohnen kommen aus der Luft und töten feindliche Bodeneinheiten, damit die eigenen

Truppen vorrücken können. Alles sauber, ganz elegant gelöst.«

»Das kommt vom Ami, oder?«, fragte Weinzirl.

»Ja. Duke Robotics ist eine US-Firma, deren Kopf ein ehemaliger Kommandant für Sondereinsätze des israelischen Geheimdienstes war.«

»Na toll«, kommentierte Irmi.

»Realität, würde ich das nennen.«

»Sie sagen also, auch ein Laie könnte so was basteln?«, hakte Weinzirl nach.

»Technisches Verständnis plus Waffenwissen. Das ist kein Hexenwerk. Wir müssen ja erst mal sehen, was das für ein Kaliber war. Aber ein israelitischer Einzelkämpfer muss es nicht gewesen sein.« Der Hase zuckte mit den Schultern. »Ich geh wieder zu meinen Leuten. Und du, Irmi, gibst Bescheid, wenn wir hier abreisen können, ja?«

Wieder keine Nachfragen des Kollegen Weinzirl zu ihrem Beziehungsstatus. Doch es kam ihr so vor, als ginge ein Ruck durch seinen Körper, bevor er sich direkt an sie wandte.

»Ich frag dich das jetzt einfach, bevor ich den offiziellen Weg einschlage, Irmi. Würdest du mich unterstützen? Ich würde dich dann abordnen lassen, ich brauch hier jemanden mit Herz und Verstand.«

Irmi überlegte nur kurz. Natürlich war sie bereit, dem Kollegen zu helfen. Immerhin war neben ihr gerade ein Mann erschossen worden. Das erschien ihr wie eine persönliche Kränkung. Und ein Versagen, denn sie hatte nichts verhindern können.

»Ja«, sagte sie. »Von meiner Seite aus ja. Wenn der Chef zustimmt.«

»Das regle ich.« Weinzirl reichte Irmi die Hand. »Danke dir.«

Diese Spontaneität hätte Irmi ihm gar nicht zugetraut. Weinzirl galt als eher unfreundlich. Sie wusste, dass er Anfang fünfzig war, unter Kollegen munkelte man, er sei der typische eingefleischte Junggeselle. Er war auf eine lausbubenhafte Art attraktiv und ein starker Charakter.

»Wie machen wir weiter?«

»Wir werden die Witwe informieren müssen. Ich denke, sie wird in diesem Autohaus sein. Wenn nicht, wissen die Mitarbeiter sicher, wo wir sie finden. Ich mach so was ja nur ungern.«

Irmi riss sich auch nicht unbedingt darum, solche Nachrichten zu überbringen.

»Dann fahren wir halt beide«, schlug Irmi vor. »Wieso war sie eigentlich bei der Hausbesichtigung nicht dabei? Da geht es doch um was.«

»Vielleicht wollte er sie überraschen? Schatzi, ich hab dir ein Häuschen gekauft? Oder er wollte gar nicht mit ihr da einziehen? Neue Frau, neuer Wohnort, neues Leben?«

»Und schon hätten wir ein Motiv«, bemerkte Irmi lächelnd.

»Sofern seine Frau eine bewaffnete Drohne führen kann. Wenn sie die erste Vorsitzende des Drohnenvereins Oberland e. V. ist, dann ist ja eh alles klar«, brummte Weinzirl.

Irmi musste lachen.

»Ich bin jetzt schon froh, dich im Boot zu haben. Du scheinst meinen Humor zu verstehen, Irmi. Die Evi hätte mich jetzt schon wieder geschimpft. Ich sei so peinlich, so unsensibel. All so was. Fahren wir?«

»Ja, ich müsste nur dem Fridtjof Bescheid sagen, dem Herrn Hase …«

»Ich kann dich nachher heimfahren. Kein Problem.«

Wenig später fuhren sie in Weinzirls Bus davon, talwärts.

»Kennst du dich hier aus?«, fragte Irmi nach einer Weile. »Ich hab schon völlig die Orientierung verloren. Lauter abgelegene Höfe und Weiler, überall kleine Sträßchen.«

»Der Auerberg ist ein ganz spezieller Berg. Ich hatte mal einen Fall, bei dem es um die Frage ging, warum die Römer diese Gegend besiedelt haben. Dabei habe ich quasi ein Archäologiestudium im Schnelldurchgang gemacht. Und bin hier so viel rumgekurvt, dass ich mit meiner Ortskenntnis jeden Partisanenkrieg überstehen würde.«

»Mehr Wege als Leute«, meinte Irmi nachdenklich.

»Ja, aber verschätz dich nicht. Am Auerberg lebt ein buntes Völkchen. Bei den ganzen Individualisten hier ist der Herr Bach gar nicht so exotisch. Hier gibt es Vertreter der Lebenshilfeszene, Spinner und Spiritualisten, aber auch Betreiber von Pferdehöfen, Ferienhausvermieter, einen Kaffeeröster, Samen für die Welt und sogar einen römernarrischen Ex-Lehrer mit Jazzmusikverstand.«

»Was sind Samen für die Welt?«, fragte Irmi grinsend.

»Nicht, was du denkst! Es geht dabei um Saatgut. Es gibt hier nämlich auch ganz normale handfeste Berufe.«

Der Bus neigte sich zur Seite, als Weinzirl ziemlich abrupt nach rechts abbog. Nach vielen Rechts-links-Kombinationen erreichten sie einen Weiler namens Riedhof und wenig später Bernbeuren.

»Bärabeira war gefühlt jahrelang wegen Kanalarbeiten gesperrt. Zwei Jahre bestimmt. Weil natürlich die billigste

Firma den Zuschlag bekommen musste. Die billigste ist aber selten die beste. Die Welt ist verrückt«, sagte Weinzirl, und Irmi hatte dem nichts hinzuzufügen.

Auch in Burggen war sie noch nie gewesen, erst am Stadtrand von Schongau hatte sie die Orientierung wieder. Sie passierten ein Gewerbegebiet, das aussah wie überall in Deutschland. Der uniforme Terror von Takko, KiK, TEDi, NKD und anderen Ikonen des Schnäppchenwesens war von Füssen bis Flensburg identisch. Sie stoppten schließlich vor einem Autohaus und stiegen aus.

Weinzirl pfiff durch die Zähne. »Hier hast du alles, was eigentlich PS-Scham auslösen sollte.«

Irmi verzog das Gesicht. »Ja, nach der Flugscham und der Fleischscham kommt die Autoscham. Ich hab irgendwo von einem dänischen Stadtplaner gelesen, der fordert, dass man Autos mit Warnhinweisen beklebt, wie auf Zigarettenpackungen. Autofahren gefährdet Ihre Gesundheit. In Europa sterben jährlich 35 000 Menschen durch böse Autos. Autofahren ist das neue Rauchen.«

»Hm, es rauchen aber immer noch Menschen. Wenn ich das konsequent weiterdenke, dann muss ich vegan leben, meinen Führerschein zurückgeben und nur noch da Urlaub machen, wo ich zu Fuß oder mit dem Radl hinkäme.«

Irmi grinste. »Schaffst du das nicht?«

»Das mit dem Radl ist okay, aber Veganer werde ich nie! Also ab in diesen Tempel der Scham!«

Sie betraten ein gläsernes Gebäude und bewegten sich auf die »Dialogannahme« zu, wo ein muffiges Mädchen sie ignorierte und weiter vorgab, etwas am Computer zu arbeiten.

Erst als sich Weinzirl nach dem Verbleib der Chefin erkundigte, hob das Mädchen die stark geschminkten Augenlider.

»Die ist oben.«

»Wenn oben, dann anrufen!«, rief Weinzirl.

Immerhin schien das zu wirken, denn schon klackten die langen Fingernägel auf den Telefontasten herum. »Da ist einer, der will Sie sprechen«, hörte man sie in einer unterwürfigen Piepsstimme sagen. »Wer Sie sind, will meine Chefin wissen«, wandte sich das Mädchen dann an Weinzirl.

»Die Polizei.«

»Der ist von der Polizei«, sagte die junge Frau in die Muschel und verkündete dann: »Frau Unger kommt gleich.« Und schon hatte sie sich wieder in den PC versenkt – oder tat zumindest so.

Irmi glaubte sofort, dass es heutzutage höllisch schwer war, gute Lehrlinge zu finden.

Wenig später tauchte eine Frau auf, die in den Vierzigern zu sein schien. Wahrscheinlich war sie mit sehr dünnem Haar geschlagen, denn sie hatte selbiges zu einem strengen Pferdeschwanz geformt, was die hohe Stirn noch höher machte und die gezupften und bemalten Augenbrauen besonders hervorstechen ließ. Der Haaransatz verriet, dass sie ursprünglich wohl eher brünett war, die Blondfärbung hätte jedenfalls eine Auffrischung vertragen. Sie trug sehr enge Jeans und hatte zweifellos eine gute Figur. Ein Boucléjäckchen in Pinktönen, pinkfarbene Sneakers und die Breitling am Handgelenk komplettierten das Bild der Erfolgsfrau.

Weil Weinzirl nichts sagte, sprang Irmi ein.

»Guten Tag, Frau Unger. Wir sind Irmi Mangold und Gerhard Weinzirl von der Kripo. Könnten wir Sie irgendwo sprechen, wo es ruhig ist?«

»Wieso Kripo?«

»Könnten wir bitte?«

»Kommen Sie.« Frau Unger ging vor ihnen her in ein Büro, wo die Wände mit Postern von Porsche Cayennes gepflastert waren. Einer der Wagen war im selben Pink gehalten wie die Sneakers der Chefin. Mit einer resoluten Handbewegung wies Frau Unger ihnen je einen Stuhl zu.

Leider starrte Weinzirl intensiv auf die Poster, also war wieder Irmi dran. »Wir kommen grad vom Auerberg, von einer Immobilienbesichtigung. Leider müssen wir Ihnen sagen, dass Ihr Mann dort verstorben ist.«

Frau Unger schwieg, es war ihr anzusehen, dass die Botschaft noch nicht ganz angekommen war. Sie schluckte. »Wieso gestorben?«

»Er wurde getötet. Oder besser gesagt erschossen«, meinte Weinzirl etwas unbeholfen.

»Erschossen?«

Irmi erzählte leise, was geschehen war. Frau Unger begann zu weinen, nicht eruptiv, eher nach innen. Irmi reichte ihr ein Taschentuch aus einem chromfarbenen Spender, den ein Porsche-Logo zierte.

Eine gewisse bleierne Zeitspanne verstrich, Frau Unger schnäuzte sich nochmals, dann sah sie Irmi an. »Wo war das, sagten Sie?«

»Am Auerberg. Da steht ein Hof zum Verkauf, und Ihr Mann gehörte zu den Interessenten für diese Immobilie«, sagte Irmi zögerlich.

»Und Sie waren nicht dabei?«, warf Weinzirl in den Ring.

»Wie Sie sehen!« Frau Unger wandte sich wieder an Irmi. »Dieser Idiot! Seit Monaten nervt er mich mit der Idee, einen Hof zu kaufen. Einen Hof! Weil er Aussicht will und weil alte Bauernhöfe angeblich eine hohe Rendite haben. Alleinlagen sind in der heutigen Zeit wohl eigentlich unbezahlbar. Ich ziehe aber auf keinen Hof, wo der Strom ausfällt, die Zufahrt schlammig ist und nachts womöglich die Wölfe herumschleichen.«

»Ja, und die Bären«, entfuhr es Weinzirl.

Noch bevor Frau Unger etwas erwidern konnte, warf Irmi ein: »Sie waren also nicht so ganz einer Meinung, was die Zukunftsplanung betraf?«

»Nein, waren wir nicht, und wenn Sie jetzt fragen, wie unsere Ehe war: So bescheiden wie die meisten Ehen nach zwanzig Jahren.«

War das so? Irmi hatte es seinerzeit nur auf acht Ehejahre gebracht. Gab es denn keine Chance, sich auch nach Jahren und Jahrzehnten noch zu lieben? Den anderen zu achten? Bis der Tod zwei Menschen schied? So wie bei ihren Eltern damals. Oder war es da auch nur ums Dulden und Ertragen gegangen und darum, was die Leute so dachten?

»Er wollte den Hof auch, weil er weiter weg sein wollte«, fuhr Frau Unger fort.

»Weg wovon?«

»Was glauben Sie, was von außen alles auf uns einbrandet!«

»Das beantwortet meine Frage aber nicht«, sagte Irmi,

und Weinzirl schickte ein unwirsches »Heißt was?« hinterher.

Sie machte eine Handbewegung zum Fenster hin, durch das man in die Halle blickte. »Was sehen Sie da?«

»Direkt vor mir einen Jaguar E-Pace«, sagte Weinzirl ungerührt.

»Ja, und Sie werden hier auch den Cadillac SRX und den Cadillac Escalade finden, den Lamborghini Urus, den Lexus RX, den Maserati Levante und eher banale Modelle wie Audi Q7, Porsche Cayenne, Jeep Grand Cherokee oder auch den Mercedes GLE und GLS. Die eher klassischen Marken sind aber oft getunt, mit Sonderlackierungen und in Sonderausstattungen. Das ist unser Geschäft. SUVs der Oberklasse.«

»Was kostet so ein Urus?«, fragte Weinzirl.

»Um die zweihunderttausend.«

»Da muss eine alte Frau lang für stricken«, grummelte er. »Oder genau genommen müssen Hunderte von alten Weibern um ihr Leben stricken.«

»Ja, und schon sind wir mittendrin im Sozialneid«, erwiderte Frau Unger. »Vor zehn Jahren hat man solchen Autos noch bewundernd hinterhergesehen. Heute sind sie Hassobjekte. Wir hatten schon Schmierereien an den Fenstern. Unger, du Klimasau. Hasskommentare im Netz. Den Vandalismus haben wir angezeigt, aber die Polizei tut ja eh nichts.«

»Und das geht schon länger? Und ist eher eskaliert in der letzten Zeit?«, fragte Irmi.

»Ja, genau. Peter hatte sogar den Eindruck, er würde verfolgt werden. Ich dachte … na ja … ich dachte … er leidet unter Verfolgungswahn. Aber vielleicht hat er ja recht gehabt.« Die Tränen flossen wieder. Schlieren lagen über den braunen Augen. Die Schminke aber hielt.

Tötete man einen, bloß weil er klimaschädliche Autos verkaufte? Müsste man dann nicht auch Flugkapitäne und vor allem Kreuzfahrtschiffskapitäne umbringen? Und Bauern, weil sie Tiere hielten, die wie wild Methan auspupsten?

Plötzlich brach es aus Frau Unger heraus: »Ja was? Der böse SUV! Haben Sie schon mal einen Suzuki Ignis gesehen? Ein Mikro-Auto! Ist aber auch ein SUV. Und so ein Renault Captur auch, dabei ist der ein Kleinwagen. Die wenigsten SUVs haben das Format eines Mercedes GLE. Wir stehen doch unter Generalanklage. Am schlimmsten ist die Deutsche Umwelthilfe, die ganz wüst polarisiert. Die fordern einen Verkaufsstopp für SUVs, auch weil die angeblich Arbeitsplätze in Deutschland gefährden. Ja was? Es werden auch andere Modelle in Ungarn, der Slowakei oder in Mexiko gebaut! Warum wohl? Immer dieses Einhacken auf SUVs! Wenn es zu einem tödlichen Unfall kommt, muss es ein natürlich SUV gewesen sein. Was aber, wenn ein netter VW-Bus einen Menschen umfährt? Werden dann auch so polemische Reden geschwungen? Was fahren Sie denn?«

»Einen VW-Bus«, sagte Weinzirl.

»Und Sie, Frau Mangold?«

»Ein ziemlich altes Audi 80 Cabrio.«

»Merken Sie was? Sie sind auch solche Klimasäue. Politisch völlig inkorrekte Fahrzeuge! Genau genommen ist jedes Auto inkorrekt. Wo wohnen Sie?«

»Außerhalb von Weilheim«, antwortete Weinzirl.

»Bad Kohlgrub«, ergänzte Irmi.

»Und Sie fahren beide mit der Bahn oder dem Rad zur Arbeit? Natürlich nicht. Ich ahne es schon: Schwierige Arbeitszeiten, Sie müssen flexibel sein? Ist das so? Wissen Sie, was unser größtes Problem ist? Die größten Schreier sitzen in den großen Städten und haben sich noch nie überlegt, dass immer noch zwei Drittel der Deutschen auf dem Land leben. Nehmen Sie doch mal den Auerberg. Warum fahren die Pendler denn nicht mit der U-Bahn? Nächster Halt Burggen, bitte rechts aussteigen! Leider gibt es keine U-Bahn unterm Auerberg. Warum nehmen die Anwohner nicht wenigstens den Bus? Weil der nur einmal am Tag fährt. Mich kotzt diese ganze verlogene Diskussion so was von an!«

»Sie könnten Elektrofahrzeuge verkaufen, dann würden Sie schlagartig zum Liebling der Klimaschützer«, bemerkte Weinzirl.

»Ich höre eine gewisse Ironie in Ihren Worten! Dieser E-Aktionismus ist doch lächerlich! Wissen Sie, da steht so ein E-Auto-Zwergerl vor der Haustür, die Einbauküche hat dreißigtausend gekostet, und zu einer PV-Anlage hat es dann halt nicht gereicht! Den Strom fürs Autochen zapfen die an einer kostenlosen Ladestation und fühlen sich wahnsinnig klimaneutral. Und woher kommt der Strom? Immer noch aus der Kohle! Und wenn Sie dann mal überlegen, wo das Lithium herkommt, unter welch erbärmlichen Bedingungen da gearbeitet wird, und zwar auch von Kindern, dann ist das doch reine Augenwischerei! Ein moderner Diesel hat eine weit bessere Ökobilanz als so ein Elektro-Bock. Die Ökos lügen sich doch in die Tasche. Oder ein anderes

Beispiel: Jeder schimpft über Silvesterknallerei, aber jedes Jahr wird mehr Geld in die Luft gepulvert. Weil's die Kinder so freut. Keiner geht zu McDonald's, trotzdem sprießen die Filialen nur so aus dem Boden. Der Mensch ist groß darin, die Dinge kleinzureden. Ich lob mir die, die zu ihren Wünschen stehen. Unsere Autos sind Emotion! Ganz pur!«

»Na ja, die Ökobilanz bei so einem …«

Weiter kam Irmi nicht.

»So ein Porsche bleibt im Wert stabil. Das ist ja eher noch eine Geldanlage. In Wahrheit geht es nur um Sozialneid. Nicht jeder kann sich so ein Auto leisten? Na und? Nicht jeder kann eine Kreuzfahrt zahlen? Ja was? Das ist doch auch gar nicht nötig. Das sind doch die wahren Luftverpester. Und wenn Krethi und Plethi da mitschippern, kriegt der Kartoffelschäler von den Philippinen eben noch einen Euro weniger. Woher leiten wir eigentlich den Anspruch ab, dass für alle alles verfügbar sein muss?«

Man mochte von ihren Argumenten halten, was man wollte, aber diese Dame hatte Power und Durchsetzungskraft. Man durfte sie nicht unterschätzen, das spürte Irmi.

»Was passiert jetzt mit meinem Mann?«, fragte Frau Unger deutlich leiser.

»Er liegt in der Rechtsmedizin. Sie bekommen natürlich Bescheid, sobald wir die Freigabe haben. Wir müssten noch einen Blick auf die Hasskommentare werfen. Und wenn Sie einen Verdacht gegen bestimmte Personen haben, sagen Sie uns das bitte. Es geht hier ja nun nicht mehr nur um Beleidigung oder Vandalismus.«

»Ich kann Ihnen einiges auf einen Stick ziehen. Peter hat das meiste allerdings gelöscht.« Frau Unger war aufgestanden und zum Fenster gegangen. »Wie soll ich das unserer Tochter erklären?«, sagte sie nach draußen.

»Brauchen Sie Hilfe? Wir haben gute Leute, die Sie dabei unterstützen könnten«, bot Irmi an.

Frau Unger schüttelte den Kopf. Nach der flammenden Rede schien sie in sich zusammengefallen zu sein.

»Haben Sie eine Idee, wer von dem Termin heute wusste?«, fuhr Irmi fort.

»Ich jedenfalls nicht.«

Diese Antwort war ein wenig zu schnell gekommen, fand Irmi. Aber es würde wenig bringen, jetzt weiterzufragen.

Schließlich verabschiedeten sie sich, stapften an den Luxusmobilen vorbei zum Bus. Weinzirl fuhr los. Hinunter nach Schongau.

»Warum heißt das eigentlich Dialogannahme und nicht einfach Reparaturannahme? Das Weib am Tresen war ja so was von gar nicht auf Dialog aus«, sagte Weinzirl plötzlich.

Irmi nahm ihr Handy und tippte ein wenig darauf herum. »Da steht, dass man 1972 von Annahmebahnhof sprach. Später von ›Direktannahme‹ und schließlich von ›Dialogannahme‹. Dabei geht es um den Informationsaustausch zwischen Autohaus und Kunden im Vorfeld eines Werkstattauftrags.«

»Annahmebahnhof.« Weinzirl schüttelte den Kopf und schwieg weiter. Irmi war etwas verunsichert, aber vielleicht brauchte der Kollege erst mal Zeit, das Ganze auf sich wirken zu lassen. Und tatsächlich, gerade als sie den Lech überquert hatten, sagte er: »In manchen Punkten würd ich ihr sogar zustimmen. Kreuzfahrten für sechshundert Euro? Tante Else im Polyesterkleid, die sich am Buffet den Teller volllädt und die Hälfte zurückgehen lässt? Dreck schleudernde Hochhäuser auf dem Wasser – was Asozialeres und Umweltschädlicheres gibt es ja kaum. Aber irgendwas stimmt nicht mit der Dame. Sie hat einiges ausgespart, möchte ich sagen. Und ich würde gerne einen Schlenker über Peiting machen.«

Irmi schaltete schnell. »Zu Baier?«

»Wenn einer jeden kennt und Hintergrundinfos liefern kann, dann er.«

Baier war Gerhards Vorgänger. Mindestens noch drei Nuancen brummiger und inzwischen im Ruhestand. Irmi hatte ihn noch als junge Polizistin erlebt, und teilweise hatte er ihr eher Angst eingeflößt. Über die Jahre hatte sie ihn allerdings zu schätzen gelernt. Weil er klug war und gebildet und außerdem bekannt wie ein bunter Hund. Leute mit einem großen familiären Netzwerk, die auch noch in allen Vereinen waren, waren gerade für Ermittlungen auf dem Land von unschätzbarem Wert. Irmis Kollege Sailer war so einer. Und Baier toppte dessen Netzwerk noch.

Gerhard Weinzirl bog rechts ab, fuhr den Berg hinauf und hielt vor einem großen doppelstöckigen Haus. Sie klingelten, und wenig später stand Baier im Türrahmen. Ein bisschen fülliger als früher, etwas grauer, aber mit denselben pfiffigen Äuglein.

»Irmi Mangold! Freut mich, Sie zu sehen! Guat schaun S' aus!«

»Sie sind ein charmanter Lügner.«

»Blödsinn. Ich war noch nie charmant.« Baiers Blick

schwenkte zu Weinzirl. »Und der Weinzirl ist auch dabei? Was führt euch denn her? Ein Weißbier?«

»Ein Leichtes, bitte«, sagte Weinzirl.

»Kaum sind Sie über fünfzig, schon vertragen Sie nix mehr«, bemerkte Baier grinsend und wandte sich dann an Irmi. »Und Sie, Frau Mangold?«

»Ich würd ein Helles nehmen.«

»Guats Madel.«

Als sie wenig später beisammensaßen und angestoßen hatten, erkundigte sich Baier: »Warum seid ihr zwei in dieser Kombination hier?«

»Ich brauch wen«, hob Weinzirl an.

»Auch nicht gerade charmant«, entgegnete Baier grinsend.

»Ausreden lassen: Ich brauch etwas weibliche Intuition für die Ermittlungen. Ich bin oft zu schwerblütig. Sagt die Evi zumindest.«

»Frau Straßgütl hat völlig recht. Aber sie ist ja auf dem Weg der Besserung. Hat mir eine Postkarte geschrieben.«

»Mir nicht«, sagte Weinzirl.

»Eben.« Baier lachte spitzbübisch. »Also, was führt euch zu mir altem Mann?«

Weinzirl ließ Irmi den Vortritt. Kurz fasste sie die Ereignisse zusammen, und Baier hörte aufmerksam zu.

»Sie wollen am Auerberg ein Haus kaufen, werte Frau Mangold?«

»Nicht unbedingt am Auerberg. Irgendwo im Alpenvorland. Mein Bruder hat geheiratet, und ich hab mich als fünftes Rad am Wagen gefühlt. Oder als drittes.«

»Dann war's aber eher ein Sulky«, konterte Baier. Auch

von seiner Seite kamen keine weiteren Nachfragen zu Irmis Veränderungswünschen. »Und den Peter Unger hat's also erwischt?«

»Ja. Die Witwe hat uns eine Ansprache über den verlogenen Umgang mit SUVs und über Sozialneid gehalten.«

»Luzia Unger, geborene Socher, hat den Peter Unger sehr jung geheiratet, da schwanger. Der hat grad Mechatroniker gelernt, war eine Weile bei einem Rennstall, hat das eingeführte Autohaus des Schwiegervaters übernommen und nach und nach aus einer VW-Klitsche ein Nobelmarkenautohaus gemacht.«

Irmi grinste. Baier hatte tatsächlich das nötige Hintergrundwissen. »Das Geld kommt also von ihrer Seite?«

»Ja, ursprünglich jedenfalls.«

»Und ihr Mann besichtigt Höfe, ohne dass sie mitkommt?«, warf Weinzirl ein. »Sie hat uns das so verkauft, als gäbe es da gewisse Unstimmigkeiten in der Zukunftsvision. Er hätte es gerne ländlich und sie urban.«

»Sie inspirieren den Kollegen ja jetzt schon, Frau Mangold. Worte wie ›Zukunftsvision‹ oder ›urban‹ habe ich aus seinem Mund noch nie gehört.« Baier schmunzelte. »Wenn wir mal davon absehen, dass Schongau kaum urban ist und auch sonst ein eher langweiliges und proletarisches Pflaster, soll der Peter da wohl eher auf den Berg ausgelagert werden.«

Es war nicht zu überhören, was ein Urpeitinger von Schongau hielt.

»Ausgelagert?«, hakte Irmi nach.

»Luzia hat seit Jahren einen Liebhaber, und zwar eine ganze Ecke jünger als sie. Nennt man das Toyboy heutzutage? Und der Peter hat sicher auch was am Laufen. Das hatte er immer schon.«

»Und das wissen Sie woher?«

»Die Luzi ist eine alte Schulfreundin meiner Tochter. Und außerdem leben wir am Land, da nutzt es auch nichts, wenn man sich ganz pfiffig in Kempten am Rathausplatz auf einen Hugo trifft oder in Tutzing zum Knutschen auf einem Steg. Irgendwer sieht dich immer.«

»Das würde aber auch bedeuten, dass da womöglich eine Scheidung geplant ist? Dass je nach Finanzlage ein toter Peter ein guter Peter wäre«, sagte Weinzirl.

»Das Schöne ist, dass ihr beide das herausfinden dürft. Während ich ein zweites Bier trinken kann. Womit könnte ich euch denn sonst noch dienen?«

»Haben Sie außer den amourösen Verstrickungen noch mehr Infos über die Ungers?«, erkundigte sich Irmi lächelnd.

»Hat Luzi vom Unfall erzählt?«, fragte Baier.

»Was für ein Unfall?« Irmi war kurzzeitig etwas überfordert.

»Einer in Weinzirls Heimat.«

»Wo? Im Salzgraben?« Auch der Kollege schaltete nicht.

»Nein. Da, wo Sie ursprünglich herkommen, Weinzirl. Bergstätte heißt das, oder? Zugiger Höhenrücken über See.«

»Sie meinen den Hauchenberg, in erhabener Lage über dem Alpsee?« Weinzirl grinste.

»Von mir aus. Zum Vorfall muss es noch Polizeiakten geben. Und in den Medien wurde ja auch groß über die Sache berichtet damals.«

»Etwas weniger kryptisch, Baier?«

»Vor ein paar Jahren hat Peter Unger einem jungen Mann

von neunzehn oder zwanzig Jahren einen hochmotorisierten Wagen vermietet, den der dann für ein illegales Bergrennen verwendet hat. Von Niedersonthofen, glaub ich mich zu erinnern, ging es einen steilen Buckel hinauf. Muss um Pfingsten gewesen sein. Jedenfalls wurde dabei ein kleines Mädchen schwer verletzt, das am Straßenrand radelte und vom Auto erfasst wurde.«

Schon oft hatte Irmi in der Zeitung von den fatalen Fehleinschätzungen solcher Autovermieter gelesen. Mehr als einmal hatten sich junge Männer übermotorisierte Autos gemietet, die das Autohaus ihnen nicht hätte geben dürfen. Natürlich fuhr die Landjugend mit aufgemotzten Audis und BMWs Rennen, oft genug auch auf der gesperrten Straße in Schwaigen. Frust, Drogen, die Enge in den Dörfern und den Elternhäusern, eine undefinierte Aggression ohne Ventil in Kombination mit akutem Samenstau – junge Männer mussten erst lernen, ihre Kraft und Wut in positive Energie umzusetzen.

»Das würde bedeuten, dass der Shitstorm gegen das Autohaus auch etwas mit diesem Unfall zu tun haben könnte?«, sagte Irmi leise.

»Und das Mädchen hat Eltern«, fügte Weinzirl hinzu.

»Der Unfallfahrer auch«, bemerkte Baier. »Meines Wissens hat er sich talwärts überschlagen. Ist ja ein von Kleintobeln durchtobelter Großtobel, dieses Allgäu.«

Irmi grinste.

Weinzirl schaute unwirsch. »Tot, der Junge?«

»Ja.«

»Angehörige brauchen einen Schuldigen, wenn die Justiz versagt. Und die versagt oft.« Weinzirl blickte grimmig.

Sie alle hatten genug Dienstjahre auf dem Buckel, um zu wissen, dass nichts besser geworden war bei der Polizei und in der Justiz. Personalmangel, Cyber Crime, rechtsgerichtete Tendenzen bei den Kollegen – und der nette Dorfpolizist, der wie der nette Postbote ab und an ein Schnapserl bei seinen Schäfchen nahm, war längst passé. Die Welt war für den Menschen, der schließlich auch nur ein Säugetier war, das aufrecht ging, zu schnell geworden, und seit es keine Säbelzahntiger mehr zu bekämpfen gab, mussten Männer Aberwitziges tun fürs Ego.

Sie verabschiedeten sich von Baier, auch mit dem Versprechen, im Frühsommer gemeinsam in den Biergarten zu gehen, rein privat. Während Weinzirl südwärts fuhr, um Irmi in Bad Kohlgrub abzuliefern, resümierten sie die bisherigen Erkenntnisse und beschlossen, am nächsten Tag weiter in Ungers stark motorisiertem Leben zu stochern.

»Ich hab diesen Winter noch keine einzige Skitour aufs Hörnle gemacht. Winter ohne Schnee sind kein gutes Zeichen«, sagte der Weinzirl zum Abschied. »Bis morgen dann.«

Das Auto des Hasen war nicht da, Raffi hingegen freute sich ein Loch in den Pelz. Eine fette Wühlmaus lag mitten im Zimmer und sah nicht mehr so gut aus. Irmi nahm sie vorsichtig am Schwanz und verpackte sie in einer Zeitung, die sie auf der Dachterrasse ablegte. Nicht vergessen, ermahnte sie sich.

Sie belegte ein Käsebrot und war froh, schweigen zu können. Nach so einem intensiven Tag war die Stille ihre Rettung.

2

Irmi war gegen halb sieben wach. Raffi war sicher mit Fridtjof spazieren. Der war gestern gar nicht mehr hochgekommen. Das irritierte Irmi manchmal, aber sie hatten keine Übereinkunft, dass man sich abends ein Gutenachtbussi zu geben hatte. Genau genommen hatten sie gar keine Übereinkunft. Du bist über sechzig, wisperte es in Irmi. Da fragt man den andern doch nicht mehr, ob man jetzt miteinander geht. Und musste ihre Beziehung denn einen offiziellen Status haben? Da sie auf keinen sozialen Netzwerken vertreten war, brauchte sie doch auch keinen Beziehungsstatus, oder?

Als Irmi losfuhr, war der Hase noch nicht zurück. Sie schrieb ihm eine SMS: »Guten Morgen! Ich fahr nach Weilheim. Dem Weinzirl helfen. Mehr dazu heute Abend? Busserl.«

Die Antwort kam wenig später: »Ebenfalls einen wunderschönen guten Morgen! Sehr fein, der Weinzirl braucht eine weibliche Hand.«

Und was sagte ihr das nun? Irmi rief sich zur Räson und war versucht, wie immer auf dem Weg nach Garmisch, links abzubiegen, Richtung Saulgrub, ins Ammertal. Sie aber musste nach rechts, Richtung Murnau und weiter nach Weilheim. Es kam ihr komisch vor, zur Arbeit in eine Stadt zu fahren, die sie gar nicht richtig kannte. Der Eindruck ihrer Kollegen stimmte schon. Sie lief mit Scheuklappen durch den Nahraum und pflegte die gediegene Arroganz derer, die glaubten, ihr eigener Wohnort sei der Nabel der bayerischen Welt. Seitenblicke auf Nachbarregionen unnötig!

Irmi hatte sich nach langer Zeit endlich doch eine Freisprechanlage einbauen lassen und tippte nun auf Kathis Nummer.

»Servas, warum rufst du an? Wir sehen uns doch gleich.«

»Nein, eben nicht«, erwiderte Irmi.

»Bist du krank? Du bist doch nie krank!«

»Nein, ich fahr … na ja … nach Weilheim. Helf dem Kollegen Weinzirl ein bisschen. Da herrscht akuter Personalnotstand, weißt du.«

Kathi war alles Mögliche von ausfallend bis eruptiv – und sicher nicht blöd.

»Ach, da hattest du gestern eine Eingebung, oder was? Oder haben die dich in der Nacht angerufen?«

»Nein, also …«

»Ja?«

Irmi berichtete von den Ereignissen des Vortags und hielt sich ebenso bedeckt wie bei Weinzirl, was den Grund ihres Aufenthalts am Auerberg betraf. Sie habe nur mal ganz unverbindlich einen Hof besichtigt, behauptete sie.

»Bei den Schwaben?« Kathis Stimme überschlug sich beinahe.

»Das liegt in Oberbayern, Kathi. Und bei uns oder auch bei dir im Außerfern gibt es nichts. Der Immobilienmarkt ist leer gefegt. Und wie du ja schon öfter höchst charmant angemerkt hast, bin ich nicht mehr die Jüngste. Ich werd auch mal in Rente gehen.«

»Und dann setzt du dich selig allein auf einen Berg, der nicht mal ein richtiger Berg ist?«

»Na ja, ich hab die Kater und Raffi.«

»Ach, die werden hundert, oder was?«

»Ich orientiere mich ja nur mal. So vorab eben! Rein interessehalber.«

Kathi überlegte kurz. »Und deine Wohnung beim Hasen, die kündigst du dann?«

Irmi sagte nichts.

Und Kathi begriff. »Nicht wirklich, oder?«

Irmi setzte weiter auf Verweigerung.

»Du ziehst mit dem Hasen auf einen Hof!«, rief Kathi. »Der verkauft wegen dir sein Haus? Ist es das? Wow!«

»Du hast mal gesagt, ich sei so ein Schollentyp, so 'ne Heimaturschel.«

»Ja, aber deine Heimat liegt sicher nicht bei den Schwaben, und so, wie die da reden, sind das für mich Schwaben! Home is where my heart is – so schaut's aus!« Kathi klang triumphierend. »Warum macht ihr es nicht offiziell?«

»Ach, Kathi!«

»He, heiratet ihr? Ich will unbedingt Reis werfen.«

»Bewahre! Kommt gar nicht infrage. Und halt die Klappe! Muss ja nicht das gesamte Revier wissen, dass ich … dass wir uns örtlich verändern wollen. Also irgendwann mal …« Dieses Wort »wir« sagte sich schwer. Es pappte am Gaumen, es fühlte sich schwer und pampig an und wurde eher mehr. Als wenn man in eine Weinbergschnecke biss. Irmi hatte einmal eine probiert. Was eklig gewesen war.

»Irmi, Irmi! Je oller, je doller.«

»Du bist und bleibst eine blöde Nuss.«

»Ja, ja, ich weiß. Harte Schale, schmackhafter Kern. Aber eine Nuss, die du nun allein lassen willst!«

»Wer weiß, ein Dampfhammer wie du ist bestimmt auch in Weilheim gefragt!«

»Danke fürs Kompliment!« Kathi schien kurz zu überlegen. »Aber der Weinzirl ist schon ein bisschen ein schräger Typ, oder? Allgäuer eben, die sind einfach verdruckt.«

Irmi lachte. »Verdruckt wäre zumindest mal eine Abwechslung zum flammenden Inferno, das du entfachst.«

Auch Kathi lachte. »Na dann, viel Spaß!«

»Danke!«

Wie eine Besucherin betrat Irmi schließlich Weinzirls Büro. Er sah auf.

»Irmi, du bist wirklich gekommen!«

»Sicher. Guten Morgen, wie schaut es aus?«

»Ja nun. Ich hab gestern Abend noch Material eingesehen und ein paar Artikel ausgedruckt. Heute früh hab ich mit einem Kollegen in Kempten telefoniert.«

»Fleißig.«

»Ich will bei dir einen guten Eindruck machen. Ehrlich! Magst du die Sachen kurz überfliegen?«

»Ich dachte, du fasst das mal knapp zusammen.«

»Inhaltsangaben waren schon im Deutschunterricht nicht meine Stärke. Ich war nach ein paar Zeilen fertig. Oder meine Lehrerin hat sich mokiert, dass ich die Inhaltsangabe mit einer Nacherzählung verwechselt hätte. Es ging immer um die falsche Länge.« Er grinste schief. »Aber gut: Es war ein Donnerstag in den Pfingstferien 2017. Familie Scherle hat das Bergbauernmuseum in Diepolz besucht, war dann noch auf dem Hauchenberg wegen des Sonnenuntergangs und ist erst im Dunkeln wieder ins Tal geradelt. Also nach Niedersonthofen, wo die Familie eine Ferienwohnung hatte. Vorne der achtjährige Sohn, in der Mitte der Vater mit dem Fahrradanhänger, in dem die Vierjährige saß. Ganz hinten die Mutter. Alles richtig gemacht, mit Fahrradbeleuchtung und Reflektorstreifen an den Jacken. Und dann kamen von unten anscheinend mit einer Affengeschwindigkeit zwei Autos. Das erste schoss vorbei, das zweite geriet ins Schleudern und riss die Gruppe auseinander. Der Wagen erfasste das Fahrrad mit dem Anhänger, das kleine Mädchen stürzte mit dem Gespann den Hang hinunter und verletzte sich schwer. Es wurde in Kempten im Klinikum notversorgt und am nächsten Tag nach München-Schwabing in die Kinderklinik ausgeflogen. Der Fahrer verstarb noch am Unfallort.«

Weinzirls Vortrag war ganz nüchtern gewesen, und genau das berührte Irmi sehr. Vor ihrem inneren Auge entstanden flackernde Bilder, wie bei einem alten Super-8-Film, bevor der Streifen riss und blutrot erstarb. Weil sie nichts sagte, fuhr Weinzirl fort:

»Wie es dem Kind heute geht, kann ich dir nicht sagen. Sieben Monate nach dem Unfall war das Mädchen in Hochried am Staffelsee in der Reha. Es gab einen Prozess gegen den Fahrer des zweiten Autos, einen gewissen Felix Berchthold, der sich der Polizei gestellt hatte. Herr Geiger, der Vater des anderen jungen Mannes, hatte ihm einen sehr guten Anwalt an die Seite gestellt. Der argumentierte, dass kein gefährlicher Eingriff in den Straßenverkehr vorliege, ebenso wenig wie ein besonders schwerwiegendes

Abweichen vom normalen pflichtgemäßen Verkehrsverhalten.«

»Na ja«, sagte Irmi. »Rücksichtslosigkeit sehe ich da aber schon. Die beiden Fahrer haben sich doch bewusst über ihre Pflichten gegenüber den anderen Verkehrsteilnehmern hinweggesetzt!«

»Nun, man hat ihn aufgrund der guten Sozialprognose zu eineinhalb Jahren auf Bewährung verurteilt. Der Führerschein war natürlich weg.«

»Eine vergleichsweise milde Strafe«, fand Irmi.

»Das jugendliche Alter und die Tatsache, dass er sich vorher nie etwas zuschulden hat kommen lassen, waren wohl entscheidend. Auch Unger geriet in den Fokus, weil er einem Neunzehnjährigen ein solches Auto gegeben hat. Unger hat argumentiert, dass der Kunde über eine gültige Fahrerlaubnis verfügt habe. Offenbar hat er darauf vertraut, dass dieser sich an die StVO hält. Bei einer großen Autovermietung wie Hertz oder Avis hätte der Kunde womöglich einundzwanzig sein müssen, Unger hat es gereicht, dass der Kunde den Führerschein schon mindestens zwölf Monate besaß.«

»Ja, aber man gibt so jungen Fahrern doch generell keine Luxusfahrzeuge!«, rief Irmi.

»Das sagt der Menschenverstand, das Gesetz aber nicht. Unger blieb unbehelligt, was in den sozialen Medien und in den Leserbriefen der Lokalpresse Entrüstung hervorrief. Es gab einen regelrechten Shitstorm gegen Unger. Der hat einem Reporter gegenüber auch noch gesagt, dass wenigstens sein schönes Auto keinen Schaden genommen hätte.«

»Das hat die öffentliche Meinung sicher nicht direkt für

ihn eingenommen«, sagte Irmi leise. »Und wer war noch mal der Fahrer des Unfallwagens?«

»Ein gewisser Lorenz Geiger. Die beiden Jungs lernten Gas-Wasser-Scheiße, also Installateur, und kannten sich von der Berufsschule. Geiger stand kurz vor seinem Gesellenabschluss, er war zwanzig Jahre jung, Berchthold ein Jahr jünger.«

»Hatte sich dieser Lorenz sein Auto auch gemietet?«

»Nein, der hat sich einen Audi A7 Quattro vom Papi geliehen.«

»Puh!«

»Den Vater hab ich schon versucht anzurufen. Ich bin aber nicht sehr weit gekommen. Seine Sekretärin hat mir gesagt, der Herr Geiger sei verreist und komme erst heute Abend zurück. Er rede allerdings nur im Beisein seines Anwalts und nur, wenn wir triftige Gründe hätten und ihn offiziell vorladen würden. Der Herr Geiger habe genug gelitten.«

»Okay«, sagte Irmi gedehnt. »Wenn wir ihn eines Mordes verdächtigen, wären das aber schon triftige Gründe, oder? Sein Sohn ist tot. Das verkraftet man doch nie!«

»Der Herr Geiger kommt wie schon erwähnt erst heute Abend zurück, und zwar aus den USA. Wenn das stimmt, dann war er gestern nicht am Auerberg.«

Irmi seufzte. »Das geht ja schon gut los. Also zurück zu den Jungs. Hast du noch mehr Infos über die?«

»Zwei Autofreaks. Felix Berchthold kommt aus einem Bauernhaus, Lorenz Geiger stammte aus einem Akademikerhaushalt, klassisches Enfant terrible, hat viel Mist gebaut. Er war ein absoluter Autonarr, wohl nicht zuletzt, weil es einen familiären Bezug zum Jochpassrennen gab. Der Opa ist dort mitgefahren. Da steckten die Renngene wohl im Enkel.«

Ob Weinzirl das ironisch meinte, wusste Irmi nicht so recht. Sie würde sich an den Kollegen erst mal gewöhnen müssen.

»Ich bin nicht so drin im Motorsport«, gab Irmi zu.

»Ich seh schon, du bist zu sehr im Werdenfels verwurzelt. Über den Tellerrand, bis ins Allgäu, schaut ihr gar nicht. Das Jochpassrennen von Hindelang hinauf nach Oberjoch ist legendär. Im September 1923, mitten in der Inflationszeit, gab's das erste, bei dem übrigens eine gewisse Ada Otto aus München die schnellste Zeit fuhr. Bis 1930 fanden jährlich Rennen statt, dann erst wieder 1954. Anschließend gab es eine Pause von achtundzwanzig Jahren, bis zum legendären zehnten Rennen von 1982. Im Jahr 1989 fand das letzte richtige Rennen statt – die Einsprüche der Naturschützer waren zu vehement. Da nutzte nicht einmal die Volksbefragung etwas, bei der sich die Mehrheit pro Rennen aussprach.«

»Na, die werden gut dran verdient haben, da muss das Waldsterben eben ruhen«, konterte Irmi grinsend.

»Klar, ich saß auch auf meiner karierten Wolldecke und hab zugesehen. Das war einfach Kult. Inzwischen gibt's wieder ein Oldtimerrennen in Bad Hindelang. In deiner neuen Heimat am Auerberg übrigens auch.«

»Das seh ich momentan noch nicht, dass das meine Heimat wird.«

»Passt auch nicht zu dir, das Haus.«

Irmi sah ihn überrascht an. »Was passt denn zu mir?«

»Was Bodenständigeres.«

»Ach, du traust mir keine Eleganz zu?«

»Nein.«

Irmi gluckste.

»Ich mein das nicht negativ«, fuhr Weinzirl fort. »Das ist eher ein Kompliment.«

»Also, Weinzirl, du verstehst es wirklich, Komplimente zu machen!«

Er sah sie zerknirscht-dackelfaltig an. »Das ist die Tragödie meiner Beziehungshistorie. Hiermit hast du sie auf den Punkt gebracht.«

Es tat gut, mit Weinzirl etwas vom Fall abzuschweifen, denn vor ihnen baute sich ein Berg auf, der mit steilen Pfaden aufzuwarten schien.

»Und nun?«, wollte Irmi wissen.

»Was schlägst du vor?«

Er schien krampfhaft zu versuchen, ihr den Vortritt zu lassen und seine Charmedefizite auszubügeln.

»Ich brauche meist den Lokalaugenschein, ich versenke mich gern in Orte«, sagte Irmi. »Wenn das für dich nicht blöd klingt?«

»Nein, gar nicht. Dann fahren wir jetzt an den Nieso.«

»Wohin?«

»Niedersonthofener See. Außerdem könnten wir diesen Felix Berchthold besuchen. Der wird ja wohl nicht auch in den Staaten oder Australien oder sonst wo sein. Komm!«

»War hier immer schon eine Autobahn?«, fragte Irmi, als sie in der Nähe von Waltenhofen waren.

»Nein, die Straße wurde erst seit 2009 als vierspurige

Kraftfahrstraße ausgebaut. Keine Autobahn. Stark umstritten, genau wie die ausgebaute B 12 im Weitnauer Tal, die abrupt als Torso endet. Verkehrsplanerischer Totalausfall.«

Irmi blickte über die kleinteilige Landschaft, den See, die Berge, die so sanftmütig wirkten, und schüttelte den Kopf. »Wir pflastern die Welt zu und nehmen ihr jede Möglichkeit zu atmen.«

Inzwischen war Weinzirl von der Bundesstraße abgebogen, und sie fuhren am See entlang. In Memhölz wies Weinzirl nach rechts. »Da war mal eine legendäre Wirtschaft. Mit Tante-Emma-Laden. Es gab von jedem Produkt ein oder zwei Exemplare. Hat auch gereicht.«

Wenig später deutete seine Hand nach links. »Der Plastikstrand, hier trafen sich die Schönen der Kemptner Nacht zum Surfen und zur Tittenschau. Ähm, Entschuldigung.«

Irmi lachte. »Die Oben-ohne-Phase der Achtziger ist mir gut in Erinnerung«, sagte sie und hoffte stark, dass Weinzirl weitere Nachfragen zu ihrer Beteiligung unterlassen würde.

Das tat er, nahm dafür aber seine Reiseführertätigkeit wieder auf. »Früher hat man an der Straße geparkt, jetzt ist das ein Großparkplatz. Noch mehr Versiegelung.«

Sie fuhren durch Niedersonthofen, dann bog Weinzirl scharf rechts ab. Die Straße hatte offenbar beschlossen, möglichst schnell viele Höhenmeter zu machen. Links von ihnen war ein Stacheldrahtzaun angebracht, die Wiese fiel steil zum Dorf Niedersonthofen ab. Sie hielten und stiegen aus.

Ein kleines schmiedeeisernes Kreuz stand am Wegesrand. Ein Bild zeigte einen hübschen Jungen. *Lorenz. Die*

Liebe bleibt. Verwelkte Blumen steckten in einer Vase, wie man sie auch an Allerheiligen verwendete. Die Wiesen waren noch bräunlich, aber erste Schlüsselblumen hielten bereits Ausschau, ob es wohl bald Frühling würde. Eigentlich waren sie viel zu früh, schließlich war erst Februar. Winzige Anemonen hatten sich dazugesellt.

»Anemonele«, sagte Weinzirl leise.

Irmi sah ihn etwas verwirrt an.

»Meine Oma hat sich immer so über die ersten Anemonen gefreut«, erklärte er. »Am Ende hat sie kaum noch gesprochen, nur Anemonele hat sie gesagt.«

Vielleicht hätte Irmi das irgendwie kommentieren sollen, aber sie kannte den Kollegen zu wenig, um richtig zu reagieren. Irmi spürte jäh, wie sehr Kathi ihr fehlte. Sie waren so lange zusammen an der Front gewesen.

In dem Moment hielt ein Auto hinter Weinzirls VW-Bus. Eine Frau mit einem bunten Blumenstrauß in der Hand kam auf sie zu. Irmi schätzte sie auf fünfzig, sie trug eine Softshelljacke und sah sportlich aus. Kurz beäugte sie das Weilheimer Kennzeichen, dann sah sie Irmi und Weinzirl ausgesprochen skeptisch an. Ihr Blick blieb an Weinzirl etwas länger hangen.

»Was macht's da?«

»Und Sie? Blumen für Lorenz? Sind Sie bekannt mit der Familie?«, fragte Irmi.

»Fragt wer?«

»Weinzirl und Mangold. Polizei.«

»Was wollt ihr jetzt noch? Wo alles zu spät isch?«

»Und Sie sind die Frau …?«

»Bechteler.«

Diese Allgäuer schienen mit wenigen Worten auszukommen. »Schöne Blumen«, meinte Irmi. »Dann haben Sie den Lorenz also näher gekannt?«

»Nein, aber die Lena möchte, dass i die Blumen da hinstell.«

»Die Lena?«

»Lena Scherle. Die Familie hat eine Ferienwohnung bei uns auf dem Hof gehabt. Jahrelang. Die Eltern vom Stefan scho. Aber nach dem allem kommen die nimmer. Doch ich hab der Lena versprochen, immer frische Blumen hizumstellen. I mach dann immer a Bild und schick ihr das.«

Nachdem sie die neuen Blumen in die Vase gestellt und aus einer Aluflasche Wasser eingegossen hatte, zog sie wie zur Bestätigung ihr Handy aus der Tasche und schoss ein Foto. Dann bekreuzigte sie sich. Ein Auto fuhr vorbei, auch nicht gerade langsam. Die Frau schüttelte unwirsch den Kopf. »Deppenpack«, brummte sie.

Irmi betrachtete das Kreuz, und der Name Lorenz verschwamm vor ihren Augen. Dieser Stefan musste der Familienvater und Lena die Mutter der verunglückten Pia sein.

»Ist es nicht ein wenig seltsam, dass ausgerechnet Frau Scherle Blumen hinstellen lässt?«, fragte Irmi.

»Ja und nein. Es ist ihre Art, mit der Sache abzumschließen und zu verzeihen. Und der Vater Geiger täte so was nie, das ist ein ziemlich harter Kerla.« Frau Bechteler gab sich sichtlich Mühe, Hochdeutsch zu sprechen, ab und zu blitzte das Allgäuerische aber durch.

»So a fröhliche Fehl war die Pia. Und das waren so nette Leit. It alle unserer Gäscht sind so nett«, sagte sie und fixierte Weinzirl. »Des kennsch ja aus Eckarts au. Die Oma hot doch au vermietet!« Nun lächelte sie. »Erinnerst dich nimmer? I bin die Maria, mir warn mitanand in dr Schual.«

»Maria Hagspiel! Mensch! Du hast dich kaum verändert.«

»Lügenbold! Du hosch mi it erkannt.«

»Bei Bechteler hat es nicht gleich klick gemacht.«

»Weinzirl Gerhard. Du warsch scho als Bua kui guater Lügner.«

Irmi grinste. Dieser Dialekt klang in ihren Ohren wirklich komisch, und diese Maria bemühte sich bei Weinzirl nicht ums Hochdeutsche. Der verstand die Landessprache.

»Maria, ich freu mich wirklich. Was für ein Zufall!«

»Vielleicht wollt der do, dass mir uns treffen.« Maria Bechteler machte eine fahrige Bewegung zum Himmel. »Der hot was guatzumacha. Aber warum geht's etzt um die Pia?«

Weinzirl berichtete.

»Mit dem Unger hat's ja it den Falschen getroffen«, meinte Maria Bechteler in Irmis Richtung. »Der hätt schlauer sein müssen als wie die jungen Kerla. So einen Dreckskarren zu vermieten! Wozu braucht man dreihundertfünfzig PS? Oder noch mehr.« Sie schaute auf Weinzirls Bus. »Dass du mit dem überhaupt do bisch. Verreckt der dir it bei über zehn Prozent Steigung?«

»Ging grad so.«

Die beiden erinnerten sich noch an ein paar alte Schulkameraden, und Irmi musste sich nun doch sehr konzentrieren, um ihnen folgen zu können, denn sie schienen in einer Fremdsprache zu plaudern. Weinzirl holte aus dem Bus eine Decke mit Plastikbeschichtung auf der Rückseite und legte sie auf den Boden. Gerade so, als würden Sie ein Picknick machen.

»Ich kann nicht so lange stehen. Das Kreuz. Die Decke ist allerdings vom Hund. Ich hoffe, das stört euch nicht.«

Maria schüttelte den Kopf, Irmi auch. Auf so eine Idee wäre Kathi nie gekommen, sie hätte versucht, ein Café zu finden, wo sie starken Espresso geordert hätte. Irmi spürte, dass in Weinzirls Geste mehr lag als Bequemlichkeit. Sie begaben sich auf dieselbe Höhe wie Lorenz, sie leisteten ihm Gesellschaft. Er war kein so unsensibler Klotz, wie er selbst vorgab. Maria holte drei Bier aus ihrem Auto. Dann saßen sie da, die Flaschen klangen dumpf aneinander. Und Maria begann zu erzählen.

Die Familie Scherle stammte aus Albstadt im Zollernalbkreis. Schon die Elterngeneration hatte in Niedersonthofen eine Ferienwohnung gepachtet. Später hatte Stefan mit seiner eigenen Familie die Pacht übernommen. Die Scherles waren in fast allen Schulferien da gewesen, vor allem, weil die Kinder das so gewollt hatten. Anscheinend war Lena die Einzige, die gerne auch mal Urlaub an der dänischen Ostsee, in Apulien oder auf den Kanaren gemacht hätte. Sie war aber immer am Widerstand der Familie gescheitert. Weil's im Allgäu eben »so schee« war. Und weil die Kinder auf dem Bauernhof frei sein konnten. Sie seien Stammgäste mit Familienanschluss und »für Schwoba« wirklich sehr okay gewesen, meinte Maria. Irmi hatte es sich tunlichst verkniffen zu fragen, warum gerade die Allgäuer mit dem unverständlichen Zungenschlag, der ihr sehr schwäbisch vorkam, auf Leute einhackten, die eigentlich ganz ähnlich sprachen. Aber das Verhältnis zwischen Allgäuern und Schwaben schien dem von Garmischern und Münchnern zu ähneln. Die einen mochten keine Stuttgarter Invasoren und sie eben nicht die depperten Münchner.

Außerdem erfuhren sie, dass Stefan sich wohl die meisten Vorwürfe machte, weil er die Idee gehabt hatte, auf dem Turm am Hauchenberg noch den Sonnenuntergang zu bestaunen. Ein paar Minuten früher oder später wäre nichts passiert. Hätte, hätte, Fahrradkette! Was wäre gewesen, wenn? Ein Hadern, das diesen Stefan zermürbte und offenbar bis heute umtrieb.

Sie hörten auch heraus, dass man den beiden Jungs am wenigsten Vorwürfe machte. Junge Raser war man auf dem Land gewohnt. Meist wachse sich das von allein aus, wenn die Burschen älter würden und vernünftiger und selber Familien gründeten, meinte Maria. Sie wusste, dass der »Berchthold-Bua« ins Westallgäu nach Maierhöfen gezogen sei, während der Vater Geiger in Bad Hindelang geblieben war. Die Frau sei ihm »verdloffa«, einfach nach Norddeutschland verschwunden. Geiger sei Unternehmensberater und gelte als ziemlicher »Lackaff«, als »geldig und arrogant«, fasste Maria zusammen.

»Und ihr meint jetzt, dass sich einer so spät gerächt hat?«, wollte sie wissen.

»Mir meinen nix«, sagte Weinzirl.

»Wäre das dem Stefan denn zuzutrauen?«, fragte Irmi.

»I trau jedem alles zu. Weil du it in die Menschen neiluaga, also reinschauen kannst. Der Stefan kann it loslassen. Die Lena isch viel alleine. Er isch die ganze Woch unterwegs. Die Lena sagt, er kann das it ansehen mit der Pia.«

Irmi gegenüber bemühte sie sich weiterhin, einigermaßen verständlich zu reden. Allerdings fühlte sich Irmi eher an Schweizer erinnert, die glaubten, Hochdeutsch zu sprechen. »Es bleibt alls an der Lena hängen. Bleibt's ja immer an den Frauen, oder?«

Der Satz sank auf die Picknickdecke und blieb liegen.

»Und Pia? Wie geht es ihr heute?«, fragte Irmi schließlich.

»I glaub, am beschten von allen«, sagte Maria. Was erstaunlich klang oder auch nicht.

Man verabschiedete sich. Maria fuhr bergauf davon und winkte noch aus dem Fenster. Wenig später kam sie wieder vorbei, sie schien irgendwo gewendet zu haben.

»Die Maria war die Allerschlauste«, meinte Weinzirl. »War auf dem Gymnasium. Einserabitur, die hätte alles studieren können. Ist aber zu einer Krankenversicherung gegangen. Und heiratet ausgerechnet den Bechteler. Fünfhundert Jahre Niedersonthofener Inzucht. Aber bauernschlau!«

»Hättest du mal besser zugegriffen. Ist ja noch gut in Schuss, die Maria.«

»Ich bin unvermittelbar. War ich immer. Komm!« Mit einem letzten Blick auf das Kreuz gingen sie zum Auto. Weinzirl startete. Der Bulli grummelte etwas, bis er sich dann doch dazu durchrang loszurattern.

»Wir fahren zu diesem Berchthold«, kündigte er an. »Ich lass Felix mal checken, wo der wohnt. Das wird er ja hoffentlich schaffen.« Weinzirl gab am Telefon ziemlich unwirsch Befehle. Wenn sie die Adressatin gewesen wäre, dachte Irmi, dann hätte sie auch wie der Bus gegrummelt. Ein gnädiger Chef schien der Weinzirl nicht zu sein.

Er wendete, fuhr nach Niedersonthofen zurück und dann wieder auf ein winziges Sträßchen. Vorbei an geschindelten Häusern, manche bilderbuchartig herausgeputzt, andere hatten schon bessere Zeiten gesehen. Die Farbe platzte ab, die Wände wirkten so, als hätten sie eine schwere Hautkrankheit.

»Schindeln streicht man nicht! Das war mal eine Unsitte der Sechzigerjahre, dass man sie gelblich oder grün oder sogar rosa angestrichen hat. Der Nachbar hat angefangen, also musste man selber auch zum Farbtopf greifen. Und die Farbe war schlecht, Wasser ist eingedrungen. Weißt du, Irmi, eine Schindelfassade bewahrt nur dann ihren Schutzcharakter, wenn sie naturbelassen ist. Im Westen verwittert sie und wird grau, im Süden wird sie durch die Sonne dunkler. Mit einer Schindelfassade hast du drei Generationen lang Ruhe.«

Er hatte mit Nachdruck gesprochen, während er sich weiter bergauf schraubte, hinein in ein Waldstück. Ein Bulldog mit Rückewagen kam ihnen entgegen, Weinzirl rangierte in einen Feldweg, hob den Zeigefinger zu einem Minimalgruß für den Bauern.

Sie schwiegen eine ganze Weile, bis Irmi schließlich sagte: »Deine Maria hat doch recht. Wieso jetzt? Wieso unter so merkwürdigen Umständen?«

»Erstens ist das nicht meine Maria, und zweitens wollen wir ja genau das rausfinden.«

Das klang etwas barsch.

Schließlich erreichten sie eine Art Hochebene, wieder

Höfe, eine geschindelte Kapelle. Irmi wurde auf einmal warm ums Herz, und sie verstand, warum Weinzirl hier herumkurvte. Er liebte diese Gegend. In Weilheim war er ein Exilant, diese Region machte ihn aus. Das Oberallgäu war so anders als ihre eigene Heimat, wo aus den flachen Loisachauen plötzlich hohe Felsberge aufragten. Hier gab es Hügel und Höcker, Tobel und Waldschluchten, neue Grasbuckel mit kleinen Kreuzen, wieder eine scharfe Kurve, wo sich ein Sträßchen wie eine Achterbahn hinunterstürzte. So eine Landschaft machte nicht gesprächig, auch nicht großspurig.

Weinzirl zeigte wieder auf ein Haus. »Damals hat man häufig Eternitplatten an die Wand gepappt. Bei vielen Bauernhöfen wurden die Schindeln überklebt, und bei Neubauten befestigte man die Platten schnell und nachlässig am unverputzten Haus. Jahrzehnte später sind sie optisch das pure Grauen.«

»Bist du ein Schindelexperte?«, fragte Irmi lächelnd.

»Nein, der Opa war einer. Er zog sommers in Tirol durch die Wälder, durchstreifte das Mieminger Plateau, zeichnete seine Bäume an, die winters dann geschlagen wurden. Er suchte linksgedrehtes Holz, das spaltet sich für Schindeln besser. Achtzig Prozent der Bäume wächst nach rechts, nur bei zwanzig Prozent sieht man an der Rinde, dass das ein Schindelbaum werden könnte. Am Ende ist eine Schindelfassade frostsicher und widersteht dem Hagel. Und heftigere Wetterereignisse nehmen ja leider zu. Wenn du ein Haus kaufst, kauf eins mit Schindeln!«

Und weil Irmi nichts sagte, schickte er hinterher: »Ich hätte gerne mal Architektur studiert, ein Kumpel von mir hat das getan. Aber natürlich nicht immer das gebaut, was er wollte.«

Irmi wartete noch immer.

Weinzirl sah herüber. »Ich bin sonst gar nicht so redselig. Muss an dir liegen. Deshalb bist du wohl so gut. Die Menschen vertrauen dir.«

Das war schön gesagt. »Danke.«

Und in dieser buckligen Welt, übersprenkelt von Höfen, ging es nun von Ettensberg wieder hinunter, in Weitnau erneut über einen Grat und dann nach Maierhöfen. Der geschmähte Kollege hatte den Arbeitgeber seines Namensvetters Felix Berchthold herausgesucht, und dort bekamen sie die Info, der Sanitär-Felix arbeite derzeit am Iberg-Zentrum. Ganz schön viele Felixe, dachte Irmi – und der Name war eben nicht immer Programm.

Felix Berchthold entdeckten sie in einem Klo, wo er anscheinend gerade die Schüsseln austauschte.

»Ja?« Er legte die Wasserpumpenzange weg und sah die beiden an. Ein hübscher Junge mit großen braunen Augen, die einen Kontrast zu seinen strohblonden Haaren bildeten. Er war groß, fast schlaksig, und Irmi hätte ihn glatt für siebzehn gehalten, wenn sie es nicht besser gewusst hätte.

»Felix, dürften wir Sie kurz stören?«

Er nickte und folgte ihnen ins Foyer, wo er sich an einen Tisch lehnte.

Da Weinzirl sich nicht anschickte, etwas zu fragen, fuhr Irmi fort.

»Wir sind von der Kripo in Weilheim. Leider müssen wir noch mal auf den Unfall von 2017 zurückkommen.«

Felix Berthold zuckte regelrecht zusammen, und weil er

so ein hübscher Bub war, hätte Irmi ihn am liebsten verschont. Welpenschutz griff auch bei Menschen, und Irmi war sich durchaus darüber im Klaren, dass hübsche Menschen es leichter hatten. Es stimmte einfach nicht, dass vor allem die inneren Werte zählten. Der erste Eindruck war immer ein optischer. Dieser feingliedrige Junge mit seinem lieben Gesicht tat sich leichter im Leben. Ihm verzieh man auch eher.

Weinzirl hockte sich schweigend auf einen der Tische, während Irmi berichtete, dass Unger getötet worden sei und sie bei ihren Ermittlungen unweigerlich auf den Unfall von damals gestoßen seien.

»Und Sie glauben, dass ich, ich, ich …«

Weinzirl sprang jäh von seinem Tisch. Irmi erschrak ebenso wie der Junge.

»Felix, wo warst du am Mittwochvormittag?«, fragte Weinzirl.

»Hier. Beim Arbeiten.«

»Das bezeugt wer?«

»Mein Chef. Und die von der Bücherei. Sie bauen hier grad einen Bücherflohmarkt auf und so eine Verni-Dings. Drum ist hier auch so ein Verhau mit den Tischen.«

Irmi glaubte ihm.

»Okay«, sagte Weinzirl. »Jetzt hör mal zu, Felix, der Unger war ziemlich in der Kritik, weil er dir so ein Auto vermietet hat. Wie bist du bloß auf so eine Idee gekommen?«

»Der Lorenz, also der Geiger Lorenz, konnte sich immer das Auto von seinem Vater nehmen, und ich hatte nur einen alten 3er-BMW. Da hab ich mir eben so ein Auto gemietet.

Hab gesagt, ich müsste meine Freundin beeindrucken. Der Unger hat noch gesagt, ich soll keine Spermaflecken machen. Der fand sich lustig.« Plötzlich trat der junge Mann auf Weinzirl zu. »Ich täte alles, um die Zeit zurückzudrehen. Alles. Aber es ist passiert. Und Lorenz ist tot.«

Irmi schluckte.

»Ich hab denen später einen Brief geschrieben«, fuhr Felix Berchthold fort. »Ich war in Behandlung, meine Psychologin hat mir dazu geraten. Es ist aber keine Antwort gekommen. Es tut mir leid, jeden verdammten Tag. Manchmal denk ich nicht daran und träum auch nicht mehr davon. Ein paar Nächte lang. Und dann ist es wieder da, und jetzt kommt ihr angeschissen.« Er schlug sich auf den Mund. »Also …«

»Und wir rühren wieder daran?«, fragte Irmi leise.

Er war ein Opfer. Ein Opfer der Gedanken, die tief in seinem Inneren wühlten. Ein Opfer, weil sein bester Freund tot war. Dämonen waren hartnäckig. Und sie kamen zuverlässig aus der Unterwelt.

»Ja, und ich will das nicht. Diese Träume. Alles eben. Drum bin ich auch von daheim weg. Aber ich träum hier auch.« Wieder sah er Weinzirl an. »Aber ich hab dem Unger nichts getan. An Ihrer Stelle würd ich eher mal den Scherle Stefan anschauen.«

»Was heißt das?«, fragte Weinzirl.

»Der Scherle beobachtet mich.«

»Beobachtet dich?«

»Der Scherle ist ein Psychopath, wenn ihr mich fragt. Der ist Vertreter für Landwirtschaftsbedarf. Der Firmensitz ist in Biberach. Sein Gebiet reicht vom Bodensee übers

Allgäu bis ins westliche Oberbayern. Der war immer mal wieder mit dem Auto vor der Firma gestanden, hat reingeglotzt. War bei meinen Eltern am Hof. Meine Mutter sagt, der hat einen irren Blick. Der Vater vom Lorenz«, er schluckte schwer, »also der Herr Geiger, hat eine Verfügung erwirkt, dass der Scherle sich seinem Haus nicht mehr nähern darf.«

Das war interessant. Denn wenn Stefan Scherle die Familien der beiden Unfallverursacher terrorisierte, dann hatte er das womöglich auch bei Unger getan. Hatte der sich nicht auch verfolgt gefühlt?

»Danke, Felix. Und Bursche, bau keinen Scheiß mehr.« Weinzirl hatte ihm die Hand auf die Schulter gelegt. Felix sah ihn beinahe dankbar an.

»Nein, bestimmt nicht. Wiedersehen. Wiedersehen, Frau Kommissar.«

Das hatte wohl etwas mit Männersolidarität zu tun, dachte Irmi. Der Junge schien zu Weinzirl fast aufzusehen.

»Armer Kerl«, sagte der Kollege, als sie im Auto saßen. »Ich will mehr über den Scherle wissen. Machen wir morgen eine längere Ausfahrt? Nach Biberach?«

»Hmm«, machte Irmi, die sich vorhin im Foyer etwas im Stich gelassen gefühlt hatte. Die Zusammenarbeit mit diesem Weinzirl war eine echte Herausforderung.

Er schien aber nichts davon zu merken, sondern warf ihr ein fröhliches »Schönen Abend noch« zu, bevor er sie in Weilheim absetzte.

Irmi fuhr nach Hause. Bevor sie in ihre Wohnung hochging, streckte sie den Kopf beim Hasen rein, der vor dem Fernseher saß. Was er sehr selten tat.

»Hallo. Du siehst müde aus«, sagte er zur Begrüßung. »Ein Bier?«

»Gerne.«

Mit dem Bier kamen Chips und Oliven in zwei kleinen Glasschalen. Der Hase hätte nie eine Tüte auf den Tisch gestellt. »Ein Vermieter mit Gourmetkoch-Attitüde«, hatte Jens das einst genannt. Ab und zu geisterte er noch durch Irmis Gedanken. Bis heute hatten sie sich nicht ausgesprochen.

»Danke!« Irmi nahm einen tiefen Schluck. Und erzählte. Der Hase hörte aufmerksam zu.

»Es ist schwer loszulassen«, sagte er schließlich. »Und Männern fällt es noch schwerer. Sie gehen nicht durch die tiefen Täler der Trauer, sondern lenken sich lieber ab und suchen den Schuldigen. Aber manchmal gibt es keinen Schuldigen, und wo es einen gibt, lässt sich die Zeit dennoch nicht zurückdrehen. Ich weiß, wovon ich spreche.«

Fridtjofs Sohn Robin war als Kind ums Leben gekommen. Jahrelang hatte er allem und jedem die Schuld gegeben, vor allem aber sich selbst.

Irmi fühlte sich unwohl und lenkte ab: »Du hast doch gerade ferngesehen. Ich wollte dich nicht stören.«

»Hast du doch gar nicht. Ich bin an dem Virus hängen geblieben, das in China aufgetaucht ist und im Januar bei Webasto. Jetzt auch auf einem Kreuzfahrtschiff. Der Minion behauptet, er hätte alles im Griff.«

Irmi grinste. Der Hase bezeichnete den Gesundheitsminister als Minion. »Du glaubst das aber nicht?«

»Nein, auch die WHO hält sich noch bedeckt. Dabei gibt es Coronaviren schon lange, und SARS-Infektionen sind 2003 in der Weltöffentlichkeit angekommen. Damals hätte man schon nach Impfstoffen forschen sollen, aber der arrogante Westen ging davon aus, das Virus werde in Asien bleiben. Und für die gierige Pharmaindustrie war zu wenig zu holen. Ich habe kein gutes Gefühl, Irmi. Da fliegt uns bald etwas um die Ohren. So – und du gehst jetzt schlafen, damit du morgen gerüstet bist für den Kollegen.«

Sie umarmten sich kurz, er küsste sie auf die Stirn. Irmi ging nach oben. Und fühlte sich zerrissen.

Irmi traf schon morgens in Weilheim ein. Es war so eine Art Test, als sie sagte: »Ich fahre.«

»Auch gut. Kann ich rausschauen«, erwiderte Weinzirl.

Es war ordentlich Verkehr auf der Autobahn und auf der 312. Sie passierten das gewaltige Kloster in Ochsenhausen und dann Biberach, und da sie in ihr Navi die kürzeste Strecke eingegeben hatte, fuhren sie immer wieder durch kleine Dörfer, die im Tal lagen, und wieder hinauf auf kahle und karge Höhen.

»Eine ziemlich leere Landschaft«, sagte Irmi leise.

»Wir sind verwöhnt mit unseren Bergen«, entgegnete Weinzirl. »Sie geben unserer Welt einen Rahmen, zumindest auf der einen Seite. Wir fallen nicht so leicht raus.«

Weinzirl war eigenartig. Gestern diese Machonummer und heute solche Sätze. Und er traf Irmi damit ins Mark. Warum konnte sie nicht wegziehen? In Franken hätte es hinter Bamberg bestimmt schöne Höfe gegeben. Die Fränkische Schweiz war hügelig, aber es war diese einzigartige Kombination aus Seen, Grün, Bergen und auch den Kirchen, Klöstern, Schlössern und Ruinen, die ihr Herz leicht machten. Auch in Norwegen, wo sie ein Fall einst hingespült hatte, gab es großartige Landschaften. Sie hatte ein paar Handyaufnahmen gemacht, auf denen nichts als Natur zu sehen war, doch die wenigen Fotos mit roten Häusern im Vordergrund hatten ihr besser gefallen. Das Leben brauchte Vordergrund und Tiefe, fand Irmi. Und Weinzirl hatte recht: Zu Hause fiel sie nicht aus dem Rahmen.

Albstadt lag »auch im Loch«, wie der Kollege es wenig charmant umschrieb. Sie schraubten sich den Gegenhang wieder hinauf, in ein Wohngebiet, wo sich frei stehende Häuser aneinanderreihten. Wohlanständig, sauber, bestimmt mit Kehrwoche. Das Haus der Scherles in der Lortzingstraße war klein, ohne Schnörkel und Schnickschnack. Sie parkten am Straßenrand und läuteten an einer Tür, an der ein Kranz hing und darunter ein paar Hühner, die jemand mit einer Laubsäge ausgeschnitten zu haben schien. Vielleicht ein Ergebnis des Werkunterrichts.

Die Tür ging auf. Eine Frau in Jeans und einem rosa Sweatshirt öffnete, das schon einige Waschgänge durchgeschleudert worden war. Sie war schlank, die schulterlangen dunkelblonden Haare umspielten ihr Gesicht locker, sahen frisch geschnitten und gesträhnt aus.

»Ja bitte?«

»Frau Scherle? Lena Scherle?«

»Ja.«

»Irmi Mangold und Gerhard Weinzirl. Aus Weilheim in Oberbayern, von der dortigen Polizei. Könnten wir reinkommen?«

»Ist was mit meinem Mann?«

»Nein.«

»Sie kommen aber bitte nicht wegen der alten Sache«, stieß sie aus.

»Können wir das drin besprechen?«

Sie wurden hineingebeten und landeten in einem großen Wohn-Ess-Bereich, der im Prinzip das gesamte Erdgeschoss einnahm. Am Boden saßen ein paar Plüschtiere, eine Barbie ritt auf einem Zebra. Aus einer großen Holzkiste ragten Bücher, noch mehr Plüschtiere und einige Fischertechnik-Teile.

»Entschuldigung, ist nicht aufgeräumt«, sagte Lena Scherle. »Setzen Sie sich doch. Bin gleich wieder da.«

Sie verschwand hinter einer Tür, die vermutlich zur Küche führte.

Irmi empfand den Raum ganz im Gegenteil als aufgeräumt. In Anbetracht der Tatsache, dass hier Kinder lebten, war es sogar sehr ordentlich. Der Esstisch war frei von Krümeln, keine einzige Tasse stand herum. Lena Scherle schien ein strukturierter Mensch zu sein. Als sie bald darauf zurückkam, stellte sie Gläser und eine Karaffe vor ihnen ab. »Ingwerwasser«, erklärte sie.

Irmi goss ihnen allen ein. »Die alte Geschichte ist der Unfall von Pia?«

»Ja, und ich reagiere etwas angespannt auf Ihre Kollegen«, meinte Lena Scherle. »Wir hatten so viel mit Polizei und Anwälten und Gerichten zu tun, dass es für ein ganzes Leben reicht.«

»Wie geht es Ihrer Tochter heute?«

»Sie ist großartig. Und mutig. Sie nennt ihre Prothese Mary – nach ihrer Therapeutin in der Reha, die mit ihr geübt hat. An der Wand von Pias Kinderzimmer hängt das

Foto eines Models, das mit Prothesen Mode präsentiert. Sie ist die Gelassenste von uns allen. Und ihr Bruder Paule sagt, seine Schwester sei eben eine Hakenelse, ich weiß gar nicht, wo er das herhat. Die Kinder hadern viel weniger. Auch in der Schule nehmen die Kinder das sehr lässig. Sie haben gefragt, wie das so ist mit dem Haken, und Pia hat ihnen gezeigt, wie sie Mary an- und auszieht.«

Sie schwiegen eine Weile. Irmi blickte in ihr Glas, in dem ein Ingwerstückchen tanzte. Getränke waren gut, sie schafften Pausen.

»Das ist schön. Ein Weg in die Normalität«, sagte Irmi schließlich. »Es war eine schwere Zeit für Sie alle.«

Lena Scherle schwenkte ihr Glas. »Eine einzige Sekunde hat uns aus unserem Leben geschossen, und das Komische ist, dass ich mir gar nicht mehr vorstellen kann, wie es gewesen wäre, wenn der Unfall nicht passiert wäre. Was wäre passiert, wenn wir einfach ins Tal geradelt wären? Die Kinder ins Bett gebracht hätten? Abgereist wären? Der Unfall gehört zu uns. Zumindest sehe ich das so.«

»Ihr Mann akzeptiert das alles bis heute nicht?«

»Nein. Am Anfang war er noch in der Klinik. Dann hat er das nicht mehr ertragen. Ich weiß gar nicht, wie viele Tage oder Wochen jeden Morgen ›die weiße Wolke‹ hereinschwebte. Die Herren Professoren und die Assistenten mit ihren Klemmbrettern. Der Operateur war ein Mann, mit dem man problemlos jede Ärzte-Soap hätte besetzen können. Gut aussehend, empathisch, witzig und so zugewandt, dass er uns sogar zugehört hat, wenn wir reinquatschten. Einfach ein Mann, dem man vertraut. Wir wissen, dass der Herr Professor alles gegeben hat. ›Frau Scherle, die kleine Pia ist nicht krank, nur verletzt‹, hat er gesagt, wenn ich zusammenbrach.« Sie sah Irmi an. »Erklären Sie einer Vierjährigen, warum sie Metallstäbe im Körper hat. Fixateur externe nennt man das. Ihr linkes Knie war komplett zerschmettert. Dazu die gebrochene Hüfte und der Unterschenkel, der nicht mehr zu retten war. Wir waren in München bei den Besten ihres Fachs – in operativer und psychologischer Hinsicht, aber wir reden von einem Kleinkind, bei dem die Knochen später normal weiterwachsen müssen. Die Ärzte haben das alles einkalkuliert.« Sie atmete schwer. »Und im Prinzip hat sie noch Glück gehabt. Keine wirklich schwere Kopfverletzung, nur die Milzruptur, auch ohne Milz kann man leben, sie war nicht mal ein schwerstverletztes, sondern nur ein mehrfachverletztes Kind.«

Irmi fühlte sich hilflos. »Und Ihr Mann hat Sie damit alleingelassen?«

»Na ja, er musste ja auch arbeiten, während ich monatelang in der Klinik war. Vor den Kindern war ich Radiomoderatorin. Seit einem halben Jahr moderiere ich einmal wöchentlich den Sonntagnachmittag, weil Stefan dann zu Hause ist. Ansonsten schreibe ich Artikel für ein Raumausstatter-Magazin. Nicht so sexy, aber ein paar Euro mehr.«

»Und Ihr Mann ist immer noch viel unterwegs?«

»Ja, meist die ganze Woche. Da rentiert es sich gar nicht, eine so lange Strecke abends heimzufahren.«

»Und warum hat Ihr Mann ausgerechnet den Bereich Allgäu/Oberbayern West übernommen?«, warf Weinzirl ein, der bisher Irmi das Gespräch überlassen hatte.

»Weil der Chef das so bestimmt hat.«

»Genau dort, wo Unger sein Autohaus hat? Genau dort, wo die Unfallverursacher leben?«

Sie zögerte.

»Frau Scherle?«

»Er bestraft sich. Er will das ewige Fegefeuer.«

»Und das lassen Sie zu?«

Sie sah Weinzirl lange an. »Wie soll ich es ihm verbieten? Ich hab es versucht. Geredet. Geweint. Gebrüllt. Akzeptanz muss von innen kommen. Wenn er sich immer weiter auflehnt, kann ich das nicht verhindern. Jeder muss den Weg gehen, den er gehen muss.«

Sie klang müde. Vermutlich lebte sie unter der Woche ein stilles Leben und war froh, wenn ihr Mann am Sonntag wieder wegfuhr. Er störte die ruhige Normalität, die sie so mühsam errungen hatte.

»Frau Scherle, wir befürchten, dass Ihr Mann Herrn Unger verfolgt hat. Außerdem wissen wir, dass er Felix Berchthold quasi gestalkt hat.«

Sie sah weg.

»Frau Scherle? Halten Sie das für möglich?«

»Wenn Sie das sagen? Sie sind schließlich die Ordnungsmacht.« Das klang etwas aggressiv. Sie atmete schwer. »Wenn Sie mir sagen, dass er Herrn Unger und den Jungen bespitzelt, dann wird das wohl stimmen. Und das bedeutet: Es wird wieder eher schlimmer mit ihm.«

»Frau Scherle, ich stelle die Frage nur ungern, aber kann Ihr Mann mit einer Drohne umgehen? Hat er eine?«

»So einen Flugspion? Mit dem man von oben fotografiert?«

»Ja.«

»Nicht, dass ich wüsste. Warum eigentlich? Als Kripo kommen Sie doch nicht nur wegen Stalking!«

»Unger wurde erschossen«, erklärte Weinzirl.

»Und Sie glauben, dass Stefan … dass er …?«

»Wir glauben nichts. Wir sammeln Fakten. Wir hören uns Aussagen an. Aber wir müssen irgendwo beginnen«, warf Irmi ein.

»Und mein Mann hätte ein Motiv. Ist es das?«

»Wo ist Ihr Mann denn gerade?«, kam von Weinzirl.

»Er hat ein Apartment in Schongau. Von dort aus ist er schnell im Allgäu und schnell weiter östlich in Oberbayern.«

Ausgerechnet Schongau, wo Unger sein Nobelschlittenparadies gehabt hatte!

»Würden Sie uns bitte seine Adresse geben?«

Frau Scherle nannte ihnen eine Straße und eine Hausnummer. »Sie treffen ihn womöglich heute Nachmittag oder Abend dort an. Dieses Wochenende kommt er nicht heim. Er hat am Samstag noch ein paar Kunden. Die Landwirte haben da oftmals besser Zeit.«

Eine etwas seltsame Aussage, fand Irmi. Kühe gaben auch am Wochenende Milch. Aber vielleicht musste er ja auch erst einmal seine Tat verkraften? Wusste er, dass seine Frau ihn durchschaute?

Schließlich verabschiedeten sie sich und fuhren wieder bergab.

»Könnten wir irgendwo einkehren?«, fragte Weinzirl. »Sonst verhungere ich.«

»Das wollen wir natürlich nicht.«

Und so landeten sie im Gasthof Linde, der so einladend aussah.

»Was isst du?«, fragte Irmi.

»Flädlesupp und einen Schwäbischen Zwiebelrostbraten.«

»Dann nehm ich die Maultaschen. Wenn wir schon mal auf der Alb sind.«

Das Essen war ganz wunderbar, das Ambiente auch, und wieder war es einer der Momente, in denen es Irmi durchzuckte. Man konnte bestimmt an vielen Plätzen gut leben, wenn es nur Lebensqualität und Freunde gab.

»Was für ein Bullshit!«, rief Weinzirl, als er die Gabel weggelegt hatte. »Wohnt der in Schongau! Nach dem, was passiert ist, hätte ihn jeder Chef der Welt in ein anderes Gebiet versetzt! Aus Mitgefühl. Aus Pietät! Scherle wollte das so, um Unger im Auge zu haben! Wir werden auf einen Irren treffen.«

»Wenn er da ist«, bemerkte Irmi.

Der Rückweg kam Irmi länger vor als der Hinweg. Schließlich hatten sie Schongau erreicht. Auch so ein Städtchen, das Irmi nicht genauer kannte. Sie fuhren durch eine Stadtmauer und durch enge Gassen und wurden von alten Mauern umfangen. Irmi schwor sich, in Zukunft wirklich mal den Nahraum zu erkunden. Vielleicht könnte sie sich ein Rad kaufen und mit Fridtjof radeln. Am besten nahm sie gleich ein E-Bike, denn der zache Fridtjof hatte ohne Rückenwind immer noch mehr Kondition als sie.

Es war sechs Uhr abends, als sie an der Tür läuteten. Ein Kombi stand vor der Tür, der die Aufschrift *Mit der Kuh auf Du und Du – A & K Landwirtschaftsbedarf* trug. Das war wohl Stefan Scherles Dienstwagen.

Der Sesam öffnete sich mit dem Türsummer, im ersten

Stock hörte man eine Wohnungstür aufgehen. Irmi und ihr Kollege auf Zeit stapften nach oben und zeigten ihre Dienstausweise vor. Dann polterte Weinzirl mehr oder weniger ohne Einladung in den einzigen Raum der Wohnbutze. Es war nicht zu übersehen, dass Scherle ihm gar nicht gefiel. Der war nämlich ein ausgesprochen attraktiver, dunkelhaariger Mann um die vierzig. Weinzirl hatte in diesem Punkt Ähnlichkeiten mit Kathi. Die wurde bei Befragungen von attraktiven Frauen auch immer stutenbissig. Aber wahrscheinlich war Weinzirl einfach im Unterweißbier. Er hatte nämlich nur eines in Albstadt getrunken. Und so fiel er auch gleich mit der Tür ins Haus.

»Herr Scherle, wo waren Sie am Mittwoch?«

»Was soll das?«

»Was verstehen Sie an meiner Frage nicht?«

Scherle tippte auf seinem Smartphone herum. »Ich war auf meiner üblichen Tour – beginnend in Eberfing. War ich zu schnell? Hab ich ein Huhn überfahren?«

Weinzirl ließ sich nicht provozieren. »Und Sie können dokumentieren, wann Sie bei welchem Landwirt waren?«

»Um acht war ich in Eberfing, um halb neun in Magnetsried und dann in Haunshofen.«

»Und später?«

»Da war ich bis vierzehn Uhr daheim, weil mir ein paar Termine weggebrochen sind.«

Er war also genau in dem Zeitraum zu Hause gewesen, als Unger erschossen worden war.

»Ganz schlecht!«

»Was wollen Sie eigentlich von mir?«

»Um elf Uhr wurde Herr Unger erschossen. Am Auerberg. Aber das wissen Sie ja sicher, Herr Scherle! Sie verfolgen ihn ja, wo er geht und steht, nicht wahr?«

Scherle fixierte Weinzirl mit zusammengekniffenen Augen. Er wirkte vom Typ her eher wie ein melancholischer Südfranzose, aber man sah ihm an, dass er sein Temperament wohl nicht immer unter Kontrolle hatte. Und in diesem Moment war er völlig konsterniert. Erschüttert. Er brauchte augenscheinlich etwas Zeit.

»Wenn das eine Befragung wird, können Sie es gerne offiziell machen«, sagte er schließlich. »Ich würde dann unseren Hausanwalt mitbringen. Ansonsten ersuche ich Sie, jetzt zu gehen.«

»Wir wissen, dass Sie Unger und Felix Berchthold gestalkt haben! Herr Geiger hat Sie sogar angezeigt«, meinte Irmi.

Scherle schwieg.

»Unger fühlte sich verfolgt«, fuhr Irmi fort. »Haben Sie Ihr Werk vollendet?«

»Wer immer das war, ich war es nicht. Ich gratuliere demjenigen aber zu seiner Tat«, sagte Scherle. »Und was haben Sie an dem Satz ›Ich ersuche Sie, jetzt zu gehen‹ nicht verstanden?«

»Gut«, sagte Irmi. »Sie hören von uns, Herr Scherle. Es sei denn, Sie wollen uns doch noch etwas sagen.«

»Frau …?«

»Mangold.«

»Frau Mangold, selbst wenn ich etwas wüsste, ich würde einem Menschen, der Unger aus dem Weg geschafft hat, jede Hilfe anbieten. Und ihn nicht verpfeifen. Aber leider weiß ich gar nichts.«

Das war frech. Aber Irmi war versucht, ihm zu glauben. Seine Überraschung vorhin war aufrichtig gewesen.

Als sie draußen standen, brummte Weinzirl: »Was für ein Arschloch! Wie kommt diese nette Frau an so einen und lässt sich sogar zweimal von ihm schwängern?«

»Vielleicht war er früher anders? Bevor er sich schuldig fühlte?«

»Glaub ich nicht. Ein Narzisst mit mediterranen Glutaugen.«

Irmi grinste. »Hässlich ist er in der Tat nicht.«

»Aber ein Arschloch! Und er war es nicht. Er war nämlich zu überrascht. So ein guter Schauspieler ist der nicht.«

Und weil Irmi wohl ziemlich dümmlich starrte, schob er nach: »Ich bin ein ungehobelter Klotz, Irmi, aber ich mach den Job ein paar Jahre. Ich merke, wenn einer lügt. Wir laden ihn aber trotzdem vor. Am Montag mit seinem Anwalt. Vielleicht weiß er etwas für uns Brauchbares. Wenn er den Unger dauernd gestalkt hat, dann hat er womöglich was gesehen. Oder jemanden gesehen. Wir müssen endlich Bewegung in die Sache bringen.«

»Die Welt braucht wohl auch ungehobelte Klötze«, kommentierte Irmi lächelnd. Das war das Komische am Umgang mit Weinzirl. Man ärgerte sich über ihn, und dann war er plötzlich so entwaffnend, dass aller Ärger verpuffte. »Aber es kommt ein Wochenende, und weitere Verdächtige haben wir nicht.«

»Ja, leider. Wir lassen es für heute mal gut sein und telefonieren morgen früh.«

Sie fuhren zurück nach Weilheim und Irmi weiter nach Bad Kohlgrub. An ihrer Wohnungstür klebte ein Zettel.

»Raffi liegt auf der Couch. Ich hab dir ein Curry gekocht. Lass es dir schmecken. Bis Sonntag. Ich freu mich auf dich.«

Obwohl ein kalter Wind um das Haus pfiff, steckte viel Wärme in den wenigen Zeilen. Der Hase war nach Bivio gefahren, um sich dort mit einem Schweizer Freund zu treffen und Skitouren zu gehen. Das war sein Lebenselixier, und Irmi gönnte es ihm von Herzen.

Raffi war wie immer hoch begeistert. Er sprang ihr aus dem Stand ins Gesicht und gab ihr einen dicken Schmatz. Mit Zunge. Als Irmi das Curry aufwärmte, sprang er ihr von hinten in die Kniekehle, und sie klappte nach vorne. »Du blöder Pelzdepp«, brummte sie. Raffi grinste.

3

Es war Samstag um halb neun, als Weinzirl anrief. »Guten Morgen, Irmi! Ich hatte gestern Abend noch eine Eingebung!«

»Ach was!«

»Ja, ich habe einen Bekannten angerufen, der im Raum Landsberg Immobilienmakler ist, und ihn gefragt, ob er Kluge kennt.«

»Weil du in Erwägung ziehst, dass Kluge das eigentliche Ziel war?«, fragte Irmi überrascht.

»Zumindest will ich nichts übersehen. Mein Kumpel kennt ihn. Und mehr als das!«

»Aha, und was soll das nun wieder heißen?«

»Ich lade dich zum Frühstück ein und berichte. Passt das?«

»Ja, und wo?«

»Café Central Peiting?«

»Passt. Bis gleich.«

Irmi war nur ganz kurz überrascht, dass besagter Kumpel gleich leibhaftig mitgekommen war. Er hatte später einen Termin im Fuchstal und war der Frühstückseinladung gern gefolgt. Ein sympathischer Mann in Weinzirls Alter, der sich als Tom vorstellte.

»Den Heinz Kluge habt ihr im Blick? Ich kann euch sagen, dass er in jedem Fall kompetent ist. Keine der Eintags- oder auch Monatsfliegen, die es in der Branche gibt. Er ist diplomierter Betriebswirt und bildet auch aus.«

»Er hat uns auch eine flammende Rede gehalten, dass gute Makler eben nicht unnötig sind wie Fußpilz«, bemerkte Irmi.

Tom grinste. »Gute Makler machen gute Arbeit. Das Problem in Deutschland ist doch, dass es für das Gewerbe des Maklers keine Standards gibt. Die Zulassungsvoraussetzungen für Immobilienmakler sind lachhaft, ganz anders als in der übrigen EU, wo es hohe Markteintrittsbarrieren gibt.«

»Aber wenn Kluge einer von den Guten ist, warum sitzen wir dann hier?«

»Kluges und mein Bereich überschneiden sich ab und an. Und da hört man so einiges.«

»Und zwar?«

»Ich weiß, dass Kluge mit zwei Altersheimbetreibern ganz dicke ist. Der eine sitzt am Starnberger See, der andere am Ammersee. Oder etwas weniger nett formuliert: Er macht mit denen gemeinsame Sache. Über die weiß er, wer an der Schwelle zum Tod steht. Er macht Vorverträge, um den Auftrag zu bekommen. Er fängt die Angehörigen ab, damit sie ihm im Erbfall in jedem Fall den Verkaufsauftrag geben. Und ich weiß von zumindest zwei Häusern, die er selber aufgekauft hat.«

»Wie?«

»Ja, er hat sie einem alten Herrn und einer alten Dame noch zu Lebzeiten abgekauft. Zu einem Preis, der nicht ganz abwegig war, aber doch so, dass man deutlich mehr hätte erzielen können. Er hat dann auch beim Weiterverkauf deutlich mehr erzielt. Die Erben waren sehr sauer, wie ihr euch vorstellen könnt. Im Fall der alten Dame ging es um ein kleines Häuschen am Windachspeicher, und die Erben bekamen gar nichts.«

»Wieso? Es müsste doch zumindest der Verkaufserlös da gewesen sein?«

Tom lächelte. »Nein, sie hatte das Geld, dreihunderttausend Euro, leider abgefackelt.«

»Was?«

»Nun, sie hat fast die komplette Summe in einem Brokatkissen aufbewahrt – in Geldscheinen. Eines Abends hatte sie einen dreiarmigen Kerzenständer am Fensterbrett entzündet und ist dann essen gegangen. Als sie zurückkam, brannten die Vorhänge und zwei Sessel schon lichterloh. Das Brokatkissen auch.«

Irmi musste lachen. »Eine geniale Geschichte. Nur für die Angehörigen natürlich weniger witzig.«

»Was man hört, war die alte Dame gar nicht unglücklich. Sie fand nämlich die Gier ihrer beiden Kinder sehr unangenehm, drum hatte sie das Haus ja auch Kluge gegeben. Die Kinder sind nach der Vernichtung des Geldes erst recht Amok gelaufen.«

»Das heißt, da wären durchaus Menschen, die Kluge abgrundtief hassen«, meinte Weinzirl.

»Wenn es ums Geld geht, werden alle zu Hyänen. Dieses Haus da am Auerberg, wer weiß, was der Kluge da hinter den Kulissen gedreht hat. Er macht nichts Illegales, sondern ist nur als Helfer zur richtigen Zeit am richtigen Ort. Gnädige Frau, machen Sie sich doch keine Sorgen … So in etwa.« Tom zuckte mit den Schultern und erhob sich. »Es war mir ein Vergnügen, Irmi. Ich hab gehört, du suchst auch was? Ich hör mich um! Weinzirl, danke fürs Frühstück, ich muss weiter. Wobei die Kunden wohl eh zu spät vor Ort sind. Neunzig Prozent kommen nämlich zu spät zum Termin oder tauchen gleich gar nicht auf, und fünfzig Prozent sind dummdreist. Der Maklerberuf ist leider gar nicht so toll wie im Fernsehen, wo Maklerinnen in Gummistiefeln auflaufen oder Schickimicki-Nobelbutzen in Potsdam verticken. Realität ist eher eine regelmäßige Sechzigstundenwoche inklusive Wochenenden und Abendstunden. Eine manchmal ziemlich absurde Branche.«

»Sag, hast du die Namen der beiden alten Herrschaften mit den Häusern?«

»Nicht im Kopf, kann ich dir aber mailen. Servus!«

Und weg war er.

»Echt eine tolle Geschichte«, sagte Irmi. »Da fackelt die einfach die Kohle ab!«

»Und die lieben Erben erben die Asche. Wunderbar.«

»Auch die in der Urne.«

»Ja, es bleibt wenig von so einem Leben übrig. Womöglich nicht mal ein Kreuz, wenn man sich in einen Friedwald legt.«

Irmi war sich in dieser Hinsicht unschlüssig. Ihre Mutter hatte immer ein ordentliches Grab gewollt, aber was wäre ihr selbst das Liebste? Gerade heute spürte sie, wie wichtig es war, jeden Tag des Lebens zu gestalten. Am Ende brauchte man nur noch ein letztes Gwand. Das ganze Streben erschien ihr übertrieben und fragwürdig.

Da Irmi schwieg, ergänzte Weinzirl: »Und wie wir wissen, ist und bleibt Geld eines der besten Mordmotive. Neid und Hass und alle anderen Befindlichkeiten, die entstehen, wenn es um Geld und Besitz geht.«

»Es wundert mich immer, was die Gier aus Menschen macht«, entgegnete Irmi.

»Weil du nicht neidisch bist und Materielles nicht sehr hoch hängst.«

Das traf es auf den Punkt. Irmi war nie neidisch gewesen. Nicht auf die Schöneren, die Klügeren, die Reicheren. Nicht auf Autos, Häuser, Boote. Nicht auf Chalets in der Schweiz. Nicht auf Menschen mit vermeintlich spektakulären Berufen, die man ab und an auf Feten getroffen hatte. Ach, du bist Tierarzt? Ach, wo ich dich grad treff, mein Hund kotzt seit drei Tagen … Ach echt, du bist Schriftstellerin? Ich schreib ja auch, ich schick dir mal meine Geschichte … Echt, du hast eine Surfschule am Gardasee? Und so weiter. Irmi hatte sich immer bedeckt gehalten und lediglich erzählt, sie sei bei der Polizei. Dann hatte sie sich ein Getränk geholt. Sollten die nur glauben, sie schreibe Strafzettel. Als Kommissarin war man ja auch schon gefährdet. Ach, bei der Kriminalpolizei bist du? Ist das wie im *Tatort*? Gibt es wirklich keinen perfekten Mord?

Irmi wandte sich wieder Weinzirl zu.

»Das heißt, wir fahren jetzt zweigleisig? Unger und Kluge?«

»Genau. Ich möchte mehr über die finanziellen Verhältnisse bei den Ungers wissen und auch über die beiden Häuser, die der Kluge da abgezockt hat. Wie gesagt, Angehörige, die sich geprellt fühlen, werden zu Bestien. Da setzen Hirn und Moral aus. Sie denken, sie hätten sich das verdient und sie hätten ein Recht drauf! Eltern sollen ihren Kindern eine gute Ausbildung ermöglichen, doch der Rest liegt am Einzelnen. Woher leiten diese Leute das Recht ab, etwas von ihren Eltern zu erben? Sollen die doch selber was schaffen, die faulen Säcke!«

Er war so laut geworden, dass sich ein paar Leute umdrehten.

»Ja was? Stimmt doch!«

Irmi grinste und fragte deutlich leiser: »Wie gehen wir jetzt weiter vor?«

»Du gar nicht, du genießt einfach mal einen halben freien Samstag und einen Sonntag. Ich warte derweil auf Toms Infos. Wir sehen uns Montag. Kein Widerspruch.«

»Okay, kein Widerspruch.«

Weinzirl zahlte, sie verabschiedeten sich, und Irmi fuhr heim.

Sie fühlte sich merkwürdig frei und genoss es, nicht reden zu müssen. Badete ewig, bis sie ganz schrumpelig war, hängte ein paar Bilder um und arrangierte Kleinmöbelstücke neu. Ein chilliges Wochenende, wie sie es sonst ganz selten hatte.

Der Hase kam am Sonntagabend um acht zurück. Im Gepäck Bündnerfleisch, Käse, knuspriges Brot und zwei Flaschen Malanser. Sie aßen, tranken, plauderten, der Hase erzählte von seinen Touren – und schlief auf der Couch ein. Irmi deckte ihn mit einer karierten Decke zu. Bis auf einige aufmüpfige Schnarcher kam nichts mehr. Sie lächelte und ging hinauf in ihre Wohnung.

Während Irmi ihren Morgenkaffee trank, steigerte sich draußen das Rauschen, und ein Singen, das mitten ins Mark traf, wie quietschende Kreide auf einer Schiefertafel, mischte sich darunter. Dann ebbte das Inferno kurz ab, um bald darauf erneut anzusetzen. Stärker, höher diesmal. Als sie die Tür öffnete, schlug der Sturm sie ihr schier aus der Hand. Irmi rannte ums Haus und huschte bei Fridtjof wieder hinein.

»Einen stürmischen guten Morgen!« Er küsste Irmi links und rechts auf die Wangen. »Bin ich gestern echt auf dem Sofa eingeschlafen? O Gott, ich werde alt. Ein paar Hundert Höhenmeter, und ich mache schlapp.«

So wie Irmi ihn kannte, waren es eher ein paar Tausend gewesen.

Wieder dieses infernalische Geräusch. Irmi zuckte zusammen.

»Ich halte so was nur noch schwerlich aus. Ich hasse Wind!«

»Cappuccino?«

»Ja bitte.« Sie selbst brühte ihren Kaffee ja noch mit dem alten Porzellanfilter auf, das war ein Morgenritual, das sie brauchte. Aber Fridtjofs Cappu ging immer. Wenig später kam er zurück und reichte ihr eine große Tasse mit einer Milchschaumhaube.

»Ich werde alt und panisch, Fridtjof. Meine Rüstung ist mürbe geworden. Solche Stürme gab es doch früher nicht?«

»Vielleicht einen in drei Jahren. In dieser Intensität – ich weiß nicht. Das ist wohl eher ein Orkan.«

Ein Knirschen und Krachen drang von draußen herein. Nicht nur der Wind jaulte, sondern auch Raffi, der sich unters Sofa quetschte. Der Hase spähte durch die Terrassentür. Es war offensichtlich, dass er sich nicht traute, sie zu öffnen. Sie hatten am Vortag schon alle Gartenmöbel verstaut, Irmi hatte ihre Dachterrasse geräumt. Wieder ein schrilles Knirschen. Der Hase eilte zur Haustür und öffnete sie einen Spalt. Der Sturm drohte auch ihm die Tür aus der Hand zu reißen.

»Lass mich dann wieder rein!«, rief er durch das Getöse.

Irmi verharrte ängstlich hinter der Tür. Ausgerechnet sie hatte Angst vor Wind, sie, die Polizistin, die mehrfach schon in Lebensgefahr geschwebt hatte. Und sie hatte Angst um Fridtjof. Wenig später läutete es. Der Hase flog auf einer Woge von Fichtennadeln herein.

»Das Trampolin von den Greinwalds ist in mein Gewächshaus geflogen.«

Die Greinwalds wohnten drei Gärten weiter, das Ding dürfte eine Schneise der Verwüstung hinterlassen haben.

»Alles kaputt?«

Er lächelte. »Ich denke, die Tomaten und Gurken brauchen ein neues Zuhause. Wir müssen später die Scherben aufsammeln, damit sich die Kater nicht verletzen.«

Er dachte an ihre Kater! Das war lieb. Ein warmes Gefühl breitete sich in ihr aus.

»Kann das Trampolin weiterfliegen?«

»Nein, es hat sich ziemlich verkeilt. Solange es so wütet da draußen, unternehmen wir gar nichts. Jetzt hol ich uns erst mal ein Wasser.« Er warf Irmi eine Kusshand zu und verschwand in der Küche. Unter der Couch fiepte es leicht.

»Raffi, du Krampfhuhn«, meinte Irmi. »Sei mal ein mutiger Hund!«

Doch das war er definitiv nicht. Raffi hasste Gewitter und Sturm. Wie Frauchen.

Irmi kam es so vor, als flaue der Wind von Orkan- auf Sturmstärke ab, doch das gewalttätige Rauschen der Bäume hielt an, und die Wipfel bogen sich, als seien sie filigrane Grashalme. Der Hase kam zurück und drückte Irmi nicht nur ein Glas Wasser, sondern auch noch einen Caffè Latte mit Löffel und einem Chromstrohhalm in die Hand.

»Ich werde Herzrasen bekommen, Fridtjof.«

»Ich hoffe, wegen mir.«

»Auch, aber vor allem wegen des vielen Koffeins. Und wegen des Sturms. Das ist apokalyptisch, oder?«

»Die Erde wehrt sich. Wie sang Grönemeyer noch? Die Erde ist freundlich, warum wir eigentlich nicht? Kein Wunder, dass die Erde auch langsam unfreundlicher wird. Solche Starkwindereignisse werden sich häufen, die Platzregenfälle auch. Diese Erde hat nur eine Chance: Sie muss den Menschen abschütteln.«

»Und dann geht alles mit Einzellern wieder los?«

»Von mir aus gerne«, erwiderte der Hase. »Wenn es nur beim nächsten Versuch nicht zu jener fatalen Verästelung kommt, die den Menschen hervorbringt.«

»Aber …«

»Irmi, wir haben uns gerade noch gefunden! Wir haben vielleicht noch ein paar gute Jahre. Ich wünsche es mir. Aber wenn das Leben auf der Erde untergeht und alles von vorn beginnt, dann ist sie ohne den Homo sapiens besser dran. Denn klug ist er definitiv nicht!«

Irmi gab ihm insgeheim recht, und doch wehrte sich etwas in ihr. Sie wollte immer noch glauben, dass der Mensch zur Einsicht fähig war, lernbereit, demütig. Sie war eine melancholische Optimistin. Fridtjof war dafür zu klug. Sein messerscharfer Verstand tanzte immer am Abgrund des Zynismus.

»Vielleicht klingt es komisch und altklug«, meinte er und lachte, »aber ich hatte schon im Dezember das Gefühl, dass die Welt verrücktspielt. Drei Monate Sonne von November bis Januar. Kein Schnee. Nun kommen die Stürme. Sie sind gewalttätig. Und das war es noch lange nicht.«

Sie steuerten auf März zu, auf den Frühling mit pastelligen Farben, mit Vogelgezwitscher und längeren Tagen. Dabei hatte Irmi sich dieses Jahr über den Winter nicht erholen können. Ruhe fand sie am besten an kalten, verschneiten Wintertagen, die sie draußen in der gleißenden Helligkeit verbrachte. Wenn sie dann gegen fünf mit roten Backen vor dem Kachelofen saß, während draußen die Dunkelheit über den Schnee zog, dann heilte das die hektische Sommerseele. Irmi brauchte den Winter, um die Batterien aufzuladen, doch nach diesem Unwinter fühlte sie sich matt und machtlos.

»Du sagst nichts? Klinge ich für dich wie Elizabeth Teissier, die den Untergang prophezeit?«

»Sie ist stärker geschminkt und ein bisschen älter als du.« Irmi grinste.

»Na danke! Ich glaub, sie ist über achtzig und lebt am schönen Genfer See. Sicher hat sie zu diesen unruhigen Zeiten was Astrales zu sagen.«

»Weißt du, was komisch ist? Andrea hat mir im Januar das Horoskop für die Welt vorgelesen. Da stand was von einer Pluto-Saturn-Konjunktion im Zeichen Steinbock. Unbeständig und unkontrollierbar. Staatskrisen, Umstürze am Kapitalmarkt, Naturkatastrophen soll es geben. Und jetzt haben wir dieses komische Virus. Dieses Horoskop meinte, solche Zeiten von äußerem Wanken könnten dazu führen, dass man sich in einem Wertewandel auf das richtige Maß besinnt. Aber du glaubst nicht daran, dass der Mensch Maß hält, oder?«

»Du weißt doch, ich bin Gesellschaftspessimist.«

Draußen flog ein Plastikstuhl vorbei. Dann ein Bobbycar.

»Die Greinwalds werden eine Weile brauchen, bis sie ihren Hausrat wieder beisammenhaben«, meinte Fridtjof. »Der Sturm war vollumfänglich angekündigt, aber manche hören den Schuss einfach nicht. Und genau dieses Ohrenverschließen und Wegsehen, das wird uns am Ende das Leben kosten.«

»Ich sehe gern hin, nicht nur beruflich. Aber jetzt müsste ich dringend nach Weilheim fahren. Wir stecken nämlich fest. Scherle haben wir als Täter eher ausgeschlossen, aber wir denken, dass der Makler das Ziel des Schusses gewesen sein könnte. Genug Feinde hätte er gehabt. Was meinst du?«

»Irmi, ich war zwar dabei, aber ich kann dir beim besten Willen nicht sagen, wer wann welche kleinste Bewegung gemacht hat. Dafür spricht natürlich, dass sich für den Täter der Aufenthalt des Maklers bei dieser Besichtigung am Auerberg relativ leicht recherchieren ließe.«

Irmi sah wieder hinaus. »Ich fahr nachher. Und hoffe, dass mir keine Fichte auf den Kopf fällt!«

Mit fallenden Fichten hatten sie es letztes Jahr zu tun gehabt. Und einer toten Waldbademeisterin.

»Der Sturm wird nachlassen, und Kollege Weinzirl wird wahrscheinlich auch seinem Hund die Pfote halten«, meinte Fridtjof. »Wenn seiner so ein Schisser ist wie unserer.«

Irmi lächelte in sich hinein. Er hatte »unserer« gesagt.

Es war gegen halb zwölf, als ein Mann Weinzirls Büro betrat. Ein wenig dezenter Geruch nach Silo umwehte ihn, er schien aber immerhin seine Stallstiefel gegen die guten Treter ausgewechselt zu haben. Er nahm den speckigen Hut ab, als er vor Weinzirl stand, und stellte sich artig als nächster Nachbar von Max Bach vor. Da er mit der Polizei sprach, bemühte er sich um Hochdeutsch, was seine Rede langsam machte. Er war voll konzentriert auf diese Fremdsprache.

»Also, ich musste eh auf Weilheim. Zum Doktor. Ich dacht, ich flieg weg.«

»Aha.«

»Ich weiß jetzt nicht, ob das wichtig ist.«

»Was?«

»Des.«

Er reichte Weinzirl einen Zettel. Der Text war seltsam und dazu angetan, den Kommissar in Alarmbereitschaft zu versetzen.

»Sehr geehrte Anwohner, wenn Sie in den nächsten Tagen rund um Ihre Häuser Drohnen sehen, gibt es keinen Grund zur Beunruhigung. Die Deutsche Post wird in Ihrer Region einige Drohnentestflüge durchführen, da sie die Möglichkeit der Zustellung mit Drohnen prüfen will. Es besteht also kein Grund zur Sorge oder gar ein Grund, die Behörden zu informieren.«

Weinzirl las den Zettel zweimal. Das Schreiben trug ein Postlogo, das Posthörnchen lachte ihn an. Er sah den Mann in seinem Büro mit gerunzelter Stirn an.

»Gab es denn solche Flüge?«, wollte er wissen.

»Ja, ein paarmal sind so Dinger rumgeschwirrt. Hab mir dann nix denkt. Aber weil der Bach doch mit so einer Drohne … also, zumindest hört man des.«

»Hört man?«

»Ja, des stimmt doch?«

»Schauen S', ich darf ja ganz wenig erzählen. Aber ich darf Ihnen danken. Das war sehr umsichtig von Ihnen. Den Wisch haben dann wohl mehrere Personen bekommen?«

»So viele nicht. Weil so viele sind wir da ja nicht.«

»Das stimmt. Danke. Ich behalt den Zettel, ja?«

Der Mann nickte etwas verwirrt, spürte aber, dass der Polizist ihn hinauskomplimentierte. Als er von dannen zog, blieb der Silogeruch zurück.

Weinzirl griff nach seinem Telefon.

»Irmi, ich hab was!«

»Ich auch. Eine posttraumatische Sturmstörung. Ich hasse Wind.«

»Vergiss den Wind und komm.«

»Wollte ich grad. Wenn ich nicht erschlagen werde, bin ich in Kürze da.«

Der Sturm hatte wirklich etwas nachgelassen, es war wenig los auf den Straßen. Einen Baum, der vor Westried auf die Straße gestürzt war, hatten bereits die Motorsägenmänner beseitigt. Gegen halb eins stand Irmi bei Weinzirl im Zimmer.

Statt einer Begrüßung kam ein: »Da!« Der Kollege hielt ihr einen Zettel unter die Nase. Und Irmi las.

»Aber das würde ja bedeuten …« Irmis Herz pochte schneller.

»Würde es – und ich weiß noch mehr! Ich hab mich bei der Post bis Bonn durchgefragt, aber keiner weiß was von solchen Flügen!«

»Das heißt, der Mörder hat das alles akribisch vorbereitet und die Anwohner mit diesem Schreiben in Sicherheit gewiegt. Weil er geahnt hat, dass einer wie Bach da nachhaken würde?«, fragte Irmi ungläubig.

»Genau. Wenn Drohnenflüge Normalität werden, dann achtet keiner mehr auf sie. Das ist, das ist …«

»Perfide«, sagte Irmi leise.

»Und verdammt clever!«

»Wem trauen wir das zu?«

»Wir trauen jedem alles zu!«

»Ja, tun wir«, sagte Irmi leise.

»Ich bin ein Mann und habe keine Intuition, sagt die Evi immer.«

»Das glaub ich nicht.«

»Was? Dass ich kein Mann bin?«

Irmi grinste. »Das Mannsein glaub ich sofort. Aber dass du keine Intuition hast, das nehm ich dir nicht ab.«

»Was sagt denn deine Intuition?«

»Die sagt mir – und das ist jetzt weniger Intuition als Realismus –, dass wir Idioten sind. Wir haben die Verdächtigen abgearbeitet. Step by step. Erst Unger. Dann Kluge.«

»Und das heißt jetzt?«

»Bach war gemeint. Nicht Unger! Nicht Kluge! Jemand wollte Bach töten. Der Täter hat ihn mit Testflügen eingelullt. Hat geübt. Und dann geschossen.«

»Und den Falschen getroffen?«

»Genau. Er wollte Bach. Von Anfang an. Wir standen nur im Weg rum«, meinte Irmi.

»Aber der Drohnenschütze hätte doch jede Menge andere Gelegenheiten gehabt. Bach auf dem Biohof, Bach bei der Stallarbeit, Bach auf dem Bulldog am Feld. Was weiß ich. Warum gerade an dem Tag?«

»Weil mehrere andere Leute vor Ort waren, die auch als Ziel infrage kämen? Wir sind jedenfalls in seine Falle getappt und haben wertvolle Zeit vergeudet.«

»Verdammt!« Weinzirl hieb auf den Tisch. »Wir müssen sofort zu Bach! Wenn das stimmt, ist er in höchster Gefahr. Der oder die Täter werden ja wissen, dass der Falsche in der Rechtsmedizin liegt!«

»Das heißt, wir lassen unsere weiteren Ermittlungen zu Kluges lustigen Häuserschiebereien erst mal ruhen?«

»Momentan ja. Tom hat mir schon die Namen geschickt, aber ich will jetzt zu Bach.«

»Dann los!«

Der Wind war immer noch stark und nahm weiter zu, je höher sie kamen. Weinzirl manövrierte über die Sträßchen am Auerberg, der Irmi eigentlich gar nicht wie ein Berg vorkam. Das war ein Bichl, ein Gupf, ein Gugelhupf, und doch von einer ganz eigentümlichen Ausstrahlung. Vielleicht konnte so eine Erhöhung auch ohne felsige Kare ein Urwesen sein?

Und als hätte Weinzirl ihre Gedanken gelesen, meinte er: »Baier hat mal gesagt: Ein Berg wird nicht nur durch seine Höhe und eine felsige Spitze zum Berg. Ein Berg wird zum Berg, weil da Götter hausen. Und Geheimnisse.«

Mit seinen 1055 Höhenmetern war der Auerberg ein

Däumling im Vergleich zu den Kollegen im Süden in der Alpenkette. Wie Perlen reihten sich die übrigen Gipfel, nur der Auerberg stand allein da, ein Solitär. Er ragte aus dieser welligen Landschaft, er überblickte Seen, Weiler und Dörfer. Von oben hatte man eine unverstellte Rundumsicht, und er selbst war von weit her sichtbar.

»Hat der Auerberg denn irgendwelche Geheimnisse?«

»Allerdings«, erwiderte Weinzirl. »Er hat ja wie gesagt sogar die Römer angezogen – und wieder verstoßen. Ursprünglich galten die bis zu drei Meter hohen und drei Kilometer langen Wallanlagen als keltisch. Dann entdeckte irgendein Professor in den Siebzigerjahren, dass sie von den Römern stammen. Sie haben auf dem Auerberg sogar Bronze zum Bau von Katapulten geschmolzen! Und das alles in einer absurd kurzen Periode: Im Winter 12/13 nach Christus begann die Befestigung und Bebauung des Auerbergs durch die Römer, doch schon um 45 nach Christus verließen sie ihn wieder. Bei unseren Ermittlungen seinerzeit waren wir an einer archäologischen Sensation dran. Ganz nah! Aber der Berg hat sein Geheimnis bewahrt. Ich bin nicht in die Geschichte der ganz großen Forscher eingegangen. Kein Indiana Jones. Bloß der Weinzirl, Gerhard.« Er zuckte mit den Schultern. »Es gibt im Buch *Allgäuer Sagen* allein vierzehn über den Auerberg«, fuhr er fort. »In diesen Sagen leben bis heute erbarmungswürdige Heiden im Inneren des Berges. Rund um den Gipfel soll es Orte gegeben haben, die wegen der Ausschweifungen ihrer Bewohner untergegangen sind. Bis heute gilt der Auerberg als Kraftort. Das weiß ich alles von Baier. Ein Heimatlexikon auf zwei Beinen. Er meinte, ich sei zu wenig ›fühlig‹.«

»Ich bin auch nicht so die Esoterikerin, aber Baier hat schon recht«, sagte Irmi. »Ein Berg wird nicht durch seine absolute Höhe zum Titanen, sondern indem er über allem Niederen liegt.«

»Ist das nicht eigentlich unser Job? Das Niedere im Menschen?« Weinzirl grinste.

Sie erreichten Bachs Hof – und trafen dort niemanden an. Kein Auto war zu sehen, keine Spur von Bach. Sie umrundeten das Anwesen. Alles war zugesperrt.

»Hoffentlich liegt der nicht schon in einem der unterirdischen Gänge im Berg«, knurrte Weinzirl. »Wie treiben wir den jetzt auf? Fahndung? Vielleicht etwas übertrieben, wenn er bloß einkaufen gefahren ist. Hast du seine Telefonnummer?«

»Nein, aber meine Intuition sagt mir, dass der nicht bloß beim Einkaufen ist. Außerdem schimpft er sich Selbstversorger. Wir könnten den Makler Kluge kontaktieren. Der hat sicher Bachs Daten und Telefonnummern. Warte, ich ruf den Kluge an. Ich hab seine Nummer eingespeichert.«

Irmi erwischte den Makler und bat ihn, Bach zu konsultieren. Kluge wirkte etwas irritiert, doch Irmi wiegelte alle Nachfragen ab. Es gehe um den Schuss, sie müssten noch mal ins Haus.

Während sie auf den Rückruf des Maklers warteten, setzten sich Irmi und Weinzirl auf die Terrasse, die ein wenig windgeschützt war.

»Schlecht ist der Platz natürlich nicht«, meinte Weinzirl nach einer Weile.

»Nein, aber das Haus ist mir definitiv zu cool und clean.«

Irmis Handy läutete. Kluge berichtete, dass Bach unter keiner seiner Nummern zu erreichen sei. Er habe ihn auch schon angemailt, aber noch keine Antwort bekommen.

Ihnen blieb nur abzuwarten, und ein unbestimmtes kaltes Gefühl sagte Irmi, dass hier gerade etwas ziemlich ungut aus dem Ruder lief.

»Verdammt!« Weinzirl war wirklich wütend. Geduld schien nicht seine Stärke zu sein. »Wir müssen mehr über den Mann erfahren. Wer ist dieser Max Bach? Warum will ihn einer töten? Einen Biobauern?« Er atmete tief durch. »Mein Problem ist nur …«

»Ja was?«

»Für solche Recherchen wäre die Evi die Richtige, aber …«

Irmi grinste. »Sie ist nicht da! Ich hätte Andrea zu bieten. Die ist großartig. Soll ich anrufen?«

»Ja, los! Der Felix hat sich nämlich auch noch krankgemeldet. Stirnhöhlenvereiterung. Seine wenigen Synapsen schalten jetzt gar nicht mehr und sind vermutlich noch verklebter als vorher. Ich brauche deine Leute.«

Irmi freute sich. Sie vermisste »ihre Leute« nämlich schon.

»Am Ende lad ich dich als Dankeschön zum Essen ein«, meinte Weinzirl. »Und den Herrn Hasen auch gleich dazu.«

Irmi runzelte die Stirn.

»Ja was?«, fuhr er fort. »Ihr seid doch zusammen, oder? Find ich gut. Seit er dich hat, ist er lange nicht mehr so ätherisch, oder wie ich das nennen soll.«

Irmi sparte sich weitere Kommentare und sah auf die Uhr. Es war nach vier. »Heute wird das nix mehr werden.

Aber ich kann Andrea nachher mal anrufen und briefen. Dann treffen wir uns morgen gleich in der Früh in Garmisch?«

»Gute Idee. Danke.«

Weinzirl brachte Irmi zu ihrem Auto, das noch in Weilheim stand, und sie verabschiedeten sich. Dann rief Irmi bei Andrea im Büro an und gab ein paar Infos durch, wonach sie suchten. Andrea freute sich über ihren Anruf, und das tat ihr gut. Irmi beschloss, spontan bei Lissi vorbeizufahren. Sie ratschten übers Wetter, die Sturmschäden, Lissis Söhne, die Viecher, streiften auch mal Bernhard und Zsofia.

»Warst du schon drüben?«, wollte Lissi wissen.

»Nein, ich hatte mehr Sehnsucht nach dir«, entgegnete Irmi grinsend.

»Dann weißt du es also noch gar nicht?«

Etwas in Irmi explodierte. War ihre Schwägerin etwa schwanger?

»Zsofia hat sechs Alpakas gekauft.«

Irmi schüttelte den Kopf. »Als ich vor Jahren welche anschaffen wollte, hat Bernhard das kategorisch abgelehnt. Er wollte keine Südamerikaner am Hof. Ich hatte darauf verwiesen, dass diese Tiere optimal für unsere Moorböden wären. Zsofia hat offenbar die besseren Argumente.«

Lissi lachte. »Tja, mindestens zwei, von beachtlicher Größe. Aber diese Andenviecher sind wirklich süß. Ich hab Bernhard beobachtet, wie er am Zaun mit ihnen gesprochen hat.«

»Kann er neuerdings Spanisch?«

»Er ist verliebt. In Zsofia und in die plüschigen Viecher.

Und er sagt am Stammtisch, dass Alpakawolle richtig Geld brächte. Er argumentiert rein wirtschaftlich.«

Irmis Bruder hatte sich ganz und gar auf die neue Gattin eingelassen. Und das war ja auch gut so. Er vermisste seine Schwester offensichtlich nicht, obgleich sie Jahrzehnte zusammengelebt hatten. Und das schmerzte eben doch.

Die Zeit verstrich, Irmi aß mit zu Abend und verabschiedete sich gegen zehn Uhr.

»Komm bald wieder!«, sagte Lissi.

»Bestimmt. Ganz bestimmt.«

Beim Hasen war alles dunkel, und Irmi ging direkt in ihre Wohnung hinauf. Sie schlief schnell ein. Nur noch wenige Gedanken huschten vorbei. Würde der nächste Tag endlich einen Durchbruch bringen?

4

Irmi kam zur gleichen Zeit wie Weinzirl in Garmisch an.

Andrea hatte schon diese roten Recherchebacken, die sie immer bekam, wenn sie sich in etwas reinfuchste.

»Hallo, Irmi! Und hallo, Herr Weinzirl.«

»Gerhard.«

»Gerhard, also … ich … ihr … puh!«

In diesem Moment kam Kathi hereingetrampelt. »Irmi, welch Glanz in unserer Hütte! Und der Herr Weinzirl – hier und nicht in Bollywood.«

»Gerhard tut's auch. Und Saris stehen mir nicht. Singen kann ich auch nicht, schon gar nicht Tenor, Frau Reindl.«

»Kathi tut's auch.«

»Wenn wir das jetzt geklärt haben, könnten wir Andrea mal reden lassen«, meinte Irmi. »Die ist ja offensichtlich fündig geworden.«

»Ich hab ihr geholfen!«, rief Kathi.

»Ach was, ihr zwei kooperiert? In der Nacht?«

»Ja, ich war so nett«, sagte Andrea ungerührt.

Das Mädchen hatte wirklich eine Wandlung vollzogen!

»Also, euer Max Bach ist … der ist eigentlich gar nicht so richtig da …«, begann Andrea.

»Was Andrealein uns damit sagen will: Du hast uns ja schon einen kleinen Einblick in seine Vita gegeben, Irmi. Die Auswandereltern, die bayerischen Bäckereien, der studierte Bub, die Kehrtwende zum Biobauern, mitten rein in die Nachhaltigkeit.«

Irmi grinste. »Sehr schön zusammengefasst.«

Kathi strahlte sie an. »Ja, und dieser Mann mit der schönen Vita, euer Bach, hieß mal Adam Max Bach-Baur.«

»Wie?«

»Du hast richtig gehört: Mit vollem Namen heißt der Adam Max Bach-Baur – Bach nach dem Vater und Baur nach der Mutter. Die Eltern haben sich dann irgendwann getrennt.«

»Ja und?«, fragte Weinzirl.

»Wir wissen noch nicht so genau, wie das in Kanada mit der Namensführung ist, aber dieser Herr Adam Max Bach-Baur gilt in Kanada seit Jahren als verschollen.«

Gerhard und Irmi sahen sicher nicht besonders intelligent aus der Wäsche. Es war Weinzirl, der als Erster ein »Was?« ausstieß.

»Also, auf die Schnelle können wir grob umreißen, dass euer Max Bach im Okanagan Valley gelebt hat«, berichtete Andrea. »Das ist ein Nord-Süd-Tal in British Columbia. Im Winter viel Schnee, im Sommer tolle Badestrände an den Seen, muss schön sein da. Als Adam Max Bach-Baur war er auch mal Dozent an der Uni von Kelowna, und … ähm … Limnologie war wohl sein Steckenpferd.«

»Limno… was?«, fragte Weinzirl.

»Die Lehre von den Binnengewässern. Ich musste das auch erst mal nachschauen«, entgegnete Kathi überraschend versöhnlich. Vielleicht gefiel ihr der Weinzirl ja?

»Jedenfalls war er oft an den salzhaltigen Seen von British Columbia unterwegs«, fuhr Kathi fort. »Da gibt es wohl ein paar ganz spezielle. Jeder See ist ein Unikat, der Mahoney Lake zum Beispiel. Oben eine salzige Wasserschicht, darunter folgt eine Schicht mit den ekligen, glibberigen Schwefelpurpurbakterien, und am Seegrund liegt Wasser von konstant zwanzig Grad ohne jede Sauerstoffzufuhr.«

»Und worauf läuft das jetzt raus?«, fragte Weinzirl zunehmend genervt.

»Gemach, Herr Kollege«, erwiderte Kathi grinsend.

Andrea übernahm. »Ein anderer bekannter See ist der Spotted Lake. Für die Indianer der Osoyoos Band ist das *sacred land*, also ein … ähm … heiliger Platz, der aus dreihundertfünfundsechzig kreisrunden Salzlachen besteht. Die Legende besagt, dass jede Lache die Medizin für einen Tag im Jahr enthalte.«

Auch Irmi war nicht klar, was diese ganz spezielle Geografiestunde sollte, aber sie hielt den Mund.

»Allerdings ist das alles so *sacred*, dass man da als Weißer besser nicht rumlatschen sollte. Eine Theorie für das Verschwinden des Herrn Bach-Baur lautet, dass die Natives ihn verräumt haben«, sagte Kathi ungerührt.

»Außerdem … ähm … ist das ganz in der Nähe der amerikanischen Grenze, und eine andere Vermutung ist, dass er bei einem illegalen Grenzübertritt … ähm …«

»… abhandengekommen ist«, ergänzte Kathi. »Das ist keine touristische Gegend da oben, lauter wogendes Grasland. Die Touris bleiben alle an den Seen, sporteln da ein bisschen, fahren im Winter Ski und machen Weinproben auf den zahlreichen Weingütern. Da, wo der Bach-Baur oder Bach verschwand, ist jedenfalls wenig los.«

»Mädels, halt!«, rief Irmi. »Und das habt ihr alles wie erfahren?«

»Irmi, das Internet ist groß, weit und mächtig. Es gibt Artikel in Zeitungsarchiven, es gibt Kollegen, die von der Zeit her neun Stunden später dran sind als wir, weswegen wir uns die Nacht um die Ohren geschlagen haben. Es gibt Skype, und auch kanadische Kollegen sind sehr hilfreich. Du weißt ja, wie gut Andrea mit Kollegen kann, Irmi!«

Andrea grinste vielsagend. Tatsächlich hatte sie bei einem früheren Fall mit einem Kollegen angebandelt, und daraus war etwas entstanden, was man wohl als die ganz große Liebe bezeichnen musste.

Irmi hatte etwas Probleme, das Ganze sacken zu lassen. Auch Weinzirl knitterte die Stirn mehr als sonst. Und weil Kathi wohl auch etwas enttäuscht war, dass so gar keine Reaktion kam, fasste sie triumphierend zusammen: »Und das würde bedeuten, dass dieser Max oder Adam Bach oder Bach-Baur in Kanada sein Verschwinden inszeniert, Spuren verwischt und am Auerberg ein neues Leben begonnen hat. Vermutlich hat er ein bisschen mit dem Namen getrickst. Man kann bestimmt auch in Kanada den Rufnamen ändern. Und dass er nur noch Bach heißt, ist ja nach deutschem Namensrecht auch okay.«

»Hatte er denn einen Grund, aus Kanada zu verschwinden?«, fragte Irmi.

»Da sind die Kollegen noch dran. Bei seinem Verschwinden war er eigentlich ein netter, unbescholtener Uniprof. Aber man weiß ja nie«, sagte Kathi.

»Ihr habt von Artikeln gesprochen. Gibt es da irgendwo ein Foto von dem Mann?«, wollte Irmi wissen.

Andrea legte den Ausdruck eines Zeitungsartikels vor Irmi auf den Tisch. »Man missed at Spotted Lake«, lautete die Überschrift. Der Mann auf dem Foto war jünger als der Hausbesitzer am Auerberg, aber das Ganze lag ja auch schon einige Jahre zurück.

»Ist er das? Ich meine, der Typ vom Auerberg?«, fragte Kathi.

»Ja, doch. Die Augen passen. Der Mund auch. Heute ist er älter und trägt Bart.« Irmi starrte das Bild an. »Könnt ihr die Kollegen bitte noch weiter nerven? Lasst euch auch mal andere Fotos von Bach schicken, sofern vorhanden.«

»Aber … aber …« Andrea suchte Irmis Blick.

»Unser Ausgangspunkt war vor gar nicht so langer Zeit, dass ein Herr Unger erschossen wurde, für dessen Ermordung es durchaus Motive und Verdächtige gegeben hätte. Dann kamen wir zu dem Schluss, dass es den Falschen erwischt hat.«

»Na ja, was ihr von dem erzählt habt, hat es ja nicht unbedingt den Falschen getroffen!«, warf Kathi ein.

»Kathi! Jedenfalls muss der Mörder wissen, dass er den Falschen erschossen hat. Was bedeutet, dass er immer noch den Richtigen erwischen muss. Und wenn das der Herr Bach, Baur, Max oder Adam ist, dann muss es in den Augen des Mörders einen gravierenden Grund geben. Dann liegt aber des Rätsels Lösung in Kanada.«

»Wenn der in Kanada überall auf heiligem Grund herumgekrochen ist«, meinte Kathi, »hat er vielleicht etwas Heiliges entwendet. Also etwas, das für diese Abos heilig ist.«

»Aborigines gibt es in Australien, das da sind Natives«, belehrte Andrea sie.

Weinzirl fixierte erst Kathi, dann Andrea. »Ist ja schön, dass ihr in Garmisch alle so polyglott seid. Aber habt ihr schon mal überlegt, dass der Mann tatsächlich in Kanada verschwunden oder verunglückt sein könnte? Wenn das eine entlegene Gegend ist, wird es schon Viecher geben, die auch mal einen Leichnam fressen. Und wenn er ermordet wurde, dann haben die Täter ihn vergraben oder in einem dieser salzigen Seen versenkt.«

Sie alle betrachteten Weinzirl, wie er dasaß in seiner verwaschenen Jeans und einem Langarmshirt mit dem pawlowschen Hund drauf. Die leichte Daunenjacke hing über dem Stuhl. Seine Haare ergrauten, was aber bei seinem ursprünglichen Blond nicht so sehr auffiel. Irmi registrierte zum ersten Mal, dass er grünblaue Augen hatte, die ihre Farbe zu wechseln schienen. Heute waren sie sehr blau.

»Was aber bedeuten würde …«, sagte Irmi schließlich leise.

»… dass jemand anders unter seiner Identität in Deutschland lebt?«, ergänzte Weinzirl.

»Hammer! Das wäre ja der Hammer!«, rief Kathi.

»Allerdings«, meinte Irmi. »Wir müssen mehr über den Mann wissen, der am Auerberg wohnt. Wie es aussieht, hat er sehr zurückgezogen gelebt.«

»Das tät ich auch, wenn ich Dreck am Stecken hätte«, bemerkte Kathi.

»Aber ob dir das gelingen würde, ich meine, das mit der Zurückhaltung?«, flachste Andrea.

»Vorher fliegt ein Nashorn zum Mond«, brummte Weinzirl.

»Du redest jetzt aber nicht von meiner Figur?« Kathi grinste.

»Nein, du hast die Figur einer Gazelle. Ich rede vom Gemüt.«

Irmi lächelte in sich hinein. Irgendwas war da zwischen den beiden.

»Ihr versucht, in Kanada mehr Infos zu bekommen«, fasste Weinzirl zusammen. »Da lebt ja auch noch seine Familie. Irmi und ich fahren zum Auerberg. Der Mann hatte ein paar entfernte Nachbarn, da haben Leute auf seinem Hof eingekauft, so ganz inkognito war er doch nicht! Am Land weiß doch immer irgendwer etwas.«

»Klar, mehr als du selber«, meinte Kathi.

»Okay, auf geht's. Wir telefonieren«, sagte Weinzirl.

»Unbedingt«, kam es von Kathi.

Irmi und Weinzirl hielten wenig später auf den Ettaler Berg zu. Wieder wurde ihr bewusst, wie weit die Grenze zum Ostallgäu eigentlich entfernt lag. Es waren zwar nur wenige Kilometer, aber es war doch nur mit langem Gekurve erreichbar.

Als sie bei Bach vorfuhren, wurden sie von einem gesprächigen roten Kater begrüßt.

»Der hat sicher Hunger! Hat Bach den zurückgelassen?« Irmi bückte sich und streichelte ihn. Weinzirl ging zu seinem Bus und kam mit Katzentrockenfutter zurück.

»Wieso hast du Katzenfutter im Bus?«, fragte Irmi.

»Ich reise öfter mal in Ländern, wo Tiere nichts wert sind. Ich füttere sie dann. Das ist nur ein Tropfen auf den heißen Stein, ich weiß. Wenn ich weg bin, hungern sie wieder. Wahrscheinlich tue ich das für mich.«

Am Eingang zum Hofladen hing ein Schild. *Aus privaten Gründen vorübergehend geschlossen.*

»Der Bach scheint wirklich abgehauen zu sein«, mutmaßte Irmi. »Das Schild war gestern noch nicht da! Verdammt! Was, wenn er daheim war, als wir auf seiner Terrasse saßen? Was, wenn er sich in seiner Burg verschanzt hatte?«

»Dann weiß er, dass wir ihn suchen! So abwegig ist das ja nicht. Seine Gebäude sind alle hermetisch abgeriegelt. Sein Auto kann in der Garage gewesen sein. Ich habe das Gefühl, der ist uns immer einen Schritt voraus.«

»Lass uns zu dem Nachbarn fahren, der uns den Zettel wegen der Drohnenflüge geschickt hat. Vielleicht weiß der etwas oder hat ihn sogar gesehen.«

Sie fuhren den Berg ein kleines Stück hinunter. Vor dem Hof kurvte ein etwa siebenjähriger Knirps mit einem Plastikbulldog und einem Odelfass herum.

»Sauberes Fassl!«, sagte Irmi anerkennend.

»Aber verboten«, meinte der Knirps. »Die Verdüngungsverordnung, weißt! Der Papa hat jetzt so Ausleger. Koscht. Alles koscht.« Er fuhr davon.

Sein Opa war aus dem Stall gekommen. »Der Herr Polizist. Und eine Dame dazu. Der Philipp ist ein Gscheitschwätzer. In der Schul der Erscht.« Stolz klang aus seiner Stimme. »Und recht hat er. Jetzt no a Düngeverordnung. Dia Landwirte zahlen dia Rechnung für den Artenschutz.«

»Auf Bio umstellen, wie der da oben?«, fragte Irmi lächelnd.

»Des kann a Hobbylandwirt machen, mir wolln das nicht. Und ihr?«

»Der Herr Bach scheint abgereist zu sein. Wissen Sie da etwas?«

»Naa.«

»Hatte er denn mit keinem Kontakt? Gibt es niemanden, der näher mit ihm befreundet war?«

»Der war nicht an Freind interessiert. Bei ihm einkauft ham da so Weiber aus Landsberg und Augschburg.«

Das war frustrierend. Irmi atmete tief durch, sah den Mann durchdringend an.

»Ihr könntets höchstens mal den Onkel Heini fragen.«

»Wer ist der Onkel Heini?«

»Der schreibt sich Rudnick, Heinrich. Wohnt in Remnatsried. Und der lauft allweil.«

»Was heißt das?«

»Der lauft halt allweil. Isch a bisserl …« Er tippte sich an die Stirn. »Der war beim Fendt, isch jetzt in Rente. Nicht von do. Aber a ordentliche Haut. Und er lauft jetzt. Stundenlang. Hat an Kilometerzähler. Und wenn du den triffst, sagt er dir, wie weit er heut gelaufen ist. Gestern hab ich ihn gesehen. Da waren es fünfundzwanzig Kilometer.«

»Und das macht der jeden Tag?«

»Bloß nicht, wenn's schüttet oder hagelt.« Er tippte sich nochmals an die Stirn. »Den findets ihr am ehesten ab fünfe daheim. Da hot er sich dann ausglaufn.«

Irmi und Weinzirl bedankten und verabschiedeten sich.

»Ein Dauerläufer, der it ganz bacha isch«, sagte Weinzirl.

»Was?«

»It ganz bacha. Nicht ganz durchgebacken – also nicht

ganz richtig in der Birne. So einer ist überall, fällt aber nicht auf. Wird nicht ernst genommen. Das ist unser Mann!« Weinzirl klang euphorisch.

»Vorausgesetzt, der spricht mit uns.«

»Mit dir sicher, Irmi. Du bist doch immer so nett.«

Das klang in Irmis Ohren irgendwie abwertend, ein bisschen nach »netter Mutti«, aber vielleicht war sie auch nur empfindlich und der Weinzirl mit Sicherheit keiner, der Worte auf die Goldwaage legte.

Remnatsried gehörte schon zum Ostallgäu, aber das schien Weinzirl nicht anzufechten. Sie kamen an mehreren Höfen vorbei, die leer zu stehen schienen. Mit der Suche nach einem Hof hatte alles begonnen, dachte Irmi.

Weinzirl schien ihre Gedanken zu lesen.

»Ich bin viel mit dem Radl unterwegs und könnte dir in fast jeder Gemeinde ein, zwei aufgelassene Höfe zeigen. So schade! Da lassen die Leut die einfach zusammenfallen!«

»Viele Landwirte bauen neu«, gab Irmi zu bedenken, »dann wird die Althofstelle noch von der älteren Generation bewohnt, aber wenn die wegsterben, steht das Haus eben leer.«

»Ja, Wahnsinn! Die Enkel könnten doch einziehen!«

»Die wollen aber keine so alte Hütte. Die bauen lieber im Neubaugebiet nebenan. Ich bin ja auch so ein Bauernmadel. Weder mein Bruder noch ich hatten je das Bedürfnis zu bauen. Aber die meisten anderen haben sich große Landhäuser hingestellt. Ich habe mich oft gefragt, ob die alle zu viel Geld haben.«

»Ich weiß es nicht, Irmi. Ich jedenfalls nicht. Aber hier am Alpenrand bekommen offenbar manche Youngster zur

Hochzeit von der Brautseite den Bauplatz geschenkt und von der anderen Seite das Haus finanziert. Oft sind das Familien, die einen Handwerksbetrieb haben und sich damit eine goldene Nase verdienen.«

»Allerdings! Such du mal einen Handwerker. Wenn er dann wirklich leibhaftig vor dir steht, bist du bereit, alles zu zahlen, wenn er nur den Auftrag annimmt.«

Weinzirl lächelte. »Für so ein Niedrigenergiehaus brauchst du doch kein feines Handwerk mehr. Ein Haus, das nur aus Fenstern besteht und im Sommer aussieht, als sei Christo am Werk gewesen. Verhüllt in Jalousien! Bockheiß sind diese Hütten. Und weißt du was?« Weinzirl wartete die Antwort gar nicht ab. »Auf kaum einem ist eine PV-Anlage! Ich muss Frau Unger in dem Punkt recht geben. Sittenwidrig viel Geld für eine Küche ausgeben, aber nichts investieren wollen in ein paar Solarzellen auf dem Dach! Die Welt ist verdreht!«

»Du hättest vielleicht wirklich Architektur studieren und alte Höfe renovieren sollen?«, kommentierte Irmi.

»Ja, vielleicht. Aber die Höfe musst du erst mal kriegen. Du wirst es bei deiner Immobiliensuche ja gemerkt haben. Es gibt kaum Höfe. Vielleicht im Bayerwald oder in der Oberpfalz. Aber meist hockt eine Erbengemeinschaft drauf, die werden sich nicht einig. Die Jahre gehen ins Land. Die Dachpfannen fliegen. Der Regen dringt ein. Das Haus stirbt ganz allmählich.«

Weinzirl überraschte Irmi immer wieder aufs Neue. Dieses Thema schien ihm wirklich nahezugehen.

»So, aber jetzt auf zu Onkel Heini, dem Kilometerfresser!«, sagte er brüsk.

Die angegebene Adresse in Remnatsried gehörte zu einem Haus, das auch schon bessere Zeiten gesehen hatte. An der Klingel gab es drei Namen, im Erdgeschoss schien Onkel Heini zu wohnen. Sie läuteten. Nichts passierte.

»Ich glaub, die Klingel geht nicht«, sagte Weinzirl, riss die Haustür auf, enterte den Gang und hieb gegen die Wohnungstür im Erdgeschoss.

Ein Männchen öffnete. Ein kleines sehniges Männchen in einer Cordhose, die in merkwürdigem Kontrast zu seinen High-End-Laufschuhen stand. Irmi war irgendwie beruhigt, dass Onkel Heini nicht in Gummistiefeln oder steigeisenfesten Luis-Trenker-Bergschuhen unterwegs war.

»Ja?«

»Die Irmi und der Gerhard. Von der Polizei. Du bist viel unterwegs, hört man. Wir sind etwas ratlos, weil wir mit dem Bach reden wollten, aber der scheint ausgeflogen zu sein. Wir dachten, du könntest uns helfen?«

»Ich?«

»Ja. Hast du ihn gesehen?«

»Der ist gestern an mir vorbeigerauscht. Hat einen silbernen Volvo Kombi. Allrad. 190 PS. Den kenne ich. Ich kenne alle Autos.«

Obgleich ab und zu ein leichtes Allgäuerisch durchklang, war seine Sprache schwer einzuordnen. Ab und an wirkte es eher norddeutsch. Der Mann war jetzt sicher um die siebzig, aber seine Muttersprache war noch da, obwohl er sein Vaterland schon längst verlassen hatte.

»Könnten wir kurz reinkommen?«, fragte Irmi.

Er drehte sich um, sie folgten ihm und standen übergangslos in der Küche. Eichenfurnier rustikal, nicht mehr ganz auf dem aktuellen Stand, aber für einen Junggesellen peinlich sauber. An der Wand hing ein Autokalender. Offenbar mochte Onkel Heini entweder die schnellen Wagen oder die dazugehörigen knapp bekleideten Damen. Irmi und Gerhard setzten sich auf Holzstühle mit einem fadenscheinigen Überzug in Grün und Orange.

»Hast du ihn denn auch zurückkommen sehen, den Bach?«, wollte Weinzirl wissen.

»Nein.«

»Sonst wen? Ich meine, hast du in letzter Zeit jemanden öfter gesehen? So ums Haus rum?«

»Mei.«

»Wie weit bist denn heute gelaufen?«, fragte Weinzirl.

»Heute weit, zweiunddreißig Kilometer.«

»Respekt. Die Strecke fahr ich mit dem Radl.«

»Elektrisch?«

»Nein! So weit ist es noch nicht! Und das ist ein Dodge?«, fragte Weinzirl und deutete auf den Kalender, wo eine Blondine in roten Lack-Hotpants ihren nicht gerade kleinen Allerwertesten vor der Motorhaube zeigte.

Heini strahlte. »Charger, Allrad.«

»Du kennst dich mit Autos aus! Aber beim Bach ist es ja eher einsam. Da fährt doch kaum einer hin, oder?«

»Der Peugeot 308 SW aus Augsburg war gestern da. Der kommt einmal die Woche. Aber der Hofladen vom Bach hat ja im Moment zu«, meinte Heini. »Und ein Suzuki Vitara hat öfter hinter der St.-Josephs-Kapelle gestanden.«

»Der Suzuki, woher war der?«

»OAL.«

»Kannst du dich an den Rest des Kennzeichens erinnern?«

»Nein. Ich spionier doch nicht bei Mitmenschen!«

»Sonst noch wer?«

»Eine E-Klasse aus Weilheim. Das ist der Makler, der organisiert gerade Besichtigungen. Da waren auch Leute mit einem Škoda. Ob die sich so was wie dem Bach seinen Hof leisten können?«

Irmi musste grinsen. Der Škoda gehörte Fridtjof. Onkel Heini entging nichts.

»Irgendwen zu Fuß oder mit dem Radl gesehen?«

»Radler interessieren mich nicht«, sagte er streng. »Da sind so viele am Weg. Fast alle elektrisch.« Er fixierte Weinzirl. »Außer ein paar letzte Aufrechte, die sporteln wollen.«

»Und sonst? Gar nichts Ungewöhnliches, Heini?«

»Zwei Männer.«

»Wie zwei Männer?«

»Die hab ich öfter gesehen. Zwei Männer. Einer davon im Rollstuhl.«

»Zwei Männer und einer saß im Rollstuhl?«, vergewisserte sich Irmi.

»Genau. Ich denk, das sind Touristen. Mit einer Ferienwohnung oder so. Weil ich die beiden schon öfter gesehen hab.«

»Wann denn zuletzt?«

»Am letzten Mittwoch.«

Das war der Tag gewesen, an dem der Schuss gefallen war. Die Spurensicherer hatten Reifenabdrücke gefunden. Vielleicht stammten sie ja von dem Rollstuhl?

»Danke, das hat uns wirklich geholfen!«, meinte Irmi.

»Und nochmals Respekt! Das ist echt eine Leistung, was du da machst«, sagte Weinzirl und ließ dabei offen, ob er die Kilometerfresserei oder das Autowissen meinte.

Heini strahlte. »Der Bach, der hat mich kaum gegrüßt. Er hat mich nicht mal wahrgenommen. Nur ein-, zweimal am Feld, wenn er etwas gearbeitet hat. Ich grüße immer. Muss man doch!«

»Unbedingt.«

»Und geredet habt ihr nie was?«

»Nein. Aber ich hab mir schon gedacht, dass der verkauft.«

»Wie, du hast dir das gedacht?«

»Ich hab da mal auf einer Bank gesessen, ab und zu muss ich ja mal ausruhen. Der Bach hat mich gar nicht gesehen, er stand nämlich am Bulldog. Nicht mal einen Fendt hat er, sondern einen Lindner aus Österreich.«

»Keinen Fendt? Mein Bruder hat einen. Sind ja auch die besten«, warf Irmi ein.

»Ich war fünfundzwanzig Jahre bei Fendt. Bin 2013 in Rente gegangen. War nie krank.«

»Respekt! Und was war jetzt, als der Bach da am Bulldog gestanden hat?«

»Da hat er in sein Handy gesprochen und gesagt: ›Es wird mir zu eng. Ich glaub, ich hab einen von denen gesehen.‹ Er hat noch mehr gesagt, aber das habe ich nicht verstanden.«

»Und das war wann?«

»Erst kürzlich. Er hat Mist gebreitet.«

»Super!«, sagte Weinzirl mit Inbrunst.

Nachdem sie sich verabschiedet hatten, drehte sich Weinzirl noch mal um. »Du, ich hätte so einen Kalender mit Lkws. Würde der dich interessieren?«

»Ja.«

»Bring ich dir vorbei. Heini, vergelt's Gott. Schönen Abend.«

Als sie im Bus saßen, musste Irmi grinsen. »Du hast einen von diesen Lkw-Kalendern, wo lauter Frauen mit dicken Hupen zu sehen sind? Und auf den willst du verzichten?«

»Ungern, aber wenn's einem guten Zweck dient! Den Heini müssen wir uns warmhalten.« Er wurde wieder ernst. »Was wissen wir jetzt?«

»Bach wollte aus irgendeinem Grund hier weg. Weil jemand etwas wusste? Weil er jemanden erkannt hat? Weil ihn jemand erkannt hat, der weiß, was er in Kanada angerichtet hatte? Ging es um seine wahre Identität? Das würde ja zeitlich zu seinen Verkaufsabsichten passen. Sein Anwesen steht erst seit Kurzem auf den Immobilienportalen. Wir müssen noch einmal mit Kluge reden.«

»Außerdem gibt es einen ominösen Rollstuhlfahrer und einen Vitara. Meinst du, wir sollten jetzt alle im Ostallgäu zugelassenen Vitaras überprüfen?«, fragte Weinzirl.

»Na ja, das kann auch der Jäger gewesen sein oder ein Hundespaziergänger. Andererseits …«

»… ist das gute alte Polizeiarbeit. Würden deine Leute so was machen?«

»Wenn du Kathi nett fragst, bestimmt.«

Er verzog das Gesicht. »Genau, und dann finden wir heraus, dass der einem Rollstuhlfahrer gehört, der mit Drohnen schießen kann. Und hopplahopp, schon haben wir den Fall gelöst!«

»Genau. Und nun?«

»Wir laden uns morgen früh bei Kluge ein. Wo hat der sein Büro?«

Irmi zückte das Handy. »In Bernried.«

»Klar, am See der Könige. Noblesse oblige. Rufst du ihn an? Treffen wir uns um neun in Weilheim und fahren dann an den See? Der frühe Fragesteller hat Erfolg. Oder ist das zu zeitig für dich?«

»Neun? Ich komme vom Bauernhof. Um die Zeit frühstücken wir zum zweiten Mal! Ich avisiere Kluge unseren Besuch, wenn du Kathi deinen Arbeitsauftrag vermittelst!«

Sein Grunzen wertete Irmi mal als Zustimmung.

Auf dem Heimweg ging Weinzirl ihr nicht aus dem Kopf. Er war ein seltsam gespaltener Mann. Immer wieder blitzten Emotionen durch, dann verschanzte er sich wieder hinter seinem Bärengebrumme. Und er sah gut aus. Komisch, dass da nie eine Frau zugegriffen hatte. Zumindest nicht längerfristig. Der Flurfunk wusste so einiges über seine Affären, aber Weinzirl schien sich nie wirklich zu binden. Erstaunt stellte Irmi fest, dass sie einen attraktiven Mann wie ihn ganz freundschaftlich-neutral betrachten konnte, weil sie wusste, wo sie hingehörte. Und genau in diesem Moment spürte sie das wie noch nie zuvor.

Der Mensch, zu dem sie gehörte, hatte gekocht. Eine Kürbissuppe vorweg, dann Pasta mit einer Gemüsesoße.

»Schmeckt wirklich gut, danke fürs Kochen. Wir fahren morgen übrigens nach Bernried.«

»Schön«, meinte der Hase. »Bernried kommt mir immer vor wie Urlaub – mit dem See, der Promenade und den Platanen.«

»Wieso eigentlich Platanen? Das ist doch kein typisch oberbayerischer Baum?«

»Nein, das stimmt. August Freiherr von Wendland hat Mitte des 19. Jahrhunderts das ehemalige Chorherrenstift gekauft und Teile davon zu einem Schloss umgestaltet. Dabei hat er ein Schlossrondell mit Platanen angelegt, die man damals sehr exotisch fand. Platanen sind aber auch ganz besondere Bäume: Die Borke blättert jährlich in dünnen Platten ab und hinterlässt ein typisches Mosaik. Seit 1949 gehört die Anlage den Benediktinerinnen. Heute ist das Kloster eine Bildungseinrichtung für Erwachsenenbildung. Das alles weiß ich auch nur, weil ich da vor Jahren mal ein Seminar besucht habe. Über Maden.«

»Über Maden?«

»Ja, du weißt schon, die hurtigen Zersetzer am Leichnam.«

»Na Mahlzeit«, sagte Irmi und blickte auf ihren Salat.

»Komm, so empfindlich bist du doch gar nicht!«

»Das ist ein zweifelhaftes Kompliment.« Irmi lachte.

Es gab auch noch Bayerische Creme als Dessert. Schlank wurde man davon nicht, aber zufrieden.

Am nächsten Morgen war Irmi pünktlich in Weilheim, und sie schaukelten in Weinzirls Bus über eine kurvige Straße ostwärts, kamen kurz von zehn an und fuhren langsam an Kluges Villa im Reitweg vorbei.

»Lage, Lage, Lage«, kommentierte Irmi. »Ob er das Haus auch einem Altersheimbewohner abgezockt hat?«

»Wahrscheinlich.«

Weinzirl wirkte heute ziemlich wortkarg und sah zerknitterter aus als sonst. Sie betraten das Anwesen und landeten in einer Art Hochparterre. Rechts ging eine Tür ab, wo ein Messingschild »Kluge Immobilien – Exklusive Höfe und Landsitze« ankündigte. Sie klopften, und eine weibliche Stimme rief »Ja«. Sie gehörte zu einer jungen Frau, die Ende zwanzig war und zweifellos attraktiv.

»Lara Lerchenmüller. Wir haben schon mal telefoniert, Frau Mangold.«

Das stimmte. Sie hatten miteinander gesprochen, als Irmi den Besichtigungstermin vereinbart hatte.

»Ich mache hier meine Ausbildung«, fuhr die junge Frau fort. »Herr Kluge ist untröstlich, er musste kurz weg. Er ist um elf, viertel nach elf wieder da.«

»Das war ein Termin und keine Option!«, brüllte Weinzirl.

Lara Lerchenmüller zuckte zusammen.

»Wir kommen um elf wieder«, sagte Irmi und schob Weinzirl zur Tür. Sie verkniff sich jeden Kommentar und sagte stattdessen: »Kaffee?«

»Gern. Hier ist gleich der Ziegler.« Weinzirl stampfte los, Irmi folgte. Höflich war was anderes.

Orte wie Bernried irritierten sie. Hier war es entweder vorzeigedorfputzig oder aber sehr mondän. Ganz anders jedenfalls als die Welt der Menschen, die hart arbeiteten, eine Waschmaschine im Gemeinschaftskeller hatten und froh waren, auf dem engen Balkon etwas Basilikum ziehen zu können. Aber hier konnte Kluge sicher jede Menge Seeufer-Immobilien verkaufen, wobei deren Preis ganz diskret verschwiegen wurde.

Irmi und Weinzirl quetschten sich an einen der Stehtische, Irmi nahm einen Cappuccino, Weinzirl einen doppelten Espresso. Und er schwieg beharrlich. In Irmi regte sich Widerstand. Sie hatten einen Fall zu lösen, sie hätte gerne eine Marschrichtung für das bevorstehende Treffen besprochen. Kathi hätte sie mit überschäumenden flammenden Reden genervt, aber dieses Schweigen des Büffels störte sie mindestens genauso.

»Wenn Kluge um elf da ist, sollten wir …«, hob Irmi an.

»Ich trink meinen Kaffee«, herrschte Weinzirl sie an.

Irmi legte langsam einen Fünfeuroschein auf den Tisch und verließ das Stehcafé. Sie ging die Seepromenade entlang. Kleine Wellen plätscherten im Kies, eine ältere Dame mit einem Jack Russell Terrier bestätigte Irmis Vorurteile. Das Hündchen hatte ein Halsband mit Glitzersteinchen um, das Frauchen trug Loden, war stark geschminkt und goldbehängt. Was für ein Geprotze, dachte Irmi, dabei war ihre Wut eigentlich gegen Weinzirl gerichtet. Was dachte der sich eigentlich? Anscheinend zeigte er nun sein wahres Gesicht, die Gerüchte über ihn als Stockfisch und Brummbär stimmten wohl doch.

Sie ging am Hotel Marina entlang und hinein in den Park. Die Kunst der Gartenbauarchitekten war auch im blattlosen Winter imposant. Irmi kam an dem Gehege vorbei, wo seit Errichtung des Parks weiße Damhirsche lebten. Manche Putten an den terrassenförmig angelegten Teichen schauten etwas dümmlich, aber vielleicht war es ihnen jetzt im Winter auch etwas zu frisch, um die Laute zu schlagen. Rechts von ihr lag das ehemalige Schloss, das heute zu einer Rehaklinik gehörte. Irmi schlug einen Bogen zurück und landete schließlich an der grellbunten Riesenlibelle vor dem Buchheim-Museum, wo Weinzirl auf sie wartete.

»Ein Militärhubschrauber vom Typ Mil Mi-2T, 1968 in Polen produziert und dann von Street-Art-Künstlern verschönert«, erklärte er. »Die Installation heißt ›From War to Peace‹. Der Hubschrauber schaut vorne rum ziemlich böse aus, aber weiter zum Heck hin ist er purer Flower-Power-Pazifismus.« Weinzirl schaute Irmi treuherzig an.

Irmi musste lächeln, obwohl sie sauer sein wollte. »Und das gilt auch für dich?«

»Ja, leider. Entschuldige. Ich war heute Morgen etwas … ich hab da …«

»Passt schon! Können wir uns jetzt auf Kluge konzentrieren?«

»Ja, komm, wir gehen zurück.«

Sie passierten das Museum, das 2001 hier im Park seine Pforten geöffnet hatte. Buchheim hatte es eigentlich in Feldafing errichten wollen, doch die Bürger hatten sich dagegen ausgesprochen, woraufhin Buchheim sie als »Kanalratten« bezeichnet und stattdessen das Museum dem Ort Bernried angeboten hatte.

Kluge war tatsächlich zurück und empfing sie in einem Büro, das weniger pompös war, als Irmi erwartet hatte. Weiße Regale mit Akten, ein großer stylisher Schreibtisch auf Chromfüßen, zwei Computer mit übergroßen Bildschirmen. In der Ecke ein Besprechungstisch mit Freischwingern. Elegant, aber nicht übertrieben.

»Waren Sie noch spazieren? Tut mir wirklich sehr leid, aber ich wurde aufgehalten.«

»Und, wieder eine Millionenvilla vertickt? Ein paar alte

Herrschaften beschissen?«, konterte Weinzirl. So ganz war der Pazifismus noch nicht in ihn gedrungen.

»Nein, ich war beim Zahnarzt, wenn Sie es so genau wissen wollen. Ich hatte seit zwei Tagen Schmerzen, heute Nacht war das kaum mehr auszuhalten.«

Wenn man genau hinsah, dann hing sein linker Mundwinkel etwas. »Konnte er helfen?«, frage Irmi.

»Ja, gottlob. Möchten Sie was trinken? Wasser, Tee, Kaffee?«

»Danke, nein. Wir haben schon Kaffee getrunken, vor unserem Spaziergang durch den Park«, sagte Weinzirl.

»Wussten Sie, dass Schloss Höhenried erst in den Dreißigerjahren in neobarockem Stil erbaut wurde? 1939 bezog Wilhelmina Busch es mit ihrem zweiten Ehemann, dem Arzt Dr. Carl Borchard. Als sie 1952 kinderlos starb, erbte ihr dritter Mann, der amerikanische Generalkonsul Sam Edison Woods, den Besitz.«

»Hatte ja einen ganz schönen Verschleiß, die Dame«, knurrte Weinzirl.

Kluge ließ sich nicht aus dem Konzept bringen. »Und wie bei so vielen Immobilien kam nach dem Tod des Besitzers eine Erbengemeinschaft ins Spiel, die letztlich an die Landesversicherungsanstalt Oberbayern verkaufte. Sie sehen: Häuser sind immer dem Menschen ausgeliefert und leiden bisweilen sehr.«

Eine gewisse Theatralik war dem Mann auch heute nicht abzusprechen.

»Und so ein leidendes Haus haben Sie Herrn Bach verkauft, der nun erneut weiterverkaufen will?«, entgegnete Irmi. »Was wissen Sie darüber?«

»Dass er seinen Hof verkaufen will. Dass seine Preisvorstellung etwas überzogen ist, das sage ich ihm immer. Der ganze Mann ist etwas verschroben.«

Weinzirl starrte ihn an. »Falls Sie das noch nicht ganz verinnerlicht haben sollten, Kluge: Wir sind die Polizei! Die Kripo! Sie standen daneben, als ein Mann erschossen wurde. Es hätte auch Sie treffen können! Und bei Ihren interessanten Praktiken, mit Altersheimleitern zu klüngeln, haben wir auch in Betracht gezogen, dass jemand eigentlich Ihnen an den Kragen wollte. Sie nicht? Ist Ihre Weste so rein?«

Kluge gab eine Art Japsen von sich.

»Sie haben das ebenfalls in Betracht gezogen, das sehe ich Ihnen an«, fuhr Weinzirl fort. »Mit gutem Grund, vermute ich! Und wenn weder Sie noch Unger gemeint waren, dann ging es um Ihren Kunden oder Klienten, oder wie man das in Ihren Kreisen so nennt. Haben Sie denn auch in Betracht gezogen, dass Max Bach gemeint sein könnte, dieser nette, aber etwas verschrobene deutschstämmige Kanadier?«

Kluge schwieg.

»Makler sind nahe dran an menschlichen Emotionen. Das haben Sie selbst gesagt«, fiel Irmi ein. »Da Sie ihm das Haus vor rund zehn Jahren verkauft haben, dürften Sie ihn ganz gut kennen.«

»Ich habe so was wie eine Schweigepflicht, also …«

»Kluge!«, rief Weinzirl. »Ich habe schlecht geschlafen. Das ist heute gar nicht mein Tag. Machen Sie ihn nicht noch schlechter!«

»Nun gut, wir haben 2000 begonnen, eine ganze Reihe

von Höfen zu besichtigen. Doch sie haben Bach alle nicht gefallen. Die meisten waren für ihn zu sehr Dorflage. Er befand alle Höfe für seine Projekte ungeeignet. Er wollte eine Alleinlage – aber wo gibt es heute denn noch Alleinlagen? Das sind die wenigen Filetstücke, die kaum verkauft werden! Ja, ja.« Er seufzte und sah Irmi an.

»Und dann haben Sie das Haus am Auerberg in Ihr Portfolio aufgenommen?«

»Ja, als ich es reinbekommen hab, da hab ich das Exposé erst gar nicht ins Netz gestellt. Das passte ja wie die Faust aufs Auge. Bach hat das Objekt besichtigt und sofort Ja gesagt.«

»Schön für Sie!«, raunzte Weinzirl.

»Was heißt schön? Das ist meine Profession, meine Passion!«

»Herr Kluge, was wollen Sie uns eigentlich sagen?«, fragte Irmi, denn sie spürte, dass der Mann unbehaglich herumdruckste.

»Wie gesagt, wir haben viel besichtigt. Dabei ging es nie um den Preis. Ich hatte ihm sogar ein Anwesen für über drei Millionen angeboten, und da hat er nicht mal gezuckt. Es kam auch nur deshalb nicht infrage, weil es drei Nachbarn gab.«

»Heißt im Klartext: Sie haben sich gefragt, wie der das alles finanziert?«, donnerte Weinzirl.

Irmi sah die beiden Männer an. Den etwas teigigen, weichen Kluge und den schlecht gelaunten, kernigen Weinzirl. Sie musste ganz leise in sich hineinlächeln. Weinzirl war ein Unikat, und was für eins!

»Nun, die Frage kommt ja irgendwann mal auf. Er hat

gesagt, er würde nicht finanzieren, sondern bar bezahlen. Es gibt genug Menschen, die drei Millionen aus der Portokasse bezahlen. Ich wusste ja auch nicht, was der Mann in Kanada verdient hat. Ob er geerbt hatte. Das kommt durchaus vor. Aber ich habe ein bisschen gegoogelt und bin dabei über einen Artikel gestolpert, in dem es um einen Mann in Kanada ging, der seit Jahren vermisst wurde.«

»Ach, der Herr Bach!« Irmi sah den Makler scharf an. »Oder vielleicht eher Bach-Baur?«

Kluge nickte.

»Und da tun Sie nichts?« Weinzirls Stimme explodierte.

Der Makler reckte sein Kinn. »Er wird Gründe gehabt haben. Oft geht es um dreckige Scheidungen. Um Frauen, die ungebührlich viel Geld wollen. All so was. Das geht mich doch nichts an!«

»Sind Sie noch ganz bei Trost? Es kann doch auch ein Verbrechen dahinterstecken. Sie wären verpflichtet gewesen, das zu melden!« Auch Irmi war konsterniert.

»Ich habe mit dem Gedanken gespielt, vor allem als ich …«

»Als Sie was?«

»Ich hatte doch das Zeitungsbild von ihm, das aus dem kanadischen Artikel. Vom Universitätsdozenten, der verschwunden ist.«

Das war wahrscheinlich derselbe Artikel, auf den sie auch gestoßen waren.

»Weiter im Text!«

»Mein Sohn ist ein Computernerd und hat sich mal im Internet etwas umgetan. Er hat mir ein Bild von einem

Mann geschickt, der in Berlin lebt und ihm sehr ähnlich sieht. Also dem Bach.«

»Er sieht ihm ähnlich?«

»Fast wie ein Bruder. Nur hieß der Mann in Berlin Siegfried Butzke.«

»Weiter!«

»Den Butzke habe ich dann gegoogelt. Und das war ziemlich ergiebig. Butzke hat Anfang der Neunzigerjahre in Berlin Wohnhäuser aufgekauft. Es war in einigen Zeitungsartikeln in den Archiven die Rede davon, dass er wohl etwas unschön saniert hat.«

»Unschön saniert?«

»Nun ja, er hat die Mieter rausgeklagt, angeblich terrorisiert, quasi entmietet. Aber das waren auch Artikel aus der *taz*, das weiß man ja, wes Geistes Kind die sind. Auch in diversen Blogs war so was über ihn zu lesen. Sie wissen ja, was für ein Gesocks da in Berlin lebt. Hausbesetzer, Radikale – da ist man als Hausbesitzer ganz arm dran, das sag ich Ihnen.«

Von wegen arm dran – wer in Berlin so mir nichts, dir nichts Häuser kaufen und sanieren lassen konnte, um hinterher Luxusmieten für Luxuswohnungen zu verlangen, war sicherlich alles andere als ganz arm dran.

Ein Berliner Immobilienhai und ein kanadischer Dozent. Wie hingen die zusammen?

»Und dieser Herr Butzke, der lebt heute noch in Berlin?«

Kluge schüttelte den Kopf.

»Was soll das bedeuten?«

»Er hat Berlin im Jahr 2000 den Rücken gekehrt. Alles

verkauft an eine ausländische Investmentfirma. Seine Spur verliert sich.«

Seine Spur verliert sich. Vier Worte. Irmis Kopf drohte zu explodieren. Weinzirl hieb auf den Tisch.

»Und Sie haben das nicht weiterverfolgt, Kluge?«

Der Makler schüttelte den Kopf.

»Wenn ich Sie richtig verstehe, dann sind quasi zwei Männer verschwunden«, fasste Weinzirl zusammen. »Bach oder Bach-Baur in Kanada und Butzke aus Berlin. An wen haben Sie verkauft?«

»An Herrn Bach.« Kluge klang kleinlauter.

»Sie haben einkalkuliert, dass Sie einem Mann mit falscher Identität ein Haus verkaufen?«

»Moment mal! Ich habe das durchdacht!«

»Ach was!«

»Schauen Sie, wenn der Herr Bach sich in Kanada abgesetzt und als Siegfried Butzke in Berlin Geschäfte gemacht hat, dann wird es dafür Gründe geben. Und wenn er dann als Bach im Allgäu untertaucht, dann wird auch das nicht grundlos geschehen sein.«

Irmi war sprachlos. Weinzirl wurde ganz leise. »Sie glauben also, dass die beiden Männer ein und dieselbe Person sind?«

»Im Prinzip ja.«

»Wir sind hier nicht bei Radio Eriwan.«

»Es könnte doch auch sein, dass sie Doppelgänger sind. So was gibt es! Jeder Mensch hat irgendwo auf der Welt einen Doppelgänger.«

Ja, es könnte auch sein, dass der Mond just in diesem Moment im Bernrieder Park landete. Oder dass Trump und

Putin auf dem Wiener Opernball Walzer tanzten. Oder die Menschheit plötzlich gut wurde. Kluge strickte an seinem ganz eigenen Weltbild. Masche für Masche. Irmi war verwirrt. Ein Mann? Zwei Männer?

»Sie haben sich also eingeredet, dass Sie es mit einem Mann zu tun hatten? Der ein Doppelleben führt? Mal als Bach, dann als Butzke und wieder als Bach?«

»Mag sein, dass das nicht ganz korrekt war. Aber der Mann hatte einen gültigen Pass. Und ich dachte, dass ja eine etwaige Illegalität auffliegen würde. Er muss doch auch Grunderwerbssteuer zahlen.«

»Sie waren mit dem Mann beim Notar?«

»Ja, natürlich.«

»Und er hat das Haus bar bezahlt?«

»Ja.«

»Für wie viel Geld?«

»Für siebenhunderttausend. Das Haus war völlig marode, und anders als jetzt war landwirtschaftlicher Grund maximal drei Euro wert. Die Verkäufer haben da einen sehr guten Schnitt gemacht!«

»Wer war denn der Verkäufer?«

»Eine Erbengemeinschaft aus sieben Personen. Hunderttausend für jeden von denen.«

»Und niemand hat sich gewundert?« Dabei kannte Irmi die Antwort. Immer wenn es um Geld ging, gab es nichts zu wundern. Und Kluge hatte seine Provision eingestrichen und weggedacht, weggehört.

»Ich wiederhole mich: Sie haben einkalkuliert, dass Sie das Haus einem Kriminellen verkaufen?«

»Na ja, kriminell ist ja etwas hoch gegriffen.«

Nun verschlug es sogar Weinzirl kurzfristig die Sprache. »Sagen Sie, Herr Kluge, müssten Sie sich nicht eigentlich schon bei einer Besichtigung den Ausweis zeigen lassen?«, hakte er nach. »Wir haben in Deutschland ein Geldwäschegesetz.«

»Das macht doch keiner«, entgegnete Kluge kleinlaut.

»Und Sie haben nie einkalkuliert, dass der Herr Butzke aus Berlin in die Identität eines Herrn Bach geschlüpft sein könnte?«

Kluge zwinkerte irritiert.

»Herr Butzke könnte die Identität eines Toten oder Verschollenen angenommen haben! Und das wäre eindeutig kriminell.«

»Ich wäre nie darauf gekommen, dass …! Wollen Sie damit sagen, dass Herr Butzke womöglich … dass er … O Gott!«

»Dass er für den Tod eines gewissen Max Bach verantwortlich ist?«, ergänzte Irmi. »Der Herr Butzke war ja wohl ein etwas unangenehmer Mann. Möglicherweise mordet er auch oder lässt zumindest morden.«

»Mit so einem lege ich mich doch erst recht nicht an. Da geht es schließlich um meine Sicherheit. Und wir haben ja keinem geschadet«, schickte Kluge trotzig hinterher.

Höchstens einem Kanadier namens Bach!, schoss durch Irmis Kopf.

Weinzirl rang augenscheinlich um Fassung, und es war ihm anzusehen, dass er alles tat, um Kluge nicht an die Gurgel zu gehen. In höchster Beherrschung sagte er: »So, Herr Kluge, Sie treiben jetzt Herrn Bach auf! Sie geben vor, dass besichtigt werden soll. Dass Sie vielversprechende Interessenten haben. Sie erwähnen mit keinem Wort, dass wir hier waren! Sonst sind Sie tot.«

Kluge war bläulich-blass geworden. Sicher das Herz. Weinzirl stand auf.

»Ich muss hier raus!«, rief er und warf die Tür hinter sich zu.

Auch Irmi erhob sich.

»Frau Mangold, wirklich! Ich habe immer geglaubt, der Mann hätte seine Gründe, warum er zwei Namen führt.«

»Ja, man glaubt gerne, was man glauben will, Herr Kluge. Wir müssen unbedingt mit Herrn Bach sprechen. Dabei brauchen wir dringend Ihre Hilfe.«

»Sie meinen nun ernsthaft, dass der Schuss ihm gegolten hat. Und nicht Herrn Unger. Oder gar mir?«

»Jetzt kriegen Sie erst mal Bach an die Strippe! Er muss zu seinem Haus kommen!«

Irmi ging grußlos davon und traf draußen auf Weinzirl.

»Fahren wir.«

Bald hatten sie Bernried hinter sich gelassen. Es war eine behäbige Landschaft, Wiesen, Weiher, kleine Waldstücke. Ein Ort namens Bauerbach, ein kurviges Sträßchen, dann hielt Weinzirl an einer Kapelle und stieg aus. Irmi tat es ihm nach und sank neben ihm auf eine Bank.

»Ich bin ein Arsch«, sagte er ruhig.

»Stimmt. Ich dachte, es wäre besser zu gehen, wenn du dem Mann schon mit dem Tod drohst.« Irmi lächelte. »Wo sind wir hier?«

»An der Hardtkapelle. Magst du den Tritt sehen? Falls sie offen ist.«

»Gern.« Irmi verstand zwar nichts, aber alles, was Weinzirl besänftigte, war gut.

Die Kapelle war offen. Eine ältere Frau arrangierte gerade Blumen am Altar.

»Dürfen wir?«, fragte Irmi.

»Natürlich. Ein Haus Gottes empfängt Sie gerne. Sie wollen den Fußtritt sehen? Kennen Sie die Geschichte?«

»Ja – und nein.« Irmi lächelte.

»Um das Jahr 1250 gerieten die Weilheimer und Haunshofener in Streit wegen der Weiderechte und beschimpften sich gegenseitig. Da kam plötzlich ein seltsames Männlein in Gestalt eines Hirten des Weges. Es setzte den Fuß auf einen großen Stein und rief: ›So wahr ich tritt in diesen Stein, so wahr ist dies Haunshofer G'mein!‹ Und kaum war es ausgesprochen, war das Männlein weg, was aber übrig war: ein Fußtritt, der sich tief in den Stein eingedrückt hatte. Die Haunshofener haben zum Andenken eine Feldkapelle um den Abdruck herum errichtet. Sie können ihn bis heute sehen, vor dem Altar.«

»Und das Männlein war der Teufel?«, fragte Irmi.

»Wer weiß. Angeblich verliert man den Verstand, wenn man hier nächtigt.« Sie lachte. »Ich habe noch am Kreuzweg zu tun. Machen Sie nur bitte die Tür hinter sich zu. Auf Wiedersehen.«

Sie sahen der Frau nach.

»Ich hab den Verstand ohnehin schon verloren«, zischte Weinzirl. »Ich hätte besser hier genächtigt als … ach …«

Irmi ließ den kryptischen Satz mal unkommentiert. Zumindest hatte die kleine Zäsur geholfen, Weinzirl etwas zu besänftigen.

»Was denkst du?«, wollte sie von ihm wissen. »Sind Butzke und Bach derselbe Mann? Oder hat sich Butzke die Identität von Bach zugelegt? Wenn ja, frage ich mich, wie er an den Pass und die ganze Vita des Kanadiers gelangt ist.«

»Es spricht einiges dafür, dass dieser Butzke den Herrn Bach ermordet hat. Wir müssen versuchen, so viel wie möglich über das Leben von Siegfried Butzke in Berlin herauszufinden.«

Der Satz verhallte.

»Dann habe ich ja das Haus eines Mörders besichtigt, der sicher zu allem in der Lage ist. Sofern diese ganz krude Geschichte stimmt«, bemerkte Irmi und sah auf ihr Handy. Es war drei Uhr geworden. »Was machen wir jetzt?«

»Was ich am wenigsten mag. Warten. Zudem müsste ich mal die Staatsanwaltschaft informieren. Den Pressesprecher. Dinge, die ich noch weniger mag. Lass uns zurück nach Weilheim fahren.«

»Ich würde dir nur raten, etwas mehr Milde walten zu lassen. Ich meine, bei offiziellen Gesprächen.« Diese Bemerkung konnte sich Irmi einfach nicht verkneifen.

»Ich sag es noch mal. Ich bin ein Arsch. Aber ich will mich bessern. Ich kann dir bloß nicht versprechen, dass das klappt.«

Das klang entwaffnend.

Irmi war um halb fünf zu Hause und schnappte sich Raffi. Auf dem Waldweg Richtung Grafenaschau ließ sie den Tag Revue passieren. Kluges selbst gezimmerte Realität erschütterte sie ebenso wie das Verhalten von Weinzirl. Nach diesem Tag brauchte sie ein Bier. Zu Hause angekommen, öffnete sie sich eine Flasche Tegernseer Export Max I. Joseph. Der erste Schluck war göttlich. Sie rief Kathi an, die ihr mittlerweile richtig fehlte.

»Lass dir mal erzählen, was passiert ist«, begann sie und berichtete von Kluge. Auch Kathi war nahe dran, vom Glauben abzufallen. Als Irmi dann ziemlich wütend von Weinzirls merkwürdigem Gebaren erzählte, meinte Kathi:

»Na ja, der Weinzirl ist schon ein etwas merkwürdiger Typ. So ganz werde ich nicht schlau aus ihm. Viel Fassade vor ziemlich viel Herz und messerscharfem Verstand. Aber so schlimm ist er auch wieder nicht, dass du ihn so runtermachen musst.«

Kathi verteidigte den Kollegen?

»Was ist los mit dir, Kathi? Hast du alle Waffen weggepackt? Du bist ja geradezu ausgleichend. Das bist du doch sonst nie!«

»Du hast bestimmt recht.«

»Kathi, du gibst mir nie recht. Nicht so. Das klingt ja fast depressiv. Du bist doch nie depressiv.«

»Nein, ich bin eher … eher …«

»Kathi, du druckst doch sonst auch nicht rum wie Andrea. Wo ist die sprachliche Gewitterkathi geblieben? Was ist los? Jetzt komm mal in die Gänge!«

»Irmi, du hast den Weinzirl doch gebeten, dass er uns wegen der Kfz-Suche beauftragt, oder?«

»Gebeten weniger, eher schon genötigt. Er hat sich nicht gerade darum gerissen«, entgegnete Irmi.

»Na ja, jedenfalls ist er vorbeigekommen.«

»Wie? Am Abend noch? Ich dachte, der ruft euch an!«

»Nein, ich war noch im Büro. Auf der Zulassungsstelle war natürlich keiner mehr. Ich hab ihm versichert, dass wir uns am nächsten Morgen gleich dransetzen und auch die Recherche in Kanada weiter vorantreiben. Er hat mich dann noch auf ein Bier eingeladen.«

»Ja, ist doch nett. Wo wart ihr? In Garmischs tobendem Nachtleben?«

»Nein, im Bus. Wir sind nach St. Anton hochgefahren. Wegen der Aussicht.«

Das war der Moment, in dem die Glöcklein zu bimmeln begannen. Erst ganz leise. »Ja, und dann?«

»Haben wir drei Bier getrunken, geredet, viel geredet. Der Weinzirl ist gar nicht so brummig.«

Das Glöcklein klingelte lauter. »Und dann?«

»Irmi, jetzt frag nicht so!«

»Kathi, du willst mir jetzt nicht sagen …?«

Kathi schwieg.

»Du hast mit Gerhard Weinzirl geschlafen? In seinem Bus?«

Kathis »Ja« war nur ein Hauch.

Irmi war es durchaus gewöhnt, dass Menschen die seltsamsten Dinge taten. Sie wusste, dass man jedem nur vor die Stirn sah, aber mit dieser Neuigkeit hatte sie in tausend Jahren nicht gerechnet.

»Kathi, hast du nicht gesagt, er ist uralt?« Was Besseres fiel ihr gerade nicht ein.

»Na ja, siebzehn Jahre älter als ich. Aber er sieht ja recht passabel aus für über fünfzig.«

»Man ist so alt, wie man sich anfühlt!«, rutschte es Irmi heraus.

Das Verblüffende war, dass Kathi schon wieder nichts sagte.

»Mal ganz abgesehen davon, dass so was bei der Arbeit …«

Nun kam doch Gegenwehr. »Der Hase ist auch Teil deiner Arbeit, Irmi!«

»Ja, stimmt, aber …«

»Aber was? Ihr seid alt und weise? Und deshalb über jeden Zweifel erhaben? Ihr haltet das unterm Deckel, was eh jeder weiß. Du suchst mit dem Hasen zusammen ein Haus! Hört sich verdammt ernst an!«

Irmi war ein klein wenig beruhigt, dass immerhin noch Teile der früheren Kathi geblieben waren. Was sie eher beunruhigte, war ein ganz anderer Gedanke.

»Kathi? Bist du verliebt?«

»Ich, nein. Also … ach, Scheiße!«

»Kathi, das war ein One-Night-Stand im Bus, oder? Ich kenne dich ein paar Jahre und hatte das Vergnügen, einige deiner Lover kennenzulernen. Da gab es mal diesen veganen anämischen Studenten. Ich erinnere mich an einen Koch aus einer Nobelbutze in Seefeld. Und da waren noch jede Menge andere, die kaum der Erwähnung wert sind. Besonders präsent ist mir unser Tiroler Kollege Helmi Stöckl, mit dem dich ja wohl mehr als eine Affäre verbindet und den ich immer noch als sehr angenehm und ausgleichend empfinde. Den hast du für die Frauenwelt zerstört. Er betet dich seit Jahren an.«

»Hat.«

»Wie hat?«

»Er hat mich angebetet. Jetzt ist er mit seiner Jugendfreundin zusammen. Sie bauen den Hof, den er renoviert hat, noch weiter aus. Die Frau hat jede Menge Tiere und bietet Alpaka-Trekking an.«

Noch mehr Alpakas, dachte Irmi. Die waren wohl grad in. »Das hat er doch nur getan, weil du nicht zugegriffen hast! Schön blöd.«

»Vielleicht. Aber er war einfach zu nett für mich. Zu korrekt.«

»Das ist der Weinzirl definitiv nicht. Eher der Bad Boy, oder?«

»Irmi, ich weiß es nicht. Aber …«

»Aber er hängt dir nach? Und das schon nach einer Nacht? War er so gut?« Auch dieser letzte Satz war Irmi rausgerutscht.

»Das auch.«

»Ich denk jetzt lieber an kleine, süße Hundebabys. Ich brauche andere Bilder im Kopf. Den Weinzirl sehe ich täglich. Das ist jetzt echt too much information!«

Endlich lachte Kathi. Irmi überlegte kurz, ob sie sich zu weit aus dem Fenster gelehnt hatte. Aber letztlich stand ihr Kathi natürlich näher als der Weinzirl. Und dann gab es ja auch so was wie Mädelssolidarität.

»Jetzt ist mir klar, warum der Weinzirl heute den ganzen Tag so durch den Wind war. Und ich verstehe, warum er an dieser Kapelle so komisch war. Er hätte den Verstand verloren, hat er gemeint.«

»Das klingt für mich aber so, als bereue er das alles«, sagte Kathi leise.

»Bereust du es denn?«

»Nein, aber …«

»Du könntest dir mehr vorstellen?«

»Zumindest mal mehr Platz. So ein Bus ist doch sehr einschränkend«, erwiderte Kathi, und Irmi konnte durchs Telefon hören, dass sie grinste.

»Mehr Hundebabys! Zu Hilfe! Wie seid ihr denn verblieben?«, wollte sie wissen.

»Gar nicht, aber lass dir bitte nicht anmerken, dass du etwas weißt!«

»Ich habe Schweigepflicht. Vor Gericht ist diese Aussage nicht haltbar. Ach, Kathi!«

Immer mal wieder hatte Irmi das Gefühl, als wären Andrea und Kathi ihre kleinen Schwestern. Gemeinsam hatten sie in tiefe Abgründe geblickt und waren einigen Strudeln entkommen, die sie ohne Weiteres hätten mitreißen können. Weil sie stabile Mädels waren – Irmi und Andrea auch äußerlich. Weil sie verwurzelt waren in ihrer Heimat und ihrer Familie. Keine von ihnen trank größere Mengen Alkohol oder griff gar zu anderen Drogen. Natürlich wurde man bei solch einem Job desillusionierter, aber man konnte und musste sich vielleicht gerade deshalb ein eigenes Biotop suchen, in dessen Sonne und Windstille man sich zurückziehen konnte. Andrea, die Jüngste im Bunde, hatte das wohl als Erste begriffen und führte nun mit ihrem Lars eine erfüllende Beziehung. Irmi hatte lange gebraucht, um zu spüren, dass ein weltenbummelnder Lover, der vor allem per SMS an ihrem Leben teilgenommen hatte, eben nicht so ein erdendes Biotop war. Und Kathi? Wünschte sie sich etwa auch Normalität? Aber ob der Weinzirl der richtige Kandidat war? Er war sehr speziell, wie Kathi eigentlich auch. Zweimal minus ergab plus?

Während sie telefoniert hatten, war es stockdunkel geworden. Kathi und der Weinzirl. Der Gedanke ließ Irmi nicht mehr los. Das war wirklich mehr als bizarr. Sie liebäugelte kurz damit, dem Hasen unter dem Siegel der Verschwiegenheit die Neuigkeit zu unterbreiten, doch als sie später zu ihm nach unten ging, redeten sie über Bach und den neu aufgetauchten Butzke. Und dieses Virus, das mehr und mehr die Medien regierte. Auch in Italien war es aufgetaucht.

»Das wundert doch keinen!«, meinte der Hase. »Nimm Prato – eine Viertelmillion Einwohner und die größte Chinatown Europas. Mindestens dreißigtausend Chinesen, oft illegal, die in den Textilfabriken arbeiten. Ein perfider Schachzug: ›Made in Italy‹ klingt natürlich besser als ›Made in China‹, und die Abnehmer müssen weder auf Container warten noch Einfuhrzölle zahlen. Da werden pro Jahr mehrere Milliarden Euro Umsatz gemacht, weil Menschen aus China unter erbärmlichsten Bedingungen mitten in Europa leben und arbeiten, mitten im schicken Norditalien. Vor einigen Jahren gab es dort sogar ein Feuer, bei dem mehrere Menschen verbrannten. So etwas passiert nicht nur in Bangladesch oder Pakistan.«

»Das hatte ich ehrlich gesagt nicht so auf dem Schirm«, räumte Irmi ein.

»Das weiß auch kaum jemand. Die sogenannte Pronta Moda, die schnelle Mode, geht an ganz diskrete Zwischenhändler, bei denen wiederum die großen Labels einkaufen. Nicht nur H&M oder Zara, auch Edelmarken. Unsere Geiz-ist-geil-Mentalität wird immer auf dem Rücken derer ausgetragen, die für Billiglohn schuften. Die zusammengepfercht in Massenunterkünften dahinvegetieren, für die sie den skrupellosen Vermietern auch noch Fabelpreise zahlen. Kolonialismus nur anders, nämlich direkt vor unserer Nase!«

Irmi sah den Hasen an. Wer ihn kannte, brauchte nicht zu googeln. Er war ein Weltwissender. »Du glaubst also, dass wir das Virus auch bald haben?«

»Natürlich!«

»Nicht nur im Umfeld von Webasto?«

»Ich bin weder Epidemiologe noch Hellseher. Aber das muss man auch nicht sein, um die Prognose zu erstellen, dass dieses Virus um die Welt gehen wird. Wir sind zu viele Menschen, die gierig sind nach Konsum. Außerdem kommen jetzt die ganzen Faschingsveranstaltungen, bei denen alle aus einem Maßkrug trinken und womöglich am selben Strohhalm zuzeln! Wo auf Toiletten geknutscht und kopuliert wird. Als Virus bist du da fein raus! Du musst dich nicht mal anstrengen bei der Verbreitung. Nur selten krepierst du irgendwo auf einer Glasfläche. Singende, johlende Mäuler überall, ein Schleimhautparadies.«

Irmi musste lachen. »Schöne Ausdrucksweise.«

»Ja, aber eine sehr unschöne Prognose. Warte noch ein paar Tage, ein, zwei Wochen, dann wird Aktionismus ausbrechen. Und einige unserer Politiker werden sich in Stellung bringen. Auch der Minion.«

Dieser Fridtjof! Irmi war fast froh, sich gedanklich wieder auf Bach konzentrieren zu können. Oder auf diesen Butzke.

5

Als sie sich am nächsten Morgen alle in der Garmischer Polizeiinspektion trafen, lag eine ungute Spannung in der Luft.

Je weiter sie sich in die Geschichte einlasen, desto unklarer wurde das Bild. Siegfried Butzke hatte 1990 das erste Haus in Friedrichshain gekauft und im folgenden Jahr weitere fünf Objekte. Allesamt Gründerzeitbauten in ziemlich desolatem Zustand. Butzke, der aus einer Industriellenfamilie im Großraum Frankfurt stammte, hatte wohl schon nach dem Studium einiges an Spielgeld zur Verfügung gehabt und machte dann mit seiner Firma SB Consult als Unternehmensberater ziemlich viel Gewinn. Da er zweifellos ein Näschen für Profit hatte, war ihm klar, dass Friedrichshain aufsteigen würde. Die Objekte kaufte er der Wohnungsbaugesellschaft ab, vermutlich im Wissen, dass die Häuser entweder besetzt waren oder aber ehemalige Besetzer sich einen Rahmenmietvertrag erstritten hatten. Die Bewohner lebten kollektiv, in einem der Häuser gab es beispielsweise für die zwölf Wohnungen nur drei Küchen und vier Bäder, die natürlich nicht auf dem aktuellen Stand waren. Was man aus diversen Artikeln herauslesen konnte, war, dass Butzke wohl zuerst gut Wetter gemacht hatte, ein paar Schwänke aus seiner Studienzeit zum Besten gegeben und seine Sympathie zur Besetzerszene kundgetan hatte, schließlich habe er in Freiburg Freunde aus der Szene gehabt.

Der Hase verzog den Mund: »Das ist ein gängiges psychologisches Manöver. Du kaufst heruntergekommene Häuser mit Mietern, die alles andere als obrigkeitsgläubig und duckmäuserisch sind. Also machst du erst mal auf Kumpeltyp und wiegst die Bewohner in Sicherheit, während du zivilrechtliche Auseinandersetzungen vorbereitest.«

»Na ja«, sagte Kathi, »wenn ein Wessi kommt und die Häuser aufkauft, ist ja eigentlich klar, dass der sanieren will. Keiner würde doch einfach nur zum Spaß so viel Geld versenken.«

»Ja, aber die Besetzer der Nachwendezeit sind ja schon die Next Generation. In den Fünfzigerjahren wurden Großwohnsiedlungen wie das Märkische Viertel gebaut und Altbauquartiere angerissen, und das über zwei Jahrzehnte. Menschen lebten quasi mit der Abrissbirne im Blick. In Westberlin standen Tausende Wohnungen leer, während zehntausend Haushalte eine Wohnung suchten. Dann begannen die ›Instandbesetzungen‹, und die Hausbesetzer hatten durchaus Sympathien in der Bevölkerung. Bloß wurden es immer mehr besetzte Häuser, es gab Straßenkämpfe, Polizeiaktionen, und dabei ging auch mal der eine oder andere heiß geliebte Golf eines Normalbürgers kaputt. Und die Sympathie schwand«, erzählte der Hase. »Erst als bei einem Polizeieinsatz ein achtzehnjähriger Demonstrant starb, gab es ein Einlenken. Richard von Weizsäcker, der damalige Bürgermeister von Berlin, wollte eine friedliche Lösung, doch Innensenator Heinrich Lummer war gar nicht so pazifistisch eingestellt.«

»Und die Hausbesetzer waren bestimmt auch nicht alle auf einer Linie«, knurrte Weinzirl.

»Ich teile Ihr pessimistisches Weltbild, Herr Weinzirl. Die einen waren ganz froh, ihre Mietverhältnisse legalisieren zu können, die anderen aber wollten weiter den Klassenkampf. Irgendwann geht es meistens gar nicht mehr um die Sache an sich.«

Weinzirl nickte grimmig.

»Was ich damit sagen will«, fuhr der Hase fort. »Irgendwann war die brutale Flächensanierung passé, man wollte behutsamer sanieren und die Bewohner miteinbeziehen. Und es gab Verträge für die einstigen Besetzer. Butzke agierte ziemlich ausgebufft, indem er die Bewohner scheinbar mit ins Boot holte.«

Doch dann hatte er begonnen, die Bewohner einzeln aus den Häusern zu klagen. Es kam zu einer wahren Welle von Prozessen, bei denen Butzke vor dem Landgericht in einigen Fällen recht bekam, in anderen nicht. Sein Ziel war klar: Er wollte nicht bloß modernisieren, sondern auch Grundrisse ändern, Wände rausreißen, loftartige Wohnungen schaffen. Ein Meistersinger der Gentrifizierung, nur der Weg dahin war steinig. Die Rechtslage war von Mieter zu Mieter ganz unterschiedlich, aber Butzke verstand es, die Gesetzeslage bis an den äußersten Rand zu dehnen. Das Herausreißen von Holz- und Ölöfen und die Installation von Heizkörpern mit Anschluss ans Fernwärmenetz waren natürlich ebenso legal wie das Auswechseln alter Fenster. Dass dabei allerdings bisweilen ganze Stücke von Innen- und Außenwänden verschwanden oder ein Dachboden zum Penthouse umgestaltet wurde, war weniger gesetzeskonform, wurde aber nur in den seltensten Fällen geahndet.

Besonders eindrucksvoll war ein Rundfunkbeitrag, in

dem ein Reporter die Zwangsräumung einer vom Kollektiv betriebenen alternativen Kneipe mitgeschnitten hatte. Berstende Wände, Geschrei war zu hören, Hundegebell. »Verlassen Sie sofort das Gebäude!«, wandte sich offenbar ein Polizist an den Journalisten. »In Deutschland herrscht Pressefreiheit«, erwiderte dieser. »Ich fordere Sie erneut auf, das Gebäude zu verlassen!« Ein Knall von irgendwoher. Dann Schreie, die immer hysterischer wurden. »Die setzen Wasserwerfer ein«, berichtete der Reporter, »ich werde …« Ein Scheppern erklang, ein Rauschen, dann Stille. Es folgte ein Abspann: »Unter dem Schutz der Berliner Polizei wird hier Recht gebrochen. Bedenken Sie: Das alles zahlen Sie mit Ihren Steuergeldern.«

»Ganz schön heftig und polemisch«, meinte Kathi.

»Zimperlich waren die alle nicht«, sagte Weinzirl.

Die Geschichte las sich völlig unterschiedlich, je nachdem, welche Zeitungen und Quellen sie heranzogen. Mal war von der Verharmlosung linken Terrors die Rede, mal von der diffamierenden Lügenpresse, die den Besetzern recht gebe, aber unbescholtene Eigentümer verunglimpfe, die doch nur ein Haus sanieren wollten.

»Wartet, ich lese vor.« Der Hase hatte seit einiger Zeit eine Lesebrille, die ihn noch klüger aussehen ließ. »Die Gewaltorgie geht weiter. Linksextremisten haben nur ein Ziel: Krieg gegen den Staat zu führen. Dazu nutzen sie vordergründig die angebliche Entmietung von Bewohnern in Friedrichshain. In Wirklichkeit will der entfesselte Mob nur plündern, schmeißt Scheiben ein, zündet Autos an. Vergangene Woche wurden mehr als hundertzwanzig unbescholtene Polizeibeamte verletzt, als dreitausendfünfhundert Ultralinke ›Bullenschweine!‹ skandierten. Derartigen Ausschreitungen steht die Politik in Berlin völlig hilflos gegenüber. Randale ist keine Folklore für Touristen, die sich schauerlich schön animiert in eine Gaststätte zurückziehen. Hier sind Schwerverbrecher am Werk.«

»Das nenn ich mal objektiven Journalismus«, grunzte Weinzirl.

»Es geht auch anders.« Andrea sah in ihren PC und zitierte: »Wir erleben gerade den Austausch ganzer Bevölkerungsgruppen, die völlige Umkehrung der Sozialstruktur, einen Gentrifizierungsprozess von rasanter Geschwindigkeit. Binnen weniger Jahre werden Yuppies wie Heuschrecken einfallen und ungerührt Mieten zahlen, die sittenwidrig sind. Sie werden unter dem Deckmantel der Nonkonformität auftreten und doch Opfer des gnadenlosen Konsums sein. Egomanische Menschen, die Kreativität nur inszenieren, deren Vintage-Möbel ebenso teuer wie statussymbolisch sind. Und das ist etwas ganz anderes als jene, die im Kollektiv humane Wohnstrukturen in der anonymen Großstadt erhalten wollten und nun vertrieben werden!«

»Tja, das ist dann die Glorifizierung der Besetzer«, erwiderte der Hase.

Das Internet bot ihnen fast einen Overkill an Informationen. Wieder einmal wurde Irmi bewusst, wie leicht man Menschen durch Sprache manipulieren kann, denn die wenigsten lasen Artikel aus ganz unterschiedlichen Quellen und machten sich ein eigenes Bild. Sogar das Bezirksamt hatte sich eingeschaltet. Dort betrachtete man die Krawalle im Quartier voller Sorge und hatte Butzke wie auch andere

Großinvestoren aus dem Westen mehrfach darum gebeten, sich um Konsens zu bemühen. Sanieren sei in Ordnung, aber nur, wenn die ehemaligen Mieter zu sozialverträglichen Mietsummen wieder einziehen dürften.

Man hätte die Namen der Zeitungen abdecken können und doch geahnt, welcher Artikel aus welchem Blatt, aus welchem Magazin stammte. So viele Argumente, so viele Blickwinkel, so viele Grauzonen. Was für ein unwürdiger Zermürbungskrieg mit Räumungsklagen, überlasteten Gerichten und ständigen Polizeieinsätzen!

Besonders gravierende Probleme hatte Butzke offenbar mit einem Haus gehabt, in dem es gar keine Verträge gab. Es hatte einen gewissen Symbolcharakter und war mit Transparenten behängt, die Bewohner verteilten Flugblätter und sahen sich als einen der letzten Felsen in der Gentrifizierungsbrandung. Diese Hausbesetzer waren noch weniger bereit zu weichen als die der anderen Häuser. Und auf genau dieses Haus richteten sich nun auch die Augen der Ermittler. Im Sommer 1991 war es wieder zu einem Polizeieinsatz gekommen. Laut der Polizeiakten war damals ein junger Polizist namens Torsten Marotzke aus dem Flurfenster im zweiten Stock gestürzt. Dabei hatte er sich so schwer verletzt, dass er dauerhaft im Rollstuhl sitzen musste. Es hatte einen Prozess gegeben, und fünf der Besetzer waren angeklagt, allerdings nur zu Sozialstunden verurteilt worden. Denn der Richter war zu dem Schluss gekommen, dass es sich um einen Unfall gehandelt habe. Im allgemeinen Tumult im Treppenhaus war der junge Polizist unglücklich gestrauchelt und hatte sich am Fensterkreuz festhalten wollen, das aber aufgrund seines maroden Zustands brach, woraufhin Torsten Marotzke abgestürzt war.

»Das kann man jetzt glauben oder nicht«, kommentierte Kathi.

»Wir alle wissen doch, wie solche Einsätze der Bereitschaftspolizei laufen. Für die Besetzer sind Polizisten so was wie Kakerlaken und stehen für das kapitalistische System. Diejenigen, die die Einsätze koordinieren müssen, sind häufig überfordert, und wie die Prozesse im Nachgang ausgehen, hängt wie immer davon ab, wie gut die Anwälte oder Richter sind.« Der Hase zuckte mit den Schultern.

»Was wurde denn aus diesem Marotzke?«, wollte Weinzirl wissen.

»Der arbeitet immer noch in Berlin – im Innendienst«, berichtete Andrea.

»Und Butzke?«

»Der hat seine Häuser im Jahr 2000 wieder verkauft. An eine dubiose, schwer greifbare Real-Estate-Firma. Ich konnte nicht herausfinden, wer der Eigentümer oder das Konsortium ist«, berichtete Andrea. »Das ist alles sehr verflochten, einige Spuren führen nach Luxemburg und in die Ukraine. Diese Firma scheint den Mietern noch weniger entgegengekommen zu sein als Butzke.«

»Na ja, Butzke hat ja als Einzelperson einen persönlichen Krieg geführt, das hat ihn medial natürlich angreifbarer gemacht. Zwischendurch hat er seine Mieter direkt aufgesucht und den netten Onkel rausgekehrt, um dann am nächsten Tag brachial zuzuschlagen. Irgendwie schizo, der Mann«, meinte Kathi. »Oder ganz einfach sehr perfide.«

Perfide, ausgebufft, gnadenlos. Wenn Butzke als Bach

wiederauferstanden war, dann saß da am Auerberg eine höchst gefährliche Zeitbombe.

»Wir haben jetzt einen Namen, Torsten Marotzke. Aber hat der Vorfall von damals überhaupt Relevanz für den heutigen Fall?«, gab Weinzirl zu bedenken.

»Wir sollten mehr über die fünf herausfinden, die damals angeklagt wurden. Wer waren sie? Gibt es einen Zusammenhang mit Butzke?«, schlug der Hase vor. Dann sah er Irmi prüfend an. »Irmi, du schweigst so beharrlich?«

»Ich habe euch zugehört. Und dabei sind in mir Bilder aus Berlin aufgestiegen. Ihr wisst doch, dass ich während der Ausbildung Eszter kennengelernt habe, deren Vater Deutscher und deren Mutter Ungarin war. Eszter hat bei der deutschen Polizei gelernt, war dann in England und ist später – nach der Wende – zurück nach Ungarn.«

»Ihr habt euch damals getroffen, als es um diesen elenden illegalen Welpenhandel ging, oder?«, fragte der Hase leise. »Als ihr euch wenig durchdacht in Lebensgefahr begeben habt?«

»Na ja, was heißt schon Lebensgefahr.« Irmi wandte sich an Weinzirl. »Vielleicht hast du ja auch von diesem Fall mit den Hunden aus Osteuropa gehört.«

»Ja, hab ich. Eine gewisse Frau Mangold soll damals einen ziemlich fragwürdigen Alleingang vorgenommen haben.« Er grinste.

»Das kann man so oder so sehen«, wiegelte Irmi ab. Dabei hatte der Weinzirl nicht unrecht. Bildfetzen huschten vorbei. Irmi hatte damals eine taumelnde Nacht mit einem großen, starken Ungarn verbracht, jenseits von Raum und Zeit. Dabei war es gar nicht um ihn als Mann gegangen, sondern vor allem darum, sich inmitten des unfassbaren Elends wieder selbst zu spüren.

»Was ich eigentlich erzählen wollte«, fuhr Irmi fort. »Ende der Achtzigerjahre war ich mit Eszter mehrfach in der Puszta. Stundenlang standen wir in sengender Sonne an der Grenze, bis die endlich das Visum geklebt hatten. Typische Fälle von Willkür und Machtmissbrauch – bis man endlich eingelassen wurde in das Gelobte Land voller Farben und Emotionen. Es gab doch damals diesen Zwangsumtausch, und wir wussten gar nicht, wohin mit den vielen Forints. Also gingen wir unentwegt essen. Immer wenn wir Wessis an einem Vendéglő standen, wurden die ostdeutschen Gäste vertrieben. Ihnen wurde gesagt, die Tische seien belegt. Die Zweiklassengesellschaft des Geldes. Wir haben die Leute dann immer eingeladen, haben Hungaria Sekt bestellt und Unicum. Ströme von Unicum.« Irmi lächelte etwas wehmütig. »Gut, keine Ströme, dazu ist dieser Kräuterlikör zu zähflüssig. Aber wir haben drei Jungs aus Ostberlin kennengelernt und die noch vor der Wende besucht. Andrea, du bist zu jung, um noch auf der Transitautobahn gefahren zu sein. Dreihundert Kilometer ab Hof in totaler Anspannung. Ab dem Grenzübergang Rudolphstein/Hirschberg Dauerherzklopfen. Plötzlich Tempo sechzig, das Schild hinter einem Busch fast unsichtbar. Vopos, die dich womöglich rauszogen. Und dann der Kontrollpunkt Dreilinden, du warst in Westberlin. Eszter hatte da eine ungarische Community, wir haben in einer WG gewohnt. Und ich habe mich immer ein bisschen fehl am Platz gefühlt. Ich sah halt immer aus wie das nette Mädchen von nebenan. Ich war zu gesund, zu rotbäckig, zu sauber. Wir sind durch abgefuckte Kneipen gestreift, diese Neonkneipen der Neue-Deutsche-Welle-Zeit, doch selbst in diesem Bleichmacherlicht, das nur Untote hervorbrachte, sah ich pumperlgesund aus. Versteht ihr?«

Der Hase nickte.

»Schöne Beschreibung«, sagte Weinzirl.

»Berlin war anziehend, und doch hat es mich als Landei verunsichert. Wen immer ich traf – ich war das Madel aus Bayern. Unpassend, bieder. Und ich habe mich gefragt, wohin ich überhaupt passen könnte, denn München war damals schon zu schick für mich, Berlin zu morbide. Wir waren drüben im Osten, wo es schlagartig anders roch, wo die Straßenlampen gelbliche Dunkelheit verbreiteten, und haben die drei Jungs besucht. So was wie ihre Wohnung hatte ich noch nie gesehen. Alles bröckelte, überall hingen Leitungen, das Klo war am Hof – und lacht jetzt nicht, aber wenn ich den Geruch noch einmal riechen würde, könnte ich ihn von Millionen anderen Fäkalgerüchen unterscheiden. Wir haben wieder unseren Zwangsumtausch verjubelt, wieder Angst gehabt, etwas falsch zu machen. Zurück in Westberlin waberte über allem so eine Alles-scheißegal-Mentalität. Wir waren am Wannsee, haben Waldmeisterbowle am Wasser getrunken. Die Stühle rostig, der Schirm aus grün-weißem Bast, ab und zu flogen Bastfäden in die Gläser. Und ich kam mir auf einmal auch so verrucht vor. Wir haben gekifft …«

»Aber Frau Polizistin!«, rief der Hase lachend.

»Wir haben gekifft«, wiederholte Irmi. »Und dann sind wir wieder abgereist. Mit jedem Kilometer auf der Transitautobahn war diese Insel weiter weg. Ein morbider Zauberberg, eine selbst gewählte Festung. Diese Berliner, selbst die Zugereisten, waren wie von einem anderen Stern für mich. Als 1989 die Mauer fiel, waren wir wieder in Berlin. Und das erste gesamtdeutsche Silvester haben wir auch dort verbracht. Wir sind einfach rübergelaufen zu unseren Kumpels. Wobei es so einfach auch wieder nicht war. Wir mussten lange am Grenzübergang Bahnhof Friedrichstraße warten, und mir schoss durch den Kopf, was passieren würde, wenn wir drüben wären und sie die Grenze wieder dichtmachten? Was natürlich nicht passierte. Wir haben die Grenze in dieser Nacht dreimal gequert, haben mit Grenzern Sekt getrunken. Es war ein Taumel. Surreal irgendwie.« Irmi brach plötzlich ab. »Langweile ich euch?«

»Im Gegenteil«, sagte Weinzirl.

»Du hast großes Glück gehabt, dass du damals dabei warst«, meinte der Hase leise.

»Was ich euch eigentlich damit sagen wollte«, fuhr Irmi fort. »Die Stadt der Wendezeit, das ist mein Berlin. Zehn Jahre später war ich noch mal dort, da waren überall Baustellen, noch sah man die Unterschiede, aber man ahnte auch, wie schnell die Nivellierung gehen würde. Die drei Jungs, Holger, Harry und Ronny, waren auch betroffen von der Gentrifizierung. Ihr marodes Haus war längst abgerissen. Holger hatte geheiratet und lebte irgendwo draußen in Schulzendorf. Harry war nach Hamburg gegangen, und Ronny hatte einen schicken Coffeeshop eröffnet, ganz Prenzlauer Berg wurde schick, und ich weiß noch, wie Ronny meinte, es würden nur noch Schwaben aus dem Adele-Land zuziehen. Und mein Berlin war weg. Für ein einfaches Mädchen vom Land war die Stadt ohne Mauer so groß und viel zu unübersichtlich. Blöd, oder?«

Weinzirl schüttelte den Kopf. »Nein, gar nicht. Ich bin ein paar Jahre jünger als du ...«

»Danke, sehr charmant, ich glaube, es sind etwa zehn«, erwiderte Irmi lächelnd.

»Na, die paar Jahre! Ich war Ende der Achtziger achtzehn und bin kurz nach meinem Geburtstag mit einem Kumpel nach Berlin gefahren. Auch noch über die Transitstrecke. Wir hatten über die Mitfahrzentrale einen Typen mitgenommen, und uns hat fast der Schlag getroffen, als der angefangen hat, im Auto eine Tüte zu rauchen! Ich kann mich immer noch an diese Angst erinnern, dass einen ein Vopo anhalten könnte und womöglich den Dunst riechen. Und obwohl ich mich sonst eigentlich ziemlich cool fand, fühlte auch ich mich irgendwie bieder im Vergleich zu den Berlinern«, erzählte Weinzirl. »Eine Schulfreundin, die zum Studieren nach Berlin gegangen war, feierte 1991 ihren zweiundzwanzigsten Geburtstag in Berlin. Das Motto: zweiundzwanzig Gäste und zweiundzwanzig Stunden Durchsaufen. Und damit kommen wir zum Ausgangspunkt zurück. Sie lebte in einer WG gegenüber von einem besetzten Haus in Kreuzberg und hatte von dort fünf Leute eingeladen, drei Jungs aus Aalen und zwei Mädchen, die eine aus Landshut, die andere aus Passau. Ich hatte damals schon den Eindruck, dass neben wirklich brandgefährlichen Linksradikalen eine Menge süddeutscher Wohlstandskinder da auf Abenteuerurlaub war. Pseudohausbesetzer aus Bayern und Schwaben, die auch mal was erleben wollten.«

Sie alle hingen ihren Gedanken nach, als Andrea wieder das Wort ergriff. »Ich habe nebenher etwas … ähm … gegoogelt. Ich hätte die Namen der fünf Angeklagten. Soweit ich das auf die Schnelle überblicken kann, ist eine der Frauen von damals tot. Die zweite lebt in Irland. Einer der Männer ist Berliner und berät heute Start-ups. Außerdem wären da noch ein Pius Horchler und ein Franz Köglmeier.«

»Klingt beides ziemlich bayrisch«, meinte Weinzirl.

»Stimmt, der Horchler lebt in Freising und der Köglmeier, das ist interessant, in Stötten.«

Irmi brauchte ein paar Sekunden. »Stötten. Das ist am Auerberg! Da, wo das Haus vom Bach ist. Oder Butzke oder wer immer!«

»Köglmeier, Franz und Jessica. In 87675 Stötten, Buchen, so steht es hier.«

»Das kann doch kein Zufall sein!«, rief Weinzirl.

»Mit dem Köglmeier am Auerberg hätten wir eine Verbindung zur Hausbesetzerszene in Berlin«, meinte der Hase. »Aber warum sollte er Bach alias Butzke so viele Jahre später erschießen? Warum erst jetzt? Eigentlich hätte doch dieser Torsten Marotzke viel eher Grund, den Köglmeier zu töten, wenn der an seinem Fenstersturz schuld ist.«

»Sie sind ein Spielverderber, Herr Hase«, entgegnete Weinzirl grinsend. Dann suchte er Andreas Blick. »Respekt, Andrea. Frauen sind wirklich multitaskingfähig. Folgen einem Gespräch und googeln gleichzeitig. Kriegst du noch mehr über Köglmeier raus?«

»Klar!«

»Aber Fridtjof hat natürlich recht«, wandte Irmi ein. »Köglmeier hat den jungen Polizisten auf dem Gewissen. Er ist schuld daran, dass dessen Leben zerstört ist.«

»Nun ja, der Herr Butzke aber auch. Ohne dessen Geldgier wäre es erst gar nicht zu dem Zusammentreffen gekommen! Vielleicht lebt dieser Köglmeier schon länger hier und hat erst jetzt den Butzke erkannt und festgestellt, dass der unter falschem Namen den Biobauern gibt. Da brechen Wunden auf, alter Hass«, mutmaßte Weinzirl.

»Auch wahr«, sagte der Hase.

Irmi hatte den Eindruck, dass der Hase den Weinzirl mochte. Sie waren wie Feuer und Wasser, unterschiedlicher konnte man kaum sein. Und wenn Fridtjof den Kollegen mochte, dann adelte ihn das ein wenig. Nun ja, Kathi mochte ihn anscheinend auch, dachte Irmi belustigt und versuchte, den Gedanken an die beiden in Weinzirls Auto zu verdrängen. Dafür fiel ihr beim Stichwort Auto etwas anderes ein.

»Sorry, dass ich abschweife, aber was ist bei der Recherche zu den Suzukis rausgekommen?«

Andrea lächelte. »Ich habe in der Tat ziemlich interessante Dinge über Suzukis herausgefunden, die in OAL zugelassen sind.«

»Ja?«

»Jetzt stellt euch mal einen Trommelwirbel vor«, fuhr Andrea lächelnd fort.

Der Hase trommelte mit zwei Bleistiften auf den Tisch.

»Einer davon läuft auf Jessica Köglmeier aus Stötten. Ihr

Mann Franz ist übrigens Fotograf und hat unter seinem Namen eine Fotodesign-Agentur.«

Sekundenlang war es totenstill. Als der Hase die beiden Bleistifte losließ, war das Geräusch fast unerträglich laut.

»Und das ist nun wirklich kein Zufall mehr, oder!«, rief Kathi.

»Schwerlich.«

»Wir müssen zu Köglmeier, keine Frage. Und wir müssen diesen Bach-Butzke auftreiben, so schnell wie möglich. Außerdem brauchen wir die Dienststelle von Marotzke. Und ich muss vor allem was essen, sonst sterbe ich«, sagte Weinzirl und blickte in die Runde. »Es ist nach zwei. Da kriegt man in einer Großstadt wie Garmisch hoffentlich noch was? Kommt wer mit?«

Irmi sah auf. Wie würde Kathi jetzt reagieren?

»Ich hab zwischendurch was gegessen«, sagte Andrea. »Wenn es euch recht ist, würde ich solange in Berlin anrufen.«

»Unbedingt«, meinte Irmi. »Ich für meinen Teil muss einen Moment durchatmen.«

»Und ich hab wirklich gar keinen Hunger«, erklärte der Hase.

»Dann komm ich mit«, meinte Kathi, »falls du mit mir vorliebnehmen willst. Ohne Begleitschutz.«

»Ich stelle mich der Herausforderung«, sagte Weinzirl. »Madame?« Er reichte Kathi den Arm.

Als sie gegangen waren, grinste der Hase. »Gott sei Dank, ich hatte schon Bedenken, dass jemand von uns mitgehen könnte.«

Irmi starrte ihn an. »Wie? Was? Du?«

»Die haben emotionalen Klärungsbedarf, würde ich sagen.«

»Hat Kathi dir was erzählt?«

»Musste sie nicht. Das ist doch offensichtlich.«

Anscheinend schaute Irmi so dumm aus der Wäsche, dass der Hase auflachte. »Ich neige dazu, sehr genau hinzusehen, ohne dass andere meine Spionagetätigkeit bemerken«, sagte er. »Kathi hat was mit dem Weinzirl, und das muss sie zumindest so erschüttert haben, dass sie es sich anmerken lässt. That's it, my dear.«

»Ich hab das nicht gemerkt. Na ja, der Weinzirl hat sich merkwürdig benommen und die Kathi auch. Aber daraus zu folgern, dass ... Du bist der weitaus bessere Ermittler, Fridtjof!«

»Nein, ich konnte nur mit etwas Abstand hinsehen. Wenn man den Weinzirl ständig um sich hat, ist man bestimmt schon genug gefordert.«

»Die beiden sind als Persönlichkeiten so extrem. Sie wie Dynamit, er wie ein Vorschlaghammer.«

»Was eine explosive Beziehung ergäbe«, entgegnete der Hase. »So abwegig finde ich das gar nicht. Kathi wird nur einen Mann ernst nehmen, der ihr Paroli bieten kann. Nett ist zu wenig für Kathi. Sehr sensibel wäre ebenfalls schlecht. Aber der Weinzirl kann was ab, der kann es mit Kathi aufnehmen.«

»Aber er ist über fünfzig.«

»Ja und? Auf mich wirkt er recht gut erhalten, sportlich, muskulös.«

Irmi lachte. »Bist du in den Weinzirl verliebt?«

»Nein, in dich. Mit Haut und Haaren und all meiner

Seele. Und drum gehen wir zwei jetzt was essen und garantiert nicht dorthin, wo unser Blitz-und-Donner-Pärchen abgestiegen ist.«

»Ich dachte, du hast keinen Hunger?«

»Das habe ich doch nur so gesagt, um die beiden mit Anstand abziehen zu lassen.«

Irmi schüttelte den Kopf. »Du meinst wirklich, da wird mehr draus?«

»Warten wir es ab!«

Wenig später saßen sie im Centro und aßen Ciabatta. Dazu trank der Hase ein kleines Glas Weißwein und einen Espresso doppio hinterher, während Irmi sich für einen Latte macchiato entschied.

»Butzke, ein Immobilienmogul«, sagte der Hase nach einer Weile. »Wohnen wird in Großstädten immer mehr zur Urangst. Kann ich mir die Miete noch leisten, und was mach ich, wenn erhöht wird? Überleg mal, in München war ein Wohnhaus mit ein paar Parteien im Jahr 2005 vielleicht eine Million Euro wert. Heute wird dasselbe Haus viereinhalb Millionen wert sein. Dabei hat sich an dem Haus nichts verändert, keine Renovierung, die Lage ist dieselbe, aber der Bodenrichtwert ist exorbitant gestiegen, Steigerungen bis zu sechshundert Prozent. Und wenn jetzt so ein Haus vererbt wird, dann zahlen die Erben eine ebenso exorbitante Erbschaftssteuer. Also wird verkauft, die Teuerungsspirale läuft weiter, die Mieten steigen. Oder nimm jene Vermieter, die bewusst günstig vermieten, das trifft ja sogar einen Orden wie die Barmherzigen Schwestern. Die haben Mitarbeiterwohnungen deutlich unter dem Münchner Mietspiegel. Womöglich nicht mal aus christlicher Nächstenliebe, sondern weil sie sonst keine Mitarbeiter fänden. Und dann merkt das Finanzamt auf und befindet auf geldwerten Vorteil und will den versteuert wissen. Zwingt also die Schwestern im Prinzip dazu, die Mieten zu erhöhen. Das ist doch pervers! Es geht nicht nur um üble Spekulanten wie den Butzke. Das trifft im Kern gute Menschen, die sogar die Altmieter behalten wollen würden.«

»Besser also, man erbt kein Haus?«, erwiderte Irmi lächelnd.

»Wenn du dabei ethisch und fair bleiben willst, eher nicht.«

»Immerhin hast du dann viereinhalb Millionen.«

»Zweifellos, dann hat einer jede Menge Kohle, und ein paar andere haben keinen Wohnraum mehr.«

»Bist du Kommunist? Gib zu, du hast früher auch Häuser besetzt!« Irmi lachte.

»Nein, aber Wohnen ist neben Essen und gutem Schlaf ein zentrales Bedürfnis. Und wenn ich sehe, dass wertvoller Wohnraum lieber über MyFlat oder Airbnb vermietet wird, bekomme ich auch Schnappatmung.«

Zwar besaß Irmi auf dem Papier einen halben Hof und der Hase ein schickes Haus in einer gefragten Lage, aber sie besaßen nicht so viel, dass der Besitz zur Bürde wurde, vermehrt werden musste. Oder auch nur verwaltet.

»Andererseits würde ich mich auch dagegen verwehren, wenn das Correctiv mich im Fokus hätte und wenn meine Daten als Vermieter offen lägen«, ergänzte der Hase.

»Aber du hättest doch nichts zu verbergen?« Irmi grinste. »Ich bin mit meinem Vermieter jedenfalls sehr zufrieden.«

»Ach was? Das beruhigt mich, aber beim Thema Datenschutz bin ich etwas eigen, und beim Bildungsauftrag von Journalisten auch. Vor allem, wenn sie es sich so plakativ auf die Fahnen schreiben.«

Als sie zwei Stunden später zurück waren, war von Kathi und Weinzirl noch nichts zu sehen. Der Hase verschwand an seinen Arbeitsplatz, und Irmi ging zu Andrea, die rotbäckig am Computer saß. Zu Beginn ihrer Zusammenarbeit hatte Irmi oft ein schlechtes Gewissen gehabt, dass sich Andrea ganze Nächte um die Ohren schlug, um zu recherchieren. Heute wusste sie, dass die junge Frau das brauchte wie andere den Jahresurlaub am Meer. Sie war eine Taucherin, die in fast jedem Wrack den Goldschatz fand.

»Andrea, du scheinst fündig geworden zu sein. Hast du mit Marotzke gesprochen?«

»Nein, mit dem nicht, aber mit Kollegen von ihm und …«

»Langsam wird es hier im Büro zum Running Gag, dass Andrea unsere Kollegenflüsterin ist«, kommentierte Kathi, die gerade ins Zimmer stapfte.

Auch sie hatte gerötete Wangen, aber definitiv nicht von der Arbeit am PC. Weinzirl kam hinterher und nickte in die Runde. Ob die beiden wirklich essen gewesen waren?, fragte sich Irmi und musste in sich hineingrinsen. Schon wieder im VW-Bus? Zumindest wirkten beide so, als hätte ihnen diese späte wie auch immer geartete Mittagspause Flügel verliehen.

»Also los, Andrea!«, sagte Irmi.

»Tja, mein Ruf als Kollegenflüsterin … Na ja. Also, der Torsten Marotzke hat Urlaub.«

»Was? Das ist alles?«, fragte Kathi.

Andrea ließ sich Zeit. »Nein, aber ich hab mit der Kollegin in dem Fall geredet. Die ist witzigerweise eine ziemlich lustige Oberpfälzerin, die in Berlin lebt. Und die hab ich ein bisschen, ähm, ein bisschen aus der Reserve gelockt, so mit boarischem Dialekt …«

»Andrea, jetzt mach mal voran!«

»Torsten Marotzke hat zweieinhalb Wochen Urlaub, vom 3. Februar bis 19. Februar. Das heißt, er geht ab Donnerstag wohl wieder arbeiten.«

»Am Tag des Drohnenschusses war er also nicht in der Arbeit«, stellte Kathi fest. »War er denn in Berlin?«

»Der Torsten fährt schon seit einigen Jahren regelmäßig ins Allgäu. Genauer ins Ostallgäu. Nach Roßhaupten. Das wusste die Marlies, also die Kollegin, weil er jedes Mal eine Postkarte schickt. Vom Forggensee und so …« Andrea genoss den Überraschungseffekt.

»Dann war Torsten Marotzke, als der Schuss fiel, im Ostallgäu!«, rief Weinzirl. »In Roßhaupten, was von Stötten, wo der Köglmeier wohnt, vielleicht zehn Kilometer entfernt liegt. Und von Bachs Hof ein paar mehr. Ich glaub das nicht!«

»Du denkst, der hat den Köglmeier getroffen, oder?«, fragte Kathi.

»Das ist ja wohl mehr als wahrscheinlich!«

»Und die beiden ziehen los, um Bach oder Butzke zu ermorden? Zwei ehemalige Widersacher vereint? Ich weiß ja nicht«, meinte Irmi. »Marotzke hat wirklich jeden Grund, den Köglmeier zu hassen!«

»Es kann doch kein Zufall sein, dass die alle am Tag der

Drohne nur wenige Kilometer voneinander entfernt sind!«, rief Kathi.

»Leute, jetzt fahrt mal bitte etwas runter«, mahnte Irmi. »Wenn diese beiden Männer gemeinsam einen Mord verübt haben, oder auch nur einer von beiden, werden die nicht einträchtig in Stötten sitzen und auf uns warten.«

»Ja und?«

»Was macht denn diese Frau Köglmeier? Die mit dem Suzuki Vitara?«

»Die hat eine Hundeschule«, sagte Andrea.

»Willst du Raffi da anmelden?«, fragte Kathi. »Inkognito beim Hundeprofi, oder was?«

»Nein, aber ich würde sie besuchen und mich vorsichtig herantasten.«

»Du? Du allein?«

»Ja, weil ich glaube und spüre, dass ihr alle zu aufgedreht seid.«

»Das ist aber schon noch mein Fall«, brummte Weinzirl.

»Außerdem kann das gefährlich werden«, behauptete Kathi. »Wenn Köglmeier wirklich in der Lage ist, eine Drohne in Schussposition zu bringen, dann kann der dich auch erschießen, Irmi. Willst du etwa wie eine dieser übermotivierten TV-Kommissarinnen im Alleingang untergehen?«

»Nein, aber ich vermute, dass ich diese Frau Köglmeier eher zum Reden bringe, wenn ich allein komme.«

»Und was, wenn er zu Hause ist?«

»Ist er nicht.«

»Hä?«

»Die gute analoge Zeitung bildet eben doch.« Irmi wedelte mit einem Zeitungsblatt. »Wir waren im Centro, und am Klo lag diese Zeitung.«

Kathi starrte Irmi an. »Ich dachte, nur Männer lesen am Klo Zeitung!«

»Ich bin an dem Namen Köglmeier in dieser Anzeige hängen geblieben: ›Für ein Fotoshooting der Zugspitzbahn mit dem bekannten Fotografen Franz Köglmeier werden für Donnerstag, Freitag und Samstag noch Statisten gesucht. Bitte in Skikleidung neueren Datums zum Treffpunkt kommen, jeweils um neun Uhr an der Talstation der neuen Zugspitz-Seilbahn in Grainau.‹«

Die anderen starrten Irmi an.

»War eher Zufall, dass ich das gelesen habe. Also, wenn es sein muss, melde ich mich gerne halbstündlich bei euch. Aber ich glaube wirklich, dass ich ein bisschen weniger offiziell eher etwas ausrichten kann bei Frau Köglmeier. Ich fahr morgen früh hin.« Sie sah Weinzirl an. »Kriegst du es hin, dass das Haus von Bach überwacht wird?«

»Ich kann es versuchen. Oder dass zumindest verstärkt Streife gefahren wird. Sofern der nicht ohnehin längst über alle Berge ist und irgendwo in einem exotischen Land am Strand liegt.«

»Ich könnte die Flüge checken«, bot Andrea an.

»Theoretisch kann er mit dem Auto an irgendeinen Airport in ganz Europa gefahren sein. Wir können ihn kaum europaweit zur Fahndung ausschreiben. Mit welcher Begründung? Dass er eventuell Gefahr läuft, erschossen zu werden?«, knurrte Weinzirl.

»So ein Scheiß!«, kam es von Kathi.

»Umso wichtiger, dass ich Jessica Köglmeier etwas entlocke. Lasst es für heute gut sein. Ich bin weg.« Irmi hatte sich erhoben. Erstaunlicherweise intervenierte keiner ihrer Kollegen.

Da sie sich wirklich nicht ums Kochen riss, nahm sie ein paar Köstlichkeiten vom Inder mit. Sie hatte immer noch leise Probleme damit, dass der Hase fast jeden Abend für sie kochte.

Fridtjof nahm die indische Einladung gerne an und öffnete einen Wein. Schweigend stippte er das Papadam in die Minzsoße.

»Findest du es auch unangemessen, dass ich allein zu dieser Köglmeier will?«

»Könnte ich dich denn davon abhalten?«

»Nein.«

»Eben.« Er lächelte. »Ehrlich gesagt habe ich gerade an den Anfang der Neunzigerjahre gedacht. Das war ein ziemlicher Flashback heute – und weißt du was? Gerade heute habe ich gelesen, dass das Deutsche Fernsehballett den Betrieb demnächst nach fast sechzig Jahren einstellt. Die dauergrinsenden, zugekleisterten Tanzpuppen, die mir immer wie Synchronschwimmerinnen ohne Wasser vorkamen, verlassen uns. Wegrationalisiert. Ist das nicht irgendwie tragisch?«

»Na ja, ob mir die fehlen? Aber wir sind einfach alt. Wir kennen sogar noch Serien wie *Am laufenden Band*! Du warst da sicher gut beim Mitraten, oder?«

»Na klar, der Fernseher, das Radio, der Messerblock, die Motorsäge, der Römertopf …«

»Ha!« Irmi unterbrach ihn. »Römertopf, auch völlig out.«

»Dabei war das so ein schneidiges Gerät!«

»Schneidig sagt auch keiner mehr!«

»Was eigentlich töricht ist.«

Irmi lachte. Das hohe Niveau, auf dem man mit Fridtjof flachsen konnte, war inspirierend.

»Außerdem war das in den Siebzigern. In den Neunzigern lief doch …« Sie überlegte. »Wie hieß diese Show mit dem unsäglichen Balder?«

»*Tutti Frutti*. Eine Perle italienischer Fernsehunterhaltung. Stimmt, das war Anfang der Neunziger.« Der Hase lachte.

»Um was ging es da eigentlich?«

»Um Titten.«

»Ja, aber sonst? Gab es ein Konzept?«

»Ich glaube, die Kandidatenpaare mussten dümmlichste Fragen lösen, und zur Belohnung fielen Kleidungsstücke der Stripperinnen. Ich befürchte, mich zu erinnern, dass auch die Kandidaten strippten. Irgendwie gab es Länderpunkte. Ich glaube, die Regeln waren an sich egal.«

»Ich nehme die Petersilie«, erklärte Irmi grinsend und biss in die Deko der Samosas.

Diese Abende mit Fridtjof taten ihr gut und waren längst zu einer lieben Gewohnheit geworden. Manchmal fragte sie sich, wie sie sich so lange mit Telefonaten und SMS von Jens hatte zufriedengeben können. Weil sie es nicht anders gekannt hatte? Jens war aus ihrem Leben verschwunden. Sie hatten noch ein paarmal Banalitäten per SMS ausgetauscht. Small Talk in Kurzform. Dabei hatte Jens elegant alle Fragen nach dem Hasen umschifft, und Irmi selbst war auch nicht offensiv geworden.

Um halb elf ging sie zu Bett, nach wie vor schlief sie oben

in der Einliegerwohnung. Sie hatten nie darüber geredet, wie sie diese Frage beim offiziellen Zusammenziehen in einem Hof handhaben würden. Irmi war immer davon ausgegangen, dass sie in jedem Fall getrennte Schlafzimmer haben würden. Der Schlaf war ihr heilig, sie brauchte ihn, um jeden Morgen mutig in einen neuen Tag blicken zu können. Irmi wurde mittlerweile zu einem Zombie, wenn sie nicht ausgeschlafen war. Sollte sie Fridtjof fragen, wie er zu dieser Frage stand? Es gab immer wieder diese Momente, in denen sie merkte, dass sie verdammt lange allein gewesen war.

6

Irmi ging frühmorgens eine Runde mit Raffi und fuhr dann zum Auerberg. An einem Torpfosten, am Anfang einer längeren Einfahrt, die beidseitig von Hecken begrenzt war, hing ein Schild: *Fair Play – Die Hundeschule*. In kleinerer Schrift stand darunter: *Jessi Köglmeier, Hundeverhaltenstrainerin, Mitglied im BVZ, Berufsverband zertifizierter Hundetrainer.*

Schlagartig hatte sie ein schlechtes Gewissen. Raffi war nie in der Hundeschule gewesen, er konnte nur Befehle wie »Sitz!«, »Platz!« und »Bleib!« und kam längst nicht immer, wenn man ihn rief. Sie ging durch den Heckentunnel und näherte sich einem Tor, das ziemlich martialisch wirkte. Von irgendwoher kamen fünf Hunde angerannt und mandelten sich am Tor auf. Zwei langnasige elegante Tiere, vermutlich Galgos, ein Dobermann, ein Staffordshire und ein Dackel, der so gar nicht in diese Truppe passen wollte. Dem Dackel aber machten die anderen höflich Platz. Fünf Augenpaare waren auf Irmi gerichtet.

Da war eine Stimme zu hören. »Hunde!« Sofort stürmte das Rudel davon. Eine auffällig zarte Frau in den Vierzigern kam auf Irmi zu. Sie hatte schulterlange, leicht ergraute Locken und wirkte auf eine herbe Art sehr attraktiv. Zu einer Arbeitshose trug sie ein ziemlich verblichenes Shirt und eine irische Wachsjacke. »Ja bitte?«

»Frau Köglmeier, mein Name ist Irmi Mangold, ich komme von der Polizei. Könnte ich mit Ihnen reden?«

»Ist was mit Franz?« Das war spontan gekommen, allein aus diesen vier Worten sprach eine tiefe Verbundenheit.

»Nein«, sagte Irmi, »oder vielleicht doch.«

»Ist er verletzt? Ein Unfall?«

»Nein, keine Sorge. Ich wollte Sie nicht beunruhigen. Darf ich einfach mal reinkommen?«

»Sicher.« Sie schloss das Tor auf, das aus engmaschigem hartem Geflecht bestand.

»Die fressen mich aber nicht, oder?«, erkundigte sich Irmi lächelnd.

»Nein, die Einzige, die gefährlich werden könnte, ist Edeltraut.« Sie wies auf den Dackel, der offenbar eine Dame war. »Alle anderen sind Opfer falsch verstandenen Auslandstierschutzes, das Resultat von Fehlkäufen und Protzgehabe. Der Dobermann kommt aus Italien, da kupiert man noch die Ohren. Mit Schlappohren sehen Dobermänner angeblich nicht gefährlich genug aus.« Weil sie ihn beide ansahen, war der Hund so begeistert, dass er sich umgehend auf den Rücken warf. »Wenn Sie ihm jetzt noch den Bauch kraulen, wird er Sie ewig lieben.« Was Irmi dann auch tat. Der Hund zerfloss in Wohlgefallen.

»Ich habe einen Spitz. Der ist etwas pelziger«, sagte sie, während sie wieder aufstand.

»Leider als Kläffer und Beißer verkannt, dabei ist das eigentlich eine kluge Hunderasse«, sagte die Hundetrainerin. »Sie kennen das ja sicher. Das Problem hängt meist auf der zweibeinigen Seite der Leine.«

Irmi lachte. »Sie haben viel zu tun?«

»Ja, immer mehr Menschen halten Hunde. Gottlob kommen nicht nur Hundehalter, die Probleme haben, sondern auch viele, die einfach lernen wollen, mit dem Hund besser zu kommunizieren und ihn zu führen. Ich möchte den Hundehaltern zeigen, wie sie vorausschauend handeln können, um Gefahren zu vermeiden. Letztlich geht es darum, den eigenen Hund einschätzen und lesen zu können.«

»Und da machen alle mit?«, fragte Irmi. »Keine Fehleinschätzungen?«

»Doch, natürlich. Ich versuche, den Hundebesitzern begreiflich zu machen, warum ein Hund, der auf der Spielwiese hundertprozentig abrufbar ist, am Waldrand nicht mehr verlässlich funktioniert. Es gibt immer mehr Hunde, die mit ihrer Vorgeschichte belastet sind und ihre Halter, die es womöglich gut gemeint haben, völlig überfordern. Wie die zwei Galgos da.«

»Sie können aber nicht alle nehmen, oder?«, gab Irmi lächelnd zu bedenken.

»Nein, es bleibt bei den fünf. Außerdem habe ich zwei Plätze für Problemhunde, die wir hier sozialisieren und dann weitervermitteln. Edeltraut und das Rudel sind da sehr gute Mitarbeiter.«

Irmi war der schmalen Frau in einen Wintergarten gefolgt. Jessica Köglmeier wog höchstens fünfzig Kilo, strahlte aber eine große Stärke aus. Irmi spürte, dass sie hier nicht taktieren konnte.

»Eigentlich suche ich Ihren Mann, Frau Köglmeier. Ist er da?«

»Nein. Er ist auf einem Shooting. Kommt morgen wieder. Drum dachte ich ja an einen Unfall. Er fährt immer zu schnell. Aber wenn die Polizei ihn sucht, muss es ja um etwas Gravierendes gehen?«

Irmi zögerte. Überlegte kurz. »Oben am Berg, höchstens ein paar Kilometer Luftlinie entfernt, lebt ein Biobauer. Max Bach.« Sie ließ den Namen verklingen.

Die Hunde lagen auf dem Boden und hatten alle ihre linke Pfote eingeklappt. Wie einstudiert.

»Und?«

»Frau Köglmeier, entweder wird das alles sehr kompliziert und bürokratisch, oder aber wir reden miteinander. Sie kennen den Mann?«

»Ich kenne ihn nicht. Ich hab da oben nur ein paarmal Eier gekauft. Und Käse.«

»Ach was! Nur eingekauft?«

Schweigen.

»Frau Köglmeier, auf dem Hof dort oben ist ein Mann erschossen worden.«

»Der Biobauer ist tot? Und deswegen kommen Sie zu mir?«

»Nein, ein anderer Mann ist gestorben. Der Herr Bach ist nur verschwunden.« Irmi beschloss, Jessica Köglmeier mit ihren Vermutungen zu konfrontieren und ihre Reaktion zu beobachten. »Sie wissen, dass der Mann dort oben auf dem Biobauernhof eigentlich anders heißt. Ihr Mann kennt ihn – auch das wissen Sie! Bitte, es wäre mehr als hilfreich, wenn unser Gespräch etwas flüssiger würde.«

»Ich habe Sie nicht um einen Besuch gebeten.«

»Das stimmt, aber ich bitte Sie, mit mir zu reden. Wenn das so nichts wird, kann ich Sie auch vorladen. Ich spiele mit offenen Karten. Ich lege auf den Tisch, was ich weiß.«

Irmi sah die Frau lange an. »Ihr Mann Franz war Anfang der Neunziger aktiv in der Berliner Hausbesetzerszene. Bei einem Polizeieinsatz im Sommer 1991 kam ein Polizist zu Schaden. Ein junger Mann namens Torsten Marotzke. Die Häuser gehörten damals einem gewissen Siegfried Butzke.«

»Ja und?«

»Der Herr Butzke sieht dem Herrn Bach vom Biobauernhof verdammt ähnlich. Und genau das ist Ihnen aufgefallen! Ihnen oder Ihrem Mann! Der Polizist Torsten Marotzke macht gar nicht so weit von hier Urlaub. Soll ich da an Zufall glauben? Die wundersame Wiedervereinigung der drei Berliner?« Irmi war im Lauf ihrer Rede lauter geworden.

Jessica Köglmeier hatte sich erhoben. Für einen Moment befürchtete Irmi, sie werde ihr die Tür weisen. »Ich mach uns einen Kaffee«, sagte sie stattdessen. »Espresso, Cappuccino, Latte macchiato?«

»Gerne Cappuccino.«

Jessica Köglmeier verschwand, gefolgt von der Hundemeute. Irmi schickte Kathi eine SMS: »Alles klar. Wir sind allein. Melde mich wieder.«

Wenig später kehrte die Hundetrainerin mit einem wirklich köstlichen Cappuccino zurück, dessen Milchschaum sogar mit Kakaopulver verziert war.

»Sie waren also da oben einkaufen, Frau Köglmeier, und irgendwann ist Ihnen klar geworden, dass dieser Herr Bach eigentlich Herr Butzke heißt. War das so?«

»Nein, ich kannte den Immobilien-Butzke überhaupt nicht. Ich hab da ab und zu eingekauft, der Mann war immer recht zurückhaltend, aber seine Produkte waren okay.«

»Das glaub ich Ihnen nicht«, sagte Irmi spontan.

»Das können Sie mir schon glauben. Franz hat ihn erkannt, als er auf dem Hof vorbestellte Lebensmittel abholen wollte. Butzke hingegen schien ihn nicht mehr zu kennen.«

»Ja, und dann?«

»Franz kam zurück und wirkte auf mich völlig zerfahren. Ich hab nachgefragt, doch er gab vor, noch arbeiten zu müssen. Am Abend ist er dann mit der Geschichte rausgerückt.«

»Aber Frau Köglmeier! Was hat er dann getan? Ist er nicht sofort hinauf zu Butzke? Hat ihn zur Rede gestellt?«

»Nein, das wäre nicht sein Stil gewesen. Er musste das erst mal für sich sortieren. Außerdem wollte er mehr wissen. Recherchieren. Und Männer neigen ja auch zum Verdrängen. Es hat bei Franz wenig Sinn, ihn zu etwas zu zwingen. Er macht dann total dicht.«

»Sie haben die Sache also ad acta gelegt?«, fragte Irmi ungläubig.

»Nein, aber ich wollte ihm Zeit lassen. Die Zeit, die er braucht. Franz ist … wie soll ich Ihnen das beschreiben? Sein Gehirn schaltet ganz anders als meines. Das musste ich erst mal lernen. Wir haben am nächsten Tag geredet. Ich habe gemeint, dass der Mann am Berg ja wirklich ein Doppelgänger sein könnte. Das gibt es ja. Außerdem waren ja zwanzig Jahre vergangen. Menschen verändern sich. Vom Flyer wusste ich nur, dass dieser Herr Bach aus Kanada stammt.«

»Aber damit hat sich Ihr Mann nicht zufriedengegeben?«

»Franz war erschüttert. Butzke wäre ja ein Zombie aus einer Lebensphase gewesen, die er nie vergessen konnte.«

»Was heißt das?«

»Haben Sie Zeit?«, fragte die schmale Frau. »Ich muss etwas weiter ausholen.«

»Alle Zeit der Welt.«

Jessica Köglmeier nahm einen Schluck vom Kaffee und stellte die Tasse mit ihren langgliedrigen Fingern ab. »Franz stammt ursprünglich aus Marktoberdorf. Der Papa war Arzt in München, die Mama Anästhesistin in Kempten. Der Junge ging deshalb auch in Kempten aufs Gymi, weil sich das mit den Arbeitszeiten der Mutter vereinbaren ließ. Franz wollte weder Humanmediziner noch Veterinär werden. Damit hatte er die Sympathien seines Vaters verspielt. Da ihn auch Jura, VWL oder BWL nicht interessierten, enttäuschte er seine Mutter, deren Vorstellungsvermögen es überstieg, dass es ein Leben außerhalb von klassischen Akademikerberufen geben könnte. Franz machte 1987 ein beschissenes Abi und hatte keinen Plan. Also war er erst mal freier Mitarbeiter bei der Zeitung, er fotografierte damals schon sehr gut. Aber er hatte auch keinen Drive, Fotografie zu studieren. Damals galt es bei bayerischen Akademikerkindern als cool, auf Abenteuerurlaub zu gehen. Nach Berlin.«

»Abenteuerurlaub, diesen Begriff hat mein Kollege auch verwendet«, sagte Irmi überrascht. »Klingt etwas abschätzig, oder?«

»Eigentlich nicht. Nennen wir es eben Engagement. Bei Franz begann das 1990, Berlin war nach dem Mauerfall eine Goldgräberstadt. Die ganz großen Hausbesetzungswellen der Siebziger und Achtziger waren vorbei. Franz hatte Freunde in Berlin, die es sich auf die Fahnen geschrieben hatten, bezahlbaren Wohnraum zu finden. Sie berauschten sich daran, gegen spekulativen Leerstand und hohe Mieten zu protestieren.« Sie sah Irmi an. »Auch das klingt in Ihren Ohren vielleicht zynisch, aber die zu Hilfe geeilten Freunde aus Bayern und dem blitzsauberen Schwabenländle fanden es cool, sich nonkonform zu geben. Sie selber litten ja keine Not. Das waren alles gut situierte Kinder von Wohlstandseltern, Abkömmlinge des Establishments. Franz war mittendrin, er malte Transparente für die Fassaden und schrieb Flugblätter.« Sie lächelte. »Diese Zeit hat ihn bis heute nicht ganz losgelassen. Er besitzt noch einen Anhänger mit dem Symbol der Hausbesetzerbewegung: ein Kreis, durch den ein Blitz von links unten nach rechts oben verläuft. Er trägt es um den Hals, an einem Lederbändel.«

»Hmm«, machte Irmi.

»Sie wundern sich, klar. Ich komme aus einem Plattenbau in Gotha. Juri-Gagarin-Straße, das klingt heutzutage besonders retro. Das war ein russischer Kosmonaut, zu dem wir aufblicken sollten. Ich war auf der Erweiterten Oberschule, alles war klar geregelt. Es gab die Schulspeisung, den Milchpfennig und den Hort. Mir hat es an nichts gefehlt, wir waren sogar zweimal an der polnischen Ostsee auf Urlaub. Meine Eltern waren staatstreu, nicht aus Überzeugung, sondern aus Angst. Mein Onkel wurde verhaftet, da wird man dünnhäutiger und schweigsamer. Mein Vater hat bei der VEB Hermann Haack Geographische-Kartographische Anstalt gearbeitet, meine Mutter hat in der VEB Kinderstrickwaren geputzt, weswegen ich immer Mützen hatte, die dem aktuellen DDR-Chic entsprachen.« Sie lächelte müde.

Irmi wartete.

»Dieser Hermann Haack, nach dem der Kartenverlag benannt wurde, war ein armer Junge, der dank seines Gönners Bernhard Perthes Geografie und Kartografie studieren konnte. Später war er federführend bei der Entwicklung von Schulwandkarten. Sie erinnern sich bestimmt noch.« Sie deutete an die Wand, an der eine dieser Karten hing, auf der die innerdeutsche Grenze deutlich gezogen war. Eine seltsame Wehmut ergriff Irmi.

»Natürlich erinnere ich mich an diese Schulkarten. Einer hatte immer Kartendienst. Der musste die Karte dann nach der Stunde in diesen Raum bringen, in dem auch Tierpräparate standen, ein Skelett und der Matrizendrucker. Ich hab den Spiritusgeruch noch immer in der Nase. Gerüche aus einer Zeit, die verdammt lang her ist.« Irmi lächelte. »Und der Haack, was wurde aus ihm?«

»Haack überstand die Wirren der Zeiten. Bis 1989 hatte der Verlag das Monopol der DDR für kartografische Schulpublikationen. Ich habe meinen Atlas von damals noch. Und den Spiritusgeruch habe ich auch noch in der Nase.«

»Sind Sie nicht zu jung?«

»Nein, es war eine besondere Auszeichnung, wenn man die Matrizen machen durfte.« Sie sahen beide zur Karte. »Tja, und nach der Wende trat die Treuhand auf den Plan und hielt den Betrieb offenbar für sanierungsfähig. Er gehört seither zur Firmengruppe Klett. Und seit 2008 steht in den Büchern nur noch der Name Ernst Klett Verlag GmbH, Zweigniederlassung Gotha. Nach zweihundertdreiundzwanzig Jahren wurde der Justus Perthes Verlag eliminiert, einfach gelöscht! Ich weiß, Frau Mangold, die Welt dreht sich weiter, und uns Ossis wird ja immer vorgeworfen, wir wären unzufrieden, aber ganzen Landstrichen wurde ihre Identität genommen. Für einen Appel und ein Ei wurden die Firmen verkauft, teils für den symbolischen Euro. Die Käufer bauten Maschinen ab, ließen den Rest verrotten. Mein Vater war verstört, dass alles, was er getan hatte, nichts mehr wert sein sollte. Viele gingen in den Westen. Nach der Wende blutete Gotha aus. Deshalb kam mir der ganze angeblich politische Aufwind von Leuten wie Franz absolut verlogen vor.«

»Sie haben ihn aber geheiratet?«

»Ich hab ihn 1994 in Berlin auf einer Fete kennengelernt. Wir waren ein paar Stunden im Aufzug gefangen. Und da redet man, und Franz wurde mir mehr als ein verzogener Wessi. Ich war zwanzig und fasziniert von ihm. Außerdem sah er sehr gut aus. Tut er heute noch. Zwei Jahre später haben wir geheiratet.«

»Und dann sind Sie an den Auerberg gezogen?«

»Ja, vor mittlerweile zwanzig Jahren. Franz hatte genug von der Stadt. Er hatte den Hof von seiner kinderlosen Tante geerbt, und ich hatte mein Tiermedizinstudium abgebrochen, aber schon mit Hunden gearbeitet. Für eine Hundeschule war der Platz perfekt, obwohl es natürlich eine gewaltige Umstellung war.«

Irmi lächelte. »Der urbane Hund hat vermutlich auch andere Bedürfnisse als der Landhund.«

»Stimmt. Ich hatte eine steile Lernkurve. Es war schwierig am Anfang.«

»Aber Ihre Ehe hat dem über all die Jahre standgehalten?«

»Ja, und wenn ich mich in meinem Bekanntenkreis so umsehe, ist das schon ein bisschen exotisch. Aber es war immer aufregend und anregend mit Franz. Ist es immer noch. Ich bewundere ihn.« Sie hatte eine Art, den Kopf ganz leicht schräg zu legen, die sehr anziehend war. »Und ich bewundere auch Jonas Edler.«

Irmi sah sie fragend an. »Eine Ehe zu dritt? Wer ist denn Jonas Edler?«

»So falsch ist das gar nicht mit der Ehe zu dritt.« Sie lächelte. »Edler ist sein Pseudonym.«

»Wessen Pseudonym?«

»Das von Franz. Als Schriftsteller.«

Sie stand auf und holte ein Buch aus dem Regal. *Freyjas Erben – Die Zeit der Elfen.* »Ich weiß nicht, ob Sie sich im Fantasybereich auskennen?«

»Ich lese leider generell zu wenig. Fantasy schon gar nicht. Allein die Namen der Protagonisten überfordern mich.«

Die zarte Jessica lächelte. »Geht mir auch so, aber zum Glück gibt es in den Büchern ja immer eine Liste der Namen. Freyjas Erben ist eine Serie. Der erste Band heißt *Die Zeit der Elfen.* Letztens ist der fünfzehnte Teil erschienen, *Die Zeit der Schwerter.*«

Irmi hatte das Buch aufgeschlagen. Es umfasste über siebenhundert Seiten in nicht gerade großer Schrift. Das Autorenfoto in der Klappe zeigte einen Wikinger, der eine Maske trug.

»Ihr Mann tritt mit Maske auf? Wie Cro?«

»Ja, das ist sein Konzept. Jonas Edler ist ein ganz Großer in der Szene. Seine Fangemeinde ist international, seine Bücher sind in siebzehn Sprachen übersetzt.«

»Und Sie selber unterscheiden auch zwischen Franz

Köglmeier und Jonas Edler? Und teilen Ihr Leben mit beiden?«

»Ja, irgendwie schon. Meistens lebe ich mit Franz. Hier wissen nur wenige, dass er zugleich Jonas Edler ist.«

»Warum schreibt er denn nicht unter seinem bürgerlichen Namen?«

»Diese Mystifizierung ist gut fürs Marketing. Das ist zumindest der Beweggrund des Verlags.«

»Und was ist der Beweggrund Ihres Mannes?«

»Er kann zwei Menschen sein.«

Ein kleiner Satz mit einer großen Tragweite.

»Das heißt, er ist so was wie ein Star, der inkognito lebt?«

»*Here I am, on the road again, there I am, up on the stage. Here I go, playin' star again, there I go, turn the page*«, zitierte sie leise.

»Frau Köglmeier?«

»Könnten Sie bitte Jessi sagen?«

»Natürlich.«

»Bob Seger, *Turn the Page.* Franz spielt gut und leidet doch. Haben Sie sich jemals gewünscht, berühmt zu sein?«

»Nein, bewahre!«

Sie lächelte. »Viele Menschen wären gerne Stars: als Models, Popmusiker, Schauspieler oder Influencer, aber selbst da wird die Luft dünner. Nur die Allerbesten können davon leben.«

»Ich bin ja schon froh, wenn ich abends nicht mehr reden muss«, entgegnete Irmi.

»Das verstehe ich gut. Ich bin abends auch alle. Die Zeit mit den Hunden ginge ja noch, aber die dazugehörigen

Menschen … Wenn ich abschalte, ist das die Zeit, in der Franz hellwach sein muss. Er macht ausgedehnte Lesungsreisen, oft auch zwei, drei Wochen am Stück. Dabei steht er auf der Bühne, er ist magisch, manipulativ, er kann Menschen zum Lachen und Weinen bringen. *Out there in the spotlight, you're a million miles away. Every ounce of energy, you try to give away*. Genauso ist es bei ihm: Er ist pure Energie und gibt sie weiter. Hinterher signiert er oft noch eine Stunde Bücher, es gibt Selfies und Autogramme. Eventuell noch Small Talk und ein Bier mit dem Veranstalter. Und dann wird es still. Er legt die Maske ab.«

Irmi wartete.

»Wieder ein namenloses Hotel. Wieder eine Minibar, die genauso gefüllt ist wie die am Tag zuvor. Wieder ein tiefschwarzes Loch. *Later in the evening, as you lie awake in bed. With the echoes from the amplifiers, ringin' in your head.* Ich glaube, es gibt keinen besseren Text als diesen Songtext von Bob Seger. Wenn das Adrenalin dich verlässt, bist du unendlich einsam.« Sie sah Irmi an. »Ich beneide Künstler und Hochleistungssportler nicht. Es ist Schmerzensgeld, was sie einstreichen. Es ist Blutgeld für ihre Einsamkeit. Du reitest auf einer Kurve immer auf und ab. Hoch auf der Bühne, tief unten, wenn du allein bist. Das kann man nicht lange aushalten.«

»Drogen, Alkohol?«

»Von allem ein bisschen, aber nicht so viel, dass es die Hochs gefährden würde.«

»Sie könnten doch mitfahren?«

»Ich habe auch einen Beruf. Ich habe die Tiere, die versorgt sein müssen, und auch meine Anwesenheit würde seine Seele nicht heilen. Übersprungssex womöglich, aber das lindert auch nur vordergründig.«

Irmi zögerte, dann fragte sie: »Gibt es andere Frauen?«

»Bestimmt. Sex dämpft wie andere Drogen den Schmerz.«

»Sind Sie nicht …?«

»Eifersüchtig? Nein, genauso wenig wie auf den gelegentlichen Rausch oder den teuren Wein.«

Jessi Köglmeier war ungewöhnlich in ihrer großen Offenheit. Irmi spürte eine Nähe und war sich bewusst, dass sie dieses Geschenk des Vertrauens nicht verspielen durfte.

»Sie lieben Ihren Mann sehr?«

»Ja, und ich glaube, ich habe mich an ihm überhoben. Heute merke ich das mehr als früher. Unsere Welten driften auseinander. Ich kommuniziere im Alltag mehr mit Tieren als mit Menschen. Und das gefällt mir. Aber es dauert immer eine Weile, bis Franz und ich uns wieder aneinander gewöhnen, wenn er von seinen Lesereisen zurückkommt.«

»Er hätte keine bessere Partnerin finden können als eine Frau, die ihm so viel Verständnis entgegenbringt.«

»Vielleicht, aber er wird mir in gewisser Hinsicht immer ein Rätsel bleiben. Kennen Sie den Begriff der Hochsensibilität?«

»Ja, schon, aber ich noch nicht näher damit zu tun gehabt.«

»Man geht davon aus, dass manche Menschen wie Seismografen sind. Sie nehmen ihre Umwelt besonders fein wahr und spüren, wenn das Gegenüber lügt. Außerdem haben sie einen überdurchschnittlichen Sinn für Gerechtigkeit. Und sie müssen sich immer wieder zurückziehen, weil sie die vielen Reize nicht mehr angemessen verarbeiten können.«

»Und Ihr Mann ist hochsensibel?«

»Es sieht Dinge, die ich nicht sehe. Er nimmt Geräusche anders wahr als ich. Und wenn er aus seiner Kindheit erzählt, hat er sich immer unverstanden gefühlt. Das geht den meisten Kindern irgendwann so, aber bei ihm hat das eine andere Dimension. Er hat sehr früh sehr differenziert gesprochen und galt als altklug. Damit hat er Eltern, Kindergartentante und Lehrer wahnsinnig gemacht. Als Kind hatte er eine Art Gerechtigkeitswahn und eckte natürlich in der Schule an, denn die Schule ist der erste zutiefst ungerechte Kosmos, mit dem man konfrontiert wird. Franz hat mir erzählt, dass seine Mutter ihm Tabletten zur Dämpfung gegeben hat, die er aber nicht geschluckt hat. Stattdessen hat er sie in der Backentasche versenkt und ausgespuckt, wenn seine Mutter weggesehen hat.«

Auch diese Sätze verklangen nur langsam. Gerechtigkeitswahn – das Wort blieb in Irmis Gedanken haften.

»Ich möchte an unseren Ausgangspunkt zurückkommen, Jessi. Dieses Aufstehen für die Gerechtigkeit passt zu seinem Aufenthalt in Berlin damals. Vielleicht war es für ihn doch mehr als ein Abenteuerurlaub.«

Jessi schwieg.

»Ihr Mann ist schuld am Unfall von Torsten Marotzke«, setzte Irmi nach. »War das gerecht?«

»Schuld stimmt ja nicht. Es gab eine Rangelei. Im Wohnungsflur vor dem Fenster stand eine Kiste. Torsten ist ganz dumm darübergefallen und hat versucht, sich am Fensterkreuz abzustützen. Dabei ist er aus dem Fenster gestürzt.«

»Und sitzt jetzt im Rollstuhl! Ziemlich ungerecht. Ein junger Mann am Beginn seines Lebens, am Beginn einer Karriere. Der außerdem Sportler war.«

»Zynischerweise war er ausgerechnet Wildwasserfahrer. Eine sitzende Tätigkeit.« Jessi sah Irmi an, ihr Blick war verwundet. »Natürlich ist das ungerecht. Und für Franz das Trauma seines Lebens!«

»Das heißt?«

»Ja, was glauben Sie! Franz ist fast daran zerbrochen. Im Grunde ist er tatsächlich daran zerbrochen. In seinen Büchern spielen Gerechtigkeit, Opfer und Sühne immer wieder eine große Rolle. Er hat das Ganze auf eine andere Ebene gehoben, in fantastische Welten. Aber es ist sein Thema geblieben. Bis heute.«

Das Wort Sühne stieß Irmi auf, aber sie schwieg.

»Franz hat von Anfang an versucht, mit Torsten Kontakt aufzunehmen«, fuhr Jessi fort. »Er war im Krankenhaus, hat versucht, ihn auf der Reha zu besuchen. Doch er wurde immer verjagt, einmal sogar verhaftet. Bekam eine Anzeige wegen Stalking. Auch deshalb haben wir Berlin verlassen.« Sie atmete schwer. »Vor allem deshalb.«

»Um Distanz zwischen sich und die Erinnerung zu bringen?«

»Ja, aber Torsten ist in Franz' Gedanken präsent geblieben.«

Eine ganze Weile herrschte Stille, bis Irmi leise sagte: »Sie sprechen von Torsten, nicht von Herrn Marotzke. Sie kennen ihn also besser?«

»Inzwischen schon.«

»Und das heißt?«

»Fünf Jahre nachdem wir hierher in die Berge gezogen waren, war mir klar, dass ich irgendetwas unternehmen musste. Ich konnte nicht länger mit ansehen, wie Franz gelitten hat. Er wurde als Fotograf und als Autor immer erfolgreicher, aber der Schmerz blieb.« In Jessis Blick lag etwas Kühnes und Entschlossenes. »Das war der Zeitpunkt, an dem ich mit Emily Marotzke in Berlin Kontakt aufgenommen habe.«

»Mit der Frau des Polizisten?«

»Ganz genau. Sie hat am Telefon aufgelegt, mehrmals. Ich hab ihr geschrieben, sie hat mich ignoriert. Und dann bin ich nach Berlin gefahren. Als Franz mal wieder unterwegs war. Ich habe eine Hundefreundin gebeten, solange bei mir zu wohnen und sich um die Tiere zu kümmern. Und dann hab ich Emily bei ihrer Arbeit abgepasst, einer Arztpraxis in Moabit, und am Ende saßen wir in einer Kneipe namens Walhalla, wo es einen Schwabentopf gab. Das weiß ich noch. Ein Schwabentopf mitten in der nordischen Mythologie, an so was erinnert man sich – blöd, oder?«

»Nein, gar nicht.« Irmi wartete.

»Wir saßen ziemlich lange beisammen. Zwischendurch rief Emily zu Hause ab und behauptete, dass eine alte Schulfreundin sie aufgehalten habe. Sie erzählte mir, dass Torsten seinen Zustand akzeptiert habe. Er war wohl als Leistungssportler immer sehr diszipliniert und hatte schon in der Reha mit Rollstuhlbasketball angefangen. Da ist er bis heute engagiert, spielt in der Bundesliga, trainiert Kinder. Aber er hatte den Unfall trotzdem nie ganz verarbeitet. Verstehen Sie?«

»Er hatte den Status quo als unabänderlich akzeptiert,

aber nicht den Unfall, der zu seinem Handicap geführt hatte?«

»So in etwa. Emily hat ihn immer wieder dabei ertappt, wie er im Internet nach Franz gesucht hat. Er wusste auch von seinem Pseudonym Jonas Edler.« Sie seufzte. »Ganz offensichtlich hatte er mit der Sache nicht abgeschlossen.«

»Und dann?«

»Emily und ich wollten Bewegung in die Sache bringen. Wir haben einen Plan entworfen. Emily hat Torsten zu einem Urlaub im Allgäu genötigt. Sie hatte eine Ferienwohnung bei Roßhaupten gebucht, und Torsten fand Gefallen daran, mit dem Rollstuhl über Radwege und kleine Nebensträßchen zu fahren. Er nutzte jede Gelegenheit zu trainieren, schneller zu werden, wendiger. Na ja, und dann haben wir uns ganz zufällig getroffen.«

»Wirklich zufällig?«

»Natürlich nicht. An der Dampflokrunde, einer ehemaligen Bahnstrecke, die heute Radweg ist, gibt es eine Kneipe. Ganz unprätentiös, ganz normale Leute, da gingen wir ab und zu hin. Franz mochte die Normalität, denn dort wusste definitiv keiner, wer und was der große Autor Edler war. Und da haben wir Torsten und Emily im Biergarten getroffen.«

»Haben die Männer sich erkannt?«

»Ja, sofort. Franz zuerst, Torsten hat wenige Sekunden später geschaltet.«

»Und dann? Showdown zwischen Biertischen? Es sollten ja wohl kaum die Menschen rundum zuhören?«

»Völlig richtig! Torsten wurde wahnsinnig wütend und rollerte davon. Ich habe Franz gesagt, wenn er ihm jetzt nicht hinterhergeht, dann ziehe ich morgen aus.« Sie sah zu Boden. »Solche Dinge sage ich normalerweise nicht, das wusste Franz. Ich saß fast drei Stunden mit Emily in dem Lokal, bis die beiden wiederkamen. Sie sahen erschöpft aus.«

»Und dann?«

»Wir verabschiedeten uns. Emily und ich hatten uns geschworen, dass unter keinen, wirklich gar keinen Umständen herauskommen durfte, dass das ein abgekartetes Spiel war.«

»Und?«

»Das ist bis heute unser Geheimnis. Und wird es auch bleiben.«

Irmi sah die kleine, schmale Frau an. Sie kannte diese Emily nicht, aber wenn die nur halb so entschlossen war wie Jessi, dann würden die beiden die Wahrheit wohl wirklich mit ins Grab nehmen. Allerdings ahnte Irmi, auf welch dünnem Eis sich die Frauen da bewegten. Franz und Torsten wären sicher entsetzt, wenn sie herausfänden, dass sie manipuliert worden waren. Und nur zu oft kamen Dinge ans Licht, die besser unter einem großen Haufen verdeckt geblieben wären. Haufen aus Lebensschrott, Haufen aus Gedanken, Plänen, Träumen, die man irgendwann zu Grabe getragen hatte.

»Und dann intensivierte sich der Kontakt?«, fragte sie vorsichtig.

»Ja, ganz allmählich. Zwei Tage später trafen wir uns zu viert in Füssen, am Tag darauf war Franz mit Torsten allein verabredet, in Reutte auf dem Hahnenkamm. Das Einzige, was Franz erzählt hat, war, wie sehr er es bewundert, wie perfekt Torsten seinen Rollstuhl beherrscht. Die beiden hatten anschließende Kontakt per E-Mail. Ich hab Emily immer mal angerufen, wir waren beide glücklich, dass die Männer sich weiter annäherten. Die Marotzkes kamen dann auch im Herbst wieder in Allgäu.«

»Es war also eine Freundschaft entstanden?«

»Das kann man so sagen, und ich habe auch eine tiefe Bindung zu Emily aufgebaut. Ich bin nicht so der Beste-Freundin-Typ. Meine WhatsApp-Kontakte beziehen sich fast ausschließlich aufs Hundetraining. Ich bin generell lieber mit Tieren zusammen, aber Emily steht mir sehr nahe. Vielleicht auch, weil sie aus dem Osten kommt, genau wie ich. Ich war oft mit ihr und den Hunden wandern, während die Männer gemeinsam fotografiert haben. Franz hat einen Kalender über Rollstuhlsportler gestaltet und Torsten auch in Berlin besucht.«

Jetzt musste Irmi die entscheidende Frage stellen: »Und letzte Woche waren die Marotzkes auch hier, oder?«

Jessi Köglmeiers Blick war skeptisch. »Ja, schon. Sie wollen damit aber nicht andeuten, dass Franz oder gar Torsten etwas damit zu tun haben? Ich meine, was ist da oben denn wirklich passiert?«

»Wie gesagt, ein Mann wurde erschossen. Und wir glauben, es hat den Falschen getroffen. Wir glauben, dass Bach, oder besser gesagt Butzke, hätte sterben sollen.«

»Aber Franz und Torsten erschießen doch keinen! Franz ist Pazifist und Torsten Polizist. Butzke hatte sicher noch mehr Feinde. So rücksichtslos, wie er offensichtlich war! Franz sieht in der Rückschau seine Berliner Zeit viel differenzierter als früher, aber er hat immer gesagt, dass Butzke tief drinnen boshaft ist. Ein Krebsgeschwür auf Menschenbeinen.« Sie zuckte regelrecht zusammen. »Womit ich gerade meinen Mann ans Messer liefere, indem ich ein Mordmotiv nenne. Applaus, Jessi, gut gemacht!«

»Wenn ich Ihre Äußerung weiterdenke, müssten noch weitere Menschen gewusst haben, wer der Biobauer wirklich war, oder?«, fragte Irmi.

Jessi schwieg.

»Wie lange wusste Ihr Mann denn eigentlich schon davon?«

Die schmale Frau sah zu Boden. Streichelte einen der Galgos.

»Jessi?«

»Seit etwa zwei Wochen. Ich wollte für den Besuch der Marotzkes ein bisschen was vorkochen und einfrieren, und weil ich gerade mit einem Kurs eingebunden war, habe ich Franz hochgeschickt, um meine Bestellungen auf dem Biohof abzuholen. Franz kauft eigentlich nie ein, er hasst Shopping und Supermärkte. Wenn er unterwegs ist, geht er immer in Restaurants. Zu Hause kümmere ich mich darum, dass etwas zu essen da ist. Für ihn war das eine Premiere da oben, obwohl wir ja schon lange hier wohnen.«

Franz Köglmeier hatte also erst kurz vor dem Besuch der Marotzkes erfahren, dass jener Mann, mit dem sie alle so unglücklich verbandelt waren, bei ihm in der Nachbarschaft lebte. Was, wenn die beiden Männer einen perfiden Plan geschmiedet hatten? Was, wenn sie doch nicht so pazifistisch dachten? Jessi hatte gesagt, dass das Hirn ihres Mannes anders schaltete. Und als Schriftsteller Jonas Edler lebte er in Parallelwelten und kreiste immer wieder um die Themen Schuld und Sühne. Wenn sie tatsächlich mithilfe der Drohne den tödlichen Schuss abgegeben hatten, mussten sie längst erfahren haben, dass sie nicht das Zielobjekt erwischt hatten. Und würden es womöglich noch einmal probieren!

»Wie lange waren die Marotzkes denn da?«, fragte Irmi.

»Eine Woche. Sie sind anschließend noch zu Emilys Bruder nach Regensburg gefahren und zu ihren Eltern nach Bad Lobenstein. Inzwischen müssten sie bald wieder zu Hause sein. Aber Frau Mangold, Sie glauben doch nicht etwa, dass die beiden jemanden erschießen!«

»Kann Ihr Mann mit Drohnen umgehen?«

»Er fotografiert manchmal damit. Warum fragen Sie? Wollen Sie etwa andeuten, dass mit einer Drohne …? Das ist ja völlig irre!«

»Es wäre sehr wichtig, dass Ihr Mann sich bei uns meldet. Wir müssen ihn sprechen, und seien Sie versichert: Wir finden ihn – nur falls er vorhaben sollte unterzutauchen.«

Jessi sah zu Boden und schwieg.

»Noch eine letzte Frage«, sagte Irmi. »Fährt Ihr Mann auch mit Ihrem Auto?«

»Ja, häufiger sogar. Warum?«

Irmi blieb ihr die Antwort schuldig. Sie erhob sich, und augenblicklich waren die Hunde ebenfalls auf den Pfoten. Auch Jessi war aufgestanden. Sie wirkte zerbrechlicher als zu Beginn des Gesprächs.

»Ich finde selbst hinaus«, sagte Irmi. Von den Hunden flankiert erreichte sie die Gartentür. »Passt gut auf euer Frauchen auf.«

Irmis Schritte waren schwer. Obgleich sie die ganze

Zeit gesessen hatte, sank sie erschöpft in den Autositz und schrieb eine SMS: »Alles klar. Ich berichte euch morgen, was ich weiß.«

Sekunden später kam Kathis Antwort: »Spinnst du? Wir sitzen wie auf heißen Kohlen!«

»Morgen!« Dann schaltete Irmi ihr Handy aus. Sie sah aus dem Fenster, dass Jessi am Tor stand, und hob die Hand zu einem laschen Gruß.

Dann startete sie den Wagen und fuhr hinauf zum Gipfel des Auerbergs. Dort hielt sie an, blieb im Wagen sitzen und grübelte. Was, wenn Franz und Torsten tatsächlich den Drohnenschuss abgegeben hatten? Ob Jessi und Emily sich die Schuld geben würden, weil sie seinerzeit das Wiedersehen der beiden Männer arrangiert hatten? Aus langjähriger Erfahrung als Kriminalkommissarin wusste Irmi nur zu gut: Schweigen schuf bisweilen gefährliche Geheimnisse. Tragödien wurden aus Halbwahrheiten geboren. Sie musste an den alten Heini denken, der zwei Männer gesehen hatte, von denen einer im Rollstuhl saß.

Irmi ging langsam zur Kirche hinauf und betrat das Gebäude. Sie drehte eine Runde durch das Gotteshaus. Ihr Blick fiel auf eine Darstellung des heiligen Georg im Langhaus, nach dem die Kirche benannt war. Sie zündete eine Opferkerze an und wünschte sich in ihrem tiefsten Inneren, dass sie den Fall noch nicht gelöst hatte. Ihr wurde eng ums Herz. Über eine schmale Treppe gelangte man hinauf zu einer Plattform, wo der Blick sich weitete. Doch ihre Gedanken schnürten ihr noch immer die Brust ein.

Auf einmal knarzte es hinter Irmi. Sie drehte sich um. Fridtjof!

»Woher wusstest du, wo ich bin?«

»Eine sehr erboste Kathi hat mich angerufen. Dein Handy war aus. Ich hatte so eine Ahnung.«

»Weinzirl hat mir neulich erzählt, dass dieser Berg ein dunkles Geheimnis birgt. Inzwischen glaube ich auch, dass man an seinen Hängen verflucht ist.«

»So schlimm?«

Irmi nickte.

»Dann bist du hier ganz richtig in der Kirche des heiligen Georg. Früher soll es hier sehr liederlich zugegangen sein, und zwar so schlimm, dass Gott ein gewaltiges Feuer sandte. Doch aus der Asche erhoben sich Gewürm und Gesindel, und die wenigen Gerechten flehten zu Gott. Der schickte auf einem glänzenden Schimmel einen Ritter, der Drachen tötete und Lindwürmer gleich dazu und das lichtscheue Gesindel in die Flucht schlug. Zum Dank wollten die Bewohner eine Kirche errichten, aber dem kleinen Berg schien eine unsichtbare Macht innezuwohnen: Die Pferde, die die Baumaterialien transportieren sollten, erlahmten schon in Bernbeuren. Wieder trat der Ritter auf den Plan, segnete die Pferde und gab ihnen Kraft. Er packte mit an, bis eine stolze Kirche den Berg krönte. Dann verschwand der edle Mann so plötzlich, wie er gekommen war. Die Menschen meinten, dass müsse der heilige Georg höchstselbst gewesen sein, und weihten ihm die Kirche. Zum Dank gibt es alljährlich am St.-Georgs-Tag einen prächtigen Georgiritt zur Kirche.«

»Ich glaube, du bist mein Ritter in der Rüstung. Danke!«

»Geht's wieder?«

»Ja«, sagte Irmi. Leise erzählte sie von ihrem Gespräch

mit Jessi Köglmeier und schloss: »Ich befürchte, einer der Männer ist es gewesen. Oder beide. Dabei hätten sie doch endlich Ruhe in der aufgewühlten See verdient.«

»Diese Jessi hat dich berührt, oder?«

»Ja, sehr. Es war sicher nie leicht, mit diesem Mann zu leben. Gibt es diese Hochsensibilität wirklich? Ist das wissenschaftlich haltbar?«

»Der Begriff ist schwammig und unter Wissenschaftlern durchaus umstritten. Bisher gibt es keinen physiologischen Nachweis für Hochsensibilität, aber man geht davon aus, dass es Menschen sind, die Reize stärker wahrnehmen als der Durchschnitt der Bevölkerung. Da sie die Reize nicht so gut filtern können, sind sie schnell überreizt und müssen sich manchmal zurückziehen, um wieder Kräfte für die Bewältigung des Alltags zu sammeln. Zugleich haben sie oft einen ausgeprägten Gerechtigkeitssinn.«

»Das klingt ein wenig so, als würdest du dich selbst beschreiben«, sagte Irmi überrascht.

»Ich weiß, dass ich früher bei euch als Mimose galt. Ich war der Sonderling. Als Wissenschaftler würde ich für mich auch Hochsensibilität gar nicht in Anspruch nehmen wollen. Aber vielleicht für meinen Sohn. Er war anders. Im Kindergartenalter vermutete man ADS oder hielt ihn sogar für autistisch. Ich bin nie mitgegangen bei diesen Diagnosen, ich habe das nie geglaubt. Mir ist vor allem aufgefallen, dass Robin Ungerechtigkeiten nicht ertragen konnte, und dabei meine ich wirklich: Er *konnte* nicht. Die Dimension seiner Verzweiflung war im landläufigen Sinn unnormal. Seine Ideen, seine Empathie, seine schier philosophischen Ansichten bezeichneten die Erzieherin und die Lehrerin als nicht altersgemäß. Und auch seine Fragen nach dem Sinn des Lebens: viel zu früh.« Er schluckte. »Der Junge war klug, er liebte Tiere und hob diese Liebe auf eine Ebene, die ich nie fassen konnte. Wenn es tatsächlich so etwas wie Hochsensibilität geben sollte, dann war Robin hochsensibel. Ich dagegen bin und bleibe der Sonderling.«

Der Hase sprach nur selten über sein totes Kind. So viel wie heute hatte er Irmi gegenüber noch nie offenbart. Lange war sie außerstande, etwas zu sagen.

»So ähnlich hat Jessi die Kindheit ihres Mannes beschrieben«, meinte sie leise. »Ach Fridtjof, ich bin so … so sprachlos …«

»Irmi, es ist gut. Wollen wir gehen?« Er reichte ihr die Hand und zog sie hoch. »Madame, so weinen Sie doch nicht!«

Irmi wischte sich ein paar Tränen weg. »Fridtjof, wie heißt die Ziege?«

»Welche Ziege?«

»Die von Walhalla.«

»Du meinst die Ruhestatt der gefallenen Kämpfer, wo nebenan die Weltesche ihre Wurzeln ins Jenseits streckt«, fragte er lächelnd. »Wie kommst du denn jetzt darauf?«

»Wegen Jessi Köglmeier. Erzähle ich dir später.«

»Heidrun«, antwortete der Hase auf Irmis Frage.

»Was?«

»Die Ziege heißt Heidrun, was mich daran erinnert, dass ich heute einen Salat mit lauwarmem Ziegenkäse machen wollte. Salat aus Walhall avec chèvre du Heidrun oder so.«

»Ach Fridtjof, du bist wirklich mein Ritter.«

»Verwunderlich, dass du so lange ohne mich ausgekommen bist.« Er lachte. »Kommst du morgen denn auch ohne mich aus? Ich würde nämlich schon früh zu einer Skitour aufbrechen.«

»Gerade so, ich muss morgen früh in jedem Fall Weinzirls und Kathis Neugier befriedigen. Sie wollen wissen, was Jessi Köglmeier gesagt hat. Und wir müssen uns abstimmen, wie wir mit Marotzke und dem Fotografen weiter vorgehen wollen. Fahndung, Vorladung oder weniger offiziell – ich meine, es gibt ja noch mehr Rollstuhlfahrer auf der Welt.«

Sie stand auf und umarmte den Hasen. Sein Kuss war länger, sanft und gab Kraft.

Heute war die Frage nach der Schlafzimmerwahl ganz einfach zu klären. Es war vier, als Irmi sich anzog und nach oben ging.

7

Irmi musste im Tiefschlaf gewesen sein, denn sie konnte das Geräusch, das an ihr Ohr drang, sekundenlang gar nicht einordnen. Dann begriff sie, dass es das Klingeln ihres Handys war. Auf dem Display stand der Name ihres Kollegen auf Zeit.

»Hab ich dich geweckt?«, wollte Weinzirl wissen.

»Ja.«

»Sorry. Aber der Bauer mit dem pfiffigen Enkel hat sich bei mir gemeldet. Er war eben beim Melken, da ist sein Nachbar Butzke an seinem Haus vorbeigefahren, und zwar bergwärts. Also scheint er da zu sein. Vielleicht muss er noch ein paar Dinge holen. Wir treffen uns an der Echelsbacher Brücke und fahren mit einem Auto weiter. Los! Bevor er wieder abhaut!«

Irmi sah auf die Uhr. Es war kurz nach sechs, draußen dämmerte es. Sie trat auf die Terrasse und stellte fest, dass es eiskalt war. Fridtjofs Auto war schon weg, er war tatsächlich frühmorgens zu seiner Skitour aufgebrochen. Irmi zog sich Jeans und Sweatshirt über, packte ihre Softshelljacke und spurtete los. Raffi war auch aufgesprungen.

»Junge, du bleibst hier!«

Raffi seufzte dramatisch und legte den Kopf theatralisch auf seine Pfoten.

Fridtjof hatte das Grundstück wie eine Festung eingezäunt und für Raffi in Irmis Eingangstür eine XXL-Katzenklappe eingebaut. Er würde also bei etwaigen Verdauungsbedürfnissen notfalls in den Garten austreten können.

Irmi und Weinzirl trafen fast gleichzeitig an der Brücke ein. Er drückte ihr einen Becher mit dampfendem Cappuccino in die Hand. »Ohne Zucker, oder?«

»Ja, ganz genau. Danke dir.« Anspannung lag in der Luft.

Auf der Fahrt erzählte Irmi von ihrem Gespräch mit Jessi Köglmeier am Vortag, bis Weinzirl in einer neuen Rekordzeit gegen halb acht den Hof erreichte. Alles wirkte wie ausgestorben, aber Irmi wusste von der Besichtigung, dass es eine Garage mit elektrischem Tor gab, das gespenstisch leise auf- und zugeglitten war.

»Wie viele Ausgänge hat das Haus?«

Irmi versuchte, sich zu erinnern. »Hauptausgang, Terrasse und ehemalige Milchkammer, glaube ich.«

»Okay, du läutest, und ich versuche es über den Milchkammerausgang.«

Die Glocke spielte den Gefangenenchor aus *Nabucco.* Bach oder Butzke war ein Mann der technischen Finesse.

Nichts passierte. Irmi versuchte es erneut. Dann hieb sie gegen die Tür. »Herr Bach, ich weiß, dass Sie da sind!«

Im nächsten Moment ging die Tür auf. Weinzirl stand vor ihr und hatte den Mann am Kragen gepackt. »Wir haben uns am Seiteneingang getroffen. Der Herr Bach oder Butzke wollte uns grad schon wieder verlassen.«

»Jetzt ist er aber sicher so freundlich, mit uns eine seiner exzellenten Kaffeespezialitäten zu trinken«, erwiderte Irmi.

»Warum tauchen Sie in aller Herrgottsfrühe hier auf? Wollen Sie das Haus doch kaufen, Frau Mangold? Ich hatte eigentlich nicht den Eindruck, dass es nach Ihrem Geschmack war«, sagte Butzke mit scharfem Unterton.

»Seitdem ich nicht so genau weiß, von wem ich es eigentlich kaufen würde, wird es interessanter für mich. Kaufe ich von Herrn Bach oder Herrn Butzke? Von einem netten Kanadier oder einem weniger netten Immobilienhai?«

»Was fantasieren Sie sich denn da zusammen?«

»Darf ich mal Ihren Ausweis sehen?«, fragte Weinzirl.

»Sicher.« Der Mann kramte sein Portemonnaie heraus und reichte Weinzirl das Kärtchen. Es lautete auf Max Bach und sah auf den ersten Blick echt aus.

»Dumm ist nur, dass der Herr Bach in Kanada als verschollen gilt«, bemerkte Irmi. »Wie erklären Sie sich das?«

Der Mann setzte ein Pokerface auf.

»Ich kann Sie jetzt auf der Stelle verhaften!«, rief Weinzirl. »Oder Sie reden hier und jetzt mit uns.«

Butzke sah Weinzirl an. Arrogant. Wenig beeindruckt.

»Sie sind Siegfried Butzke«, fuhr Weinzirl fort. »Sie haben zu Beginn der Neunzigerjahre einige Mietshäuser in Berlin erworben, die teils besetzt waren und teils von Kollektiven mit regulären Mietverträgen bewohnt. Sie haben die Leute entmietet und den Steuerzahler jede Menge Geld gekostet wegen der Polizeieinsätze.«

»Pah! Der Steuerzahler! Der soll froh sein, dass auf diese Weise die Linksextremisten entlarvt wurden. Nichts als Hassprediger, die in Berlin eine Gewaltorgie anzetteln wollten. Schon seit Jahren hatten diese Leute die Stadt terrorisiert. Sie fanden Gehör bei dem arbeitsscheuen Gesindel, das ohnehin zum Abschaum der Gesellschaft gehört. Wer arbeitet, kann auch angemessene Mieten zahlen! Diese

Radikalen, die den Staat und das Establishment angreifen, leben oft von Hartz IV – auf Kosten des Staats und der Steuerzahler. Dabei behaupten sie, der Klassenkampf erfordere ihre volle Kraft und Gewalt gegen Bullen sei legitim. Das sollte Sie doch eigentlich interessieren! Sie als Bullen!«

»Das heißt also, Sie geben zu, Siegfried Butzke zu sein?«

»Na sicher.«

Irmi und Weinzirl waren für einen Moment aus dem Konzept gebracht.

»Die Politik tabuisiert doch die linke Gewalt, militante Hausbesetzer gelten als moralische Vorkämpfer«, fuhr Butzke fort. »Und rechtschaffene Bürger wie mich lassen die Politiker im Regen stehen! Steuerzahler? Das bin ich! Zahlen Sie etwa den Spitzensteuersatz? Sicher nicht, Sie sind ja nur dröge Staatsbeamte. Wo waren Sie, als die Szene trotz blutiger Ausschreitungen immer weitermachte? Ich war da, und ich war allein. Irgendwann mochte ich nicht mehr. Wenn Sie sich jahrelang gegen den Mob stellen, wenn Sie die Grundwerte des Staats als Einzelkämpfer retten müssen, dann gibt auch eine Kämpfernatur wie ich auf.«

Was sagte man darauf? Es war offensichtlich, dass Butzke das glaubte, was er da von sich gab. Völlig frei von Selbstzweifeln.

»Und deshalb haben Sie Ihre Häuser verkauft«, entgegnete Irmi schließlich. »An wen eigentlich?«

»An ein Konsortium. Ich habe mich verpflichtet, darüber Stillschweigen zu bewahren.«

Wahrscheinlich auch über die Summe, dachte Irmi. Und über die hinterzogenen Steuern. Aber das interessierte sie nicht. Hier ging es um Mord.

»Ihr persönlicher Lebensweg in all seiner Holprigkeit, Herr Butzke, geht mir am Arsch vorbei! Aber warum leben Sie hier mit falscher Identität? Und wo ist Max Bach?«, brüllte Weinzirl.

Butzke fixierte Weinzirl. Noch immer wirkte er vollkommen ruhig.

»Max Bach. Der Gute«, entgegnete er.

»Butzke, überreizen Sie es nicht!«

»Max Bach wollte Kanada verlassen. Er hatte seine Gründe.«

»Wo steckt er, Butzke? Warum führen Sie seinen Namen?«

»Das wollen Sie wirklich wissen?« Er hatte sich blitzschnell umgedreht und stand schon in der Tür.

»Butzke! Bleiben Sie stehen!«

»Kommen Sie mit!«

Er ging die Marmortreppe hinunter, die zum Keller führte, und auf die beiden Türen zu, hinter denen sich zwei Kühlräume befanden. Bei der Besichtigung hatte Irmi nur den einen gesehen. Der andere sei zu, hatte Kluge gesagt, da reife Fleisch von Wagyu-Rindern, das es nicht vertrage, wenn die Tür aufgerissen werde. Butzke würde darin doch nicht etwa Bach reifen lassen? Der Mann sperrte den Raum auf, die schwere Tür bewegte sich zur Seite. Es war dunkel.

»Moment!«

Butzke tippte auf seinem Smartphone herum. Im nächsten Moment flammte grelles Licht auf. Geblendet kniffen Irmi und Weinzirl die Augen zu. In diesem Sekundenbruchteil riss Butzke eine Waffe heraus, packte Irmi und drückte ihr den Lauf an die Schläfe. Weinzirl zog seine

Dienstwaffe, brüllte irgendwas, doch Butzke stieß Irmi in den Raum.

»Sie auch!«, rief er und fuchtelte mit der Pistole herum.

Weinzirl machte ein paar Schritte in Irmis Richtung und gab einen Schuss auf Butzke ab. Fast gleichzeitig schlug eine weitere Kugel neben Weinzirl in die Wand des Kühlraums ein. Irmi sah Butzkes verblüffte Augen, sie sah das Blut, das aus seinem Oberschenkel trat. Dennoch stürmte er nach vorn und versetzte dem Kommissar einen Stoß, worauf die schwere Tür zuflog. Weinzirl war zu langsam, die Tür war schon zu. Er drosch auf die Wand ein.

»Verdammte Scheiße! Lassen wir uns von dem übertölpeln wie zwei Amateure!« Er fuhr herum. »Alles okay bei dir?«

»Die Kugel ging ja zum Glück in die Wand. Aber du hast ihn angeschossen«, sagte Irmi und wunderte sich, dass ihre Stimme so klar klang. So geschäftsmäßig.

»Ich hätte auf seinen Kopf zielen sollen!«

»In totem Zustand erfahren wir nichts von ihm«, entgegnete Irmi.

»So auch nicht!« Weinzirl rüttelte an der Tür.

Irmi zückte ihr Handy, doch sie hatte kein Netz. »Hast du Empfang?«, fragte sie.

»Mein Handy liegt im Auto«, knurrte Weinzirl.

Irmi schaltete ihr Handy aus und wieder ein. Statt ihrer PIN gab sie die 112 ein, doch die graue Theorie, dass ein Handy sich überall in eins der drei Netze einwählen könne, war eben nur Theorie. Sie lebten in Deutschland, wo Funklöcher größer waren als Meteoritenkrater. Sie lebten in Südbayern, wo die Netzabdeckung so löchrig war wie ein alter Socken. Und sie saßen in einem hermetisch abgeriegelten Raum.

Irmi sah sich um. Der Raum war ungefähr sechs Quadratmeter groß und hatte eine Deckenhöhe von etwas über zwei Metern. An der einen Längsseite stand eine Arbeitsplatte aus Edelstahl. Etwa zwanzig zusammengefaltete Pappkartons stapelten sich, und ein paar Fleischhaken verliehen der Szenerie eine düstere Atmosphäre. In der Luft lag ein leichter Geruch nach Schinken. Wie lange reichte eigentlich der Sauerstoff?, schoss es Irmi durch den Kopf. Sie setzte sich langsam auf den Boden. Ihr Blick blieb an einem Thermometer hängen. Sieben Grad. Auch nicht direkt kuschelig.

Weinzirl war neben sie gesunken. »Das hätte nicht passieren dürfen.«

»Lass uns lieber mal logisch überlegen. Weiß jemand, dass du hier bist?«, fragte Irmi.

Er schüttelte den Kopf. »Und bei dir?«

»Nein, Fridtjof ist auf einer Skitour.« Sie überlegte. »Dein Auto steht im Hof. Das fällt zumindest auf. Vielleicht kommt Onkel Heini vorbei, vielleicht wundert er sich. Er kennt alle Autos und Marken, und er ist neugierig, zumindest aufmerksam. Vielleicht ruft er die Polizei an.«

»Zu viele Vielleichts«, brummte Weinzirl.

»Das ist aber ein Hoffnungsschimmer«, meinte Irmi.

»Vorausgesetzt, das Auto steht dann noch da.«

»Was heißt das?«

»Der Schlüssel steckt.«

»Du willst mir jetzt nicht sagen, dass dein Auto ready to go im Hof steht? Mit deinem Handy drin?«

Weinzirl war wieder aufgesprungen und trat gegen die Tür. »Ich lasse immer den Schlüssel stecken. Wenn Butzke schlau ist, fährt er den Wagen sonst wohin. Wenn die uns irgendwo suchen und den Wagen finden, dann suchen die uns an der falschen Stelle. Wertvolle Zeit geht verloren. Verdammt!«

»Hör auf, gegen die Tür zu treten! Das bringt rein gar nichts. Die werden uns schon suchen!«

»Wer?«

»Fridtjof. Kathi. Wenn keiner von uns ans Handy geht, werden die uns suchen! Und finden.«

»Fragt sich nur, wann! Vielleicht ja erst, wenn wir mumifiziert im Schinkennebel liegen!«

»Du verstehst es wirklich, einen aufzubauen«, sagte Irmi leise.

»Entschuldige. Ich bin nur so wütend. Auf mich selber!«

»Du bist öfter auf dich selber wütend, oder?«

»Ja, weil ich nichts dazulerne. Und andere mit in den Untergang ziehe.«

Spielte er auf Kathi an?

»Das bringt doch jetzt nichts«, meinte Irmi. »Wie lange können wir hier aushalten? Was denkst du?«

»Ich war mal auf einer Fortbildung, bei der es um Panikräume ging. In dem Szenario sollte es dreißig Minuten dauern, bis die Sicherheitskräfte kamen. Wir haben gelernt, wie man den Sauerstoffverbrauch ausrechnet. Ein Erwachsener, der sich wenig bewegt, atmet durchschnittlich 8,5 Liter Luft pro Minute ein, aber nur etwa fünf Prozent Sauerstoff. Das ist ein Verbrauch von … Warte, gib mir mal dein Handy.« Irmi reichte es ihm, und er öffnete die Taschenrechner-App. »Das ist ein Pro-Kopf-Verbrauch von 0,425 Litern in der Minute. Der Raum hier hat ein Raumvolumen von schätzungsweise zwölf Kubikmetern, also 12 000 Litern.« Er tippte auf dem Rechner herum. »Bei 21 Prozent Sauerstoffanteil in der Luft enthält dieser Raum 2520 Liter Sauerstoff. Halten sich jetzt zwei Personen in dem Raum auf, haben wir einen Verbrauch von 0,85 Litern pro Minute. Rein mathematisch reichen die 2520 Liter Sauerstoff also für 2142 Minuten. Das sind ungefähr 36 Stunden. Allerdings atmen wir Kohlendioxid aus, was die ganze Rechnung torpediert. Ich schätze, nach rund 16 Stunden kommt es zu Kopfschmerzen oder Bewusstlosigkeit. Im Stehen zu atmen wäre besser, Kohlendioxid sinkt nämlich zu Boden.«

Irmi sah ihn an. »Gut, dann verrecken wir also nicht am Wassermangel, denn man kann ja wohl bis zu drei Tage ohne Wasser überleben. Schwitzen werden wir hier nicht. Und Henkershaken gibt es auch.«

Sie gab sich sarkastisch, aber tief in ihrem Inneren hatte sie Angst. Es ärgerte sie, dass sie immer so pragmatisch war. Sie hatte nie einen rosaroten Blick auf die Welt gehabt, war nie in der Lage gewesen, sich etwas schönzureden. Aber diese Situation war existenziell bedrohlich.

Weinzirl hatte begonnen, die Kartonagen zu einer Art Sitzkissen übereinanderzulegen. Das eine reichte er Irmi. »Setz dich da drauf.«

»An Blasenentzündung werde ich nicht sterben.«

»Wir sterben nicht. Es wird jemand kommen«, sagte Weinzirl entschieden. »So kannst du gleich mal probewohnen in deinem neuen Haus.« Er stutzte. »Okay, der

Witz war blöd. Du hättest dir diese Trutzburg eh nicht gekauft, oder?«

»Nein, viel zu kalt. Quod erat demonstrandum. Hier und im restlichen Haus.«

»Habt ihr euch eigentlich viele Häuser angesehen?«, fragte Weinzirl, und es war mehr als offensichtlich, dass er sie ablenken wollte, doch sie war ihm dankbar dafür.

»Gefühlt Hunderte!«, entgegnete Irmi. »Der theatralische Herr Kluge war immer noch der beste von den Maklern. Er hat wirklich Ahnung von baulichen Dingen, denn er ist auch Bausachverständiger und würde dir zumindest nicht einreden, dass faulige Balken, die das gesamte Erdgeschoss tragen, ganz leicht zu ersetzen wären. Und würde man ihn auf zentimeterdicke Risse im Mauerwerk hinweisen, dann würde er sicher nicht sagen: Also, das seh ich heute zum ersten Mal. Im Weitnauer Tal hatten wir mal so einen Fall, da lag im Keller dann auch jede Menge rosafarbenes Rattengift. Was die Maklerin für Katzenstreu hielt. Man fasst es nicht.«

»Das sind dann wohl die Hausfrauen mit dem Crashkurs«, meinte Weinzirl lächelnd.

»Die war eher Studentin im ersten Semester, sah aus wie vierzehn und hatte eine Piepsstimme wie eine Elfjährige. ›Aber hohe Decken, für ein Bauernhaus sooo hohe Decken‹«, imitierte Irmi den Tonfall der Maklerin. »Aber das Beste war der Teddybärenraum. Stell dir einen großen Hof vor, der ursprünglich mal eine Küche, eine Stube, ein Klo, ein Bad und darüber drei Schlafzimmer hatte. So – und dann baust du in den ehemaligen Ziegenstall fünf Wohnräume ein. Alle winzig klein, alle schäbig gemauert und mit Nut-und-Feder-Brettern verkleidet. Und in einem der Zimmer war dieser Teddybärenraum untergebracht. Das Maklerhasi hat die Tür aufgemacht und geflötet: ›Ist das nicht süüüß?‹ Auf einem alten Doppelbett mit dicken Decken und Brokatüberwurf saßen rund dreißig Teddys in gehäkelter Kleidung, die alle hin- und hergewippt sind. Ich habe etwas gebraucht, um zu begreifen, dass die wackligen Bodenbretter quasi eine Kettenreaktion in Gang gesetzt und die Teddys zum Wackeln gebracht hatten. Im Hintergrund lauter Möbel in naiver Bauernmalerei. Betonung auf naiv, weniger auf Malerei.«

Weinzirl lachte laut heraus. »Ich wünschte, ich wäre dabei gewesen.«

»Nein, das wünschst du dir nicht. Oben in der Tenne befanden sich weitere sechs Zimmerchen. Ohne Teddys. Aber mit Modergeruch. Apropos Geruch: Bei einer anderen Besichtigung hatte der Makler solch einen Mundgeruch, dass ich fast erbrochen hätte. Allerdings war das nichts gegen die Dame mit den Overknees.«

Weinzirl wartete gespannt.

»Das Haus lag in der Nähe von Steingaden, inseriert als ›zauberhafter Landsitz‹«, fuhr Irmi fort. »Um vierzehn Uhr waren wir mit der Maklerin dort verabredet. Wir waren auch pünktlich da. Vor Ort waren außer uns ein Ziegenbock, der Fridtjof als Erstes in die Kniekehle gefahren ist, und ein Hund, Rottweiler mal Bullterrier, den ich gottlob mit Raffis Leckerlis bestechen konnte. Um Viertel nach zwei: Auftritt Maklerin. Ein Siebener-BMW röhrte heran, es entstieg eine Frau Anfang sechzig, die auf vierzig geschminkt war, mit Breeches, Karosakko und Overknees.«

»Was sind Breeches? Ich bin in Modedingen nicht so firm«, meinte Weinzirl grinsend.

»Das sind diese Reithosen, die sich am Oberschenkel ausbeulen. Der Schnitt lenkt von Fetteinlagerungen ab. Jedenfalls kam keinerlei Entschuldigung von der Frau. Sie meinte, wir würden bei den Außenanlagen anfangen. Es gab eine Halle, die wirklich komplett zugemüllt war. Tüten, Blumenkübel, Möbelreste auf rund fünfhundert Quadratmetern. Fridtjof gab zu bedenken, dass die Dachabdeckung aus löchrigen Asbestplatten vermutlich schwer zu entsorgen sei. Darauf sie: ›Irgendwo in Polen kann man die schon abgeben.‹ Abgeben! Dann sind wir in einen Schuppen rein, in dem rund fünfzig Kaninchengefängnisse standen. Die Tiere in der Hälfte der Käfige kamen mir eher schon mumifiziert vor. In einem Gehege lag eine tote Taube. Die Maklerin: ›Ach, gestern hat die noch gelebt.‹ Dann reißt sie eine Türe auf und macht eine ausladende Handbewegung. ›Da können Sie raussehen.‹ Darauf Fridtjof: ›Auf diese alte Wiese?‹ Sie fährt herum: ›Wenn diese wunderbare Immobilie Sie nicht interessiert, dann sagen Sie es gleich!‹ Wir gelobten Besserung und wurden zur Tenne geführt, deren Westwand fehlte. ›Ach, diese Stürme immer‹, lautete der Kommentar der Maklerin. Als Nächstes besichtigten wir die Einliegerwohnung. Da konnte man die Pilze förmlich riechen. Die Wand war nass, weil sie eine Ytongwand vor die alte Holzwand gesetzt hatten, und im Wohnfeuchtraum hockte der Mieter vor einem Bullerofen. Ich glaub, der war auch schon mumifiziert. Anschließend sind wir runter in den Pferdestall, der erstaunlich gut aussah. Die Besitzer waren mit den Pferden gerade auf einem Turnier und deshalb nicht vor Ort. Verwunderlich, dass in so einer Bude überhaupt noch Menschen lebten! Der Reitplatz war ein einziges Feuchtbiotop, aber das seien doch alles Kleinigkeiten, meinte die Maklerin. Dann kam das eigentliche Haus! Ich bin wirklich nicht empfindlich, was Gerüche angeht, aber die Bude war definitiv schon seit Jahren von Katzen und Hunden zugepisst worden. Vor der Badewanne standen dann auch drei randvolle Katzenklos. Da gehst du als Katze definitiv nicht mehr rein! ›Ein, zwei kleinere Renovierungen – und schon haben Sie ein Schmuckstück!‹ Als wir wieder an der frischen Luft waren, nahm der schubsende Ziegenbock die Maklerin ins Visier. Die kippte um, wie ein Klappmesser. Fridtjof half ihr galant auf die Beine, aber von ihr kam kein Dankeschön. Nichts. Sie zog aus ihrer Tasche das Exposé mit den Worten: ›Wenn Sie die Immobilie nicht interessiert, brauchen Sie es nicht zu nehmen.‹«

»Ich glaube, ich geh auch mal besichtigen. Das klingt amüsant«, meinte Weinzirl. »Du solltest ein Buch schreiben: Meine zehn schönsten Immo-Erlebnisse.«

»Da fiele mir die Auswahl schwer, aber die Frau mit den Overknees wäre natürlich dabei. Das Anwesen sollte übrigens 999 000 kosten, ein Superschnäppchen, wie sie meinte. Das ist Wahnsinn, oder?«

»Tja, Angebot und Nachfrage. Wenn wir das Haus meiner Oma nicht vor fünfzehn Jahren, sondern heute verkauft hätten, dann hätte es statt vierhunderttausend locker das Doppelte gegeben. Wir werden im Alter in ein Niedrigpreisgebiet ziehen müssen. Wer nicht nach Rumänien oder Bulgarien will, muss eben eine Gegend in Deutschland nehmen, wo Wohnen günstiger ist.«

»Wohin denn?«, fragte Irmi.

»Nordhessen?«

»Ach, nö!«

»Ostharz?«

»Ich werde mein Leben auf gar keinen Fall in Sachsen-Anhalt aushauchen!«

»Dann Uckermark? Das wäre immerhin Brandenburg.«

Womöglich würde sie ihr Leben in einem Kühlraum am Auerberg aushauchen, dachte Irmi. Im gelobten Bayern. Sie würde nirgendwo mehr hinziehen. Nur noch in den Sarg. Hatte sie eigentlich festgelegt, dass sie verbrannt werden wollte? Sie hatte nie ein Testament geschrieben. Was hatte sie schon zu vererben? Ein altes Cabrio. Ein paar Möbelstücke. Einige Fleecepullover. Schuhe. Genau genommen dreizehn Paar, wenn man die Gummistiefel und die Schnittschutzstiefel dazurechnete, die noch in Schwaigen standen.

Außerdem hätte sie einen halben Hof zu vererben. Sie hatte mit Bernhard nie darüber gesprochen, dass ihr die Hälfte des Hofs gehörte. Und damit eine erkleckliche Summe. Wenn sie jetzt starb, war Zsofia fein raus. Nein, das war jetzt gemein. Es war schon komisch. In ihrem Beruf hatte sie so oft mit dem Tod zu tun, dass sie selten über ihren eigenen nachgedacht hatte. Wer würde sich überhaupt um alles kümmern? Bernhard? Der Hase? Eigentlich konnte ihr das auch egal sein, wenn sie tot war.

Weinzirl schien ihre Gedanken zu lesen. »Wir kommen hier raus. Und dann Gnade Butzke Gott!«

»Du hast ihn erwischt. Wahrscheinlich ist es ein Steckschuss. In jedem Fall muss Butzke zu einem Arzt.«

»Den wird er aber nicht offiziell aufsuchen. Stattdessen

macht er wieder irgendwas Irres. Ich hätte ahnen müssen, dass der Mann brandgefährlich ist. Und ich schwör dir: Wenn die Sache hier vorbei ist, erwisch ich den, irgendwo auf der Welt!«, knurrte Weinzirl. »Solche Typen kotzen mich an! Selbstgefällig. Und feige.«

»Heutzutage musst du nicht mal den Mut aufbringen, jemandem deine Gemeinheiten ins Gesicht zu sagen. Du schreibst halt was ins Internet.«

»Ja, genau, Hasskommentare in sozialen Netzwerken! Und deutsche Gerichte entscheiden dann, dass Beleidigungen wie ›Drecksfotze‹ oder ›Stück Scheiße‹ völlig in Ordnung sind, weil sie angeblich einen Sachbezug haben? Manchmal bin ich kurz davor, den Job hinzuschmeißen. Wir sind die Exekutive, die an der laschen Legislative scheitert. Nimm doch unseren Kollegen Marotzke damals. Der musste den Kopf hinhalten, während ein Sack wie Butzke geschützt wurde. Das läuft in diesem Land doch seit Jahrzehnten falsch! Stattdessen begeben wir uns auf Nebenkriegsschauplätze und betreiben lustige Sprachspiele. Es gibt keine Berater und Beraterinnen mehr, sondern nur noch geschlechtsneutrale Beratende. Die Renaissance des Partizip Präsens. Wie wäre das beim Haflinger? Haflinger, Haflingerin, Haflingernde?«

Irmi schmunzelte. Sie war dankbar, dass Weinzirl die Zeit überbrückte und für Ablenkung sorgte. Ihr war natürlich klar, dass er genau das bezweckte. Nach dem ersten Wutanfall hatte er sich auf seine Rolle als Ritter besonnen. Und Irmi war froh, nicht allein zu sein.

»Magst du meine Jacke haben?«, fragte er.

»Nein, solange die Temperatur auf konstant sieben Grad

bleibt, geht es noch. Ich hatte schon befürchtet, Butzke dreht sie noch weiter runter.«

»Und leider ist kein Fleisch im Raum. Erinnerst du dich noch an die Serie *Ein Mountie in Chicago*?«, fragte Weinzirl.

»Wo sie sich mit den Rinderhälften zudecken? Klar, legendär. Ich wollte auch immer einen Wolfshund wie Diefenbaker haben.«

»Du hast einen Spitz und ich einen Wolfshund«, sagte Weinzirl. »Und ich hoffe …«

»Du wirst ihn wiedersehen!«, sagte Irmi entschieden.

»Für eine so große Rasse ist er uralt. Längst überstandig. Manchmal, wenn er ganz flach daliegt, durchzuckt es mich. Jetzt ist er tot, denk ich. Dann zuckt ein Ohr. Und ich jubiliere innerlich. Gleichzeitig spüre ich, wie die Einschläge immer näher kommen. Er ist eben ein Hund. Nur ein Hund.«

Irmi lächelte ihn an. »Er ist ein Hund. Völlig richtig. Und man darf einen Hund so lieben, dass es immer wieder jählings schmerzt, wenn man Angst um ihn hat. Weil er krank ist oder verletzt. Als meine Wally starb, war ich wochenlang müde, flattrig, abwesend. Nach außen war ich dieselbe wie immer, aber nach innen so mürbe, dass mich jedes Lüftchen umgeblasen hat. Erst nach ein, zwei Jahren habe ich begriffen, dass sie ein Geschenk war und ein paar Jahre mein Leben bereichert hat. Mit ihrer Weisheit und Würde.«

Tränen traten in Irmis Augen. Weinzirl sah weg. Sie schwiegen lange, bis er sagte: »Du machst viele Dinge lieber mit dir selber aus. Ich lass mir auch nie in die Karten schauen. Ich verschließe wohl eher zu viel in mir.«

»Na ja.« Irmi grinste. »Das mit Kathi …«

»Das weißt du?«

»War ja nicht zu übersehen.« Sie gab sich einen Ruck. »Kathi hat mir erzählt, dass ihr miteinander geschlafen habt, aber natürlich keine Details.«

»Ich … ach, verdammt!« Weinzirl sah auf seine Armbanduhr. »Es ist eins. Wir sind seit vier Stunden hier drin. Und es kommt mir jetzt schon vor wie eine bleierne Ewigkeit.«

Ja, es gab diese Stunden, die heiter verflogen in einem Sommerlüftchen. Es gab diejenigen, die vom kalten Ostwind schnell und schroff davongetragen wurden, und es gab Stunden, die krochen dahin. Stunden, die ein Vielfaches länger waren als objektive sechzig Minuten.

»Die langen Stunden«, sagte Irmi leise.

Weinzirl sah sie überrascht an. »Ich kannte mal eine Frau, die von den langen Jahren gesprochen hat und meinte, das sei ein schöner Buchtitel. Die langen Jahre. In denen kann man alles an Verbitterung erwerben, wozu man sonst ein Lebensalter gebraucht hätte.«

»Das klingt aber sehr desillusioniert«, bemerkte Irmi vorsichtig.

»Nein, sie war nicht desillusioniert. Sie hat immer noch ans Gute im Menschen geglaubt.«

Irmi spürte, dass er nicht weiterreden wollte.

Er nestelte an seiner Jacke herum. »Ich habe kein Handy dabei, aber einen MP3-Player. Blöd, oder?«

»Eher ziemlich oldschool in Zeiten von Spotify und Co.«

»Richtig oldschool wäre ein Kassettenrekorder! Mein MP3-Player hat sogar einen Lautsprecher.«

»Dann los. Musik beruhigt.«

»Ich höre aber ziemlich komische Sachen«, warnte Weinzirl.

»Solange es keine Ballermann-Songs sind oder Helene Fischer, ist es völlig okay. Nur wenn ich jetzt den Wendler hören muss, sterb ich lieber gleich.«

»Nein, keine Angst.« Er betätigte eine Taste, und schon waren sie mitten in einem Lied. »*She's learning her lines from glossy magazines. Stringing all her pearls from her childhood dreams. Auditioning for the leading role on the silver screen. Patience my tinsel angel. Patience my perfumed child. One day they really love you. You'll charm them with that smile. But for now it's just another Chelsea Monday.*«

»Marillion?«, fragte Irmi in die Musik hinein. Sie musste husten. Es war trocken hier drin. Am mangelnden Sauerstoff werden wir sterben, nicht am fehlenden Wasser, flüsterten kleine Teufelchen. Weinzirl stoppte die kleine Maschine.

»Du kennst es?«

»Ein Montag in Chelsea. Das Mädchen, das davon träumt, irgendwann eine berühmte Schauspielerin zu werden. Aber sie wird tot im Fluss gefunden. Wieder nur ein unbedeutender Montag in Chelsea? Traurig, das Stück. Ich weiß noch genau, wie ich Fish zum ersten Mal gehört und gesehen habe. Diese ausufernden Texte, diese großen Gesten. Ganz anders als ich! Aber er hat etwas tief in mir berührt.«

Weinzirl drückte wieder auf Start. Weitere Stücke durchdrangen Irmis Seele, obwohl die Tonqualität nicht gerade orchestral war. *Well, I lost all I was. And it's more than I tried to be*. Sätze wie dünnes Porzellan, ebenso zerbrechlich. *Always standing here with you*. Wuchtige Klänge, dann wieder Pianotöne, Wehmutsmusik.

Bring back the good old days, sang der Mann mit der hohen Stimme. Und ja, sie wünschte sich zurück in Zeiten, die definitiv besser gewesen waren als ihre jetzige Situation. Alles wäre momentan besser.

»Alles Songs von Pavlov's Dog. *Did You See Him Cry* ist das vielleicht schönste Lied, das ich je gehört habe«, sagte Weinzirl leise.

»Ach, deshalb das T-Shirt mit dem Hund?«, fragte Irmi.

»Ja, die spielen bis heute in kleinen Clubs. Ich geh da immer hin. Das T-Shirt ist von 2018.«

Hörte man aus Liedtexten nicht immer etwas heraus, was man persönlich hören wollte? Was zur Stimmung passte? Waren Lieder nicht Balsam, weil man nicht allein war mit seinem Liebeskummer? Denn da gab es ja noch jemanden mit Weltschmerz. Mit Fridtjof hatte sie mal über das Wort Weltschmerz philosophiert. Fridtjof! Es durfte doch nicht vorbei sein, bevor es richtig angefangen hatte.

Sie sah Weinzirl an. »Jessi Köglmeier hat Bob Seger zitiert und mich mit diesen wenigen Zeilen mehr berührt, als sie es mit einer langen Erklärung getan hätte.« Irmi musste wieder husten und schluckte schwer.

Weinzirl warf ihr einen besorgten Seitenblick zu. »Ich glaube, es ist schön, wenn man Bücher schreiben kann, ich lese aber nur sehr selten. Aber ist es nicht viel größer, wenn zu den Worten Musik kommt?«

»Ich weiß nicht. Ja, wahrscheinlich. Ich hab wie alle jungen Mädchen Gedichte gelesen. ›Denn mir erschien die

Ruh im Traum, da stand sie wie ein Mensch im Raum, aus ihrem Herzen blickten jäh ein Tiger und ein zahmes Reh.‹«

»Wir Menschen sind eben beides zugleich, ein Tiger und ein Reh. Allerdings sollten wir wissen, wie wir das eine und das andere richtig dosieren«, sagte Weinzirl überraschenderweise. »Wer hat das geschrieben?«

»Attila Jozsef, ein Ungar.«

»Bist du durch deine Freundin Eszter darauf gekommen?«

»Ja, ich wollte ihr Land verstehen. Auch diese oft gar nicht greifbare Melancholie. Und die Doppeldeutigkeit in den Dingen.« Irmi hustete wieder.

»Geht's einigermaßen?«

Sie nickte. »Normalerweise trinke ich ziemlich viel Wasser. Soll man ja als ältere Lady. Wegen der Falten und des Bindegewebes.«

Der Raum kam Irmi immer kleiner vor. Begann sie etwa schon zu halluzinieren?

Weinzirls Musik lief weiter. Einiges erkannte sie. Mehr Marillion in all seiner theatralischen Wucht. Pink Floyd, Alan Parsons. Das Edgar-Allan-Poe-Album. Die suggestive Stimme von Orson Welles, von der sie Gänsehaut bekam. *I am absorbed with a delicate thought.* Englisch konnte in kurzen Sätzen weit mehr als Deutsch. Welles sprach von Musik, die Poesie war. Mehr Alan Parsons. *As the final curtain falls before my eyes. Oh when I'm old and wise.*

Er kam jäh und eruptiv. Der Schrei. »Es darf jetzt nicht vorbei sein! Nicht jetzt! Ich bin doch gar nicht so alt und auch nicht weise genug.« Eine Woge aus Tränen überflutete all ihre Gedanken.

Irmi weinte fast nie. Ab und zu verdrückte sie sich ein paar Tränen, die sie der zunehmenden emotionalen Fragilität seit der Menopause zuschrieb. Doch diese Flut wurde von Tränen genährt, die sie sich nie zugestanden hatte. Weinzirls Satz von vorhin hallte in ihr nach. Auch ich verschließe immer zu viel in mir, dachte sie. Es dauerte lange, bis sie sich ein wenig beruhigt hatte.

»Und jetzt verlier ich auch noch so viel Wasser«, schniefte sie. »Ganz schlecht.« Sie hustete.

»Sie werden kommen«, sagte Weinzirl. »Ganz sicher.«

»Wer? Und was, wenn nicht?«

Sie hatte schon einmal in einem Verlies gegessen, zusammen mit einem Tierschädel und ein paar blutigen Messern. Keine Sekunde hatte sie an ihrer Befreiung gezweifelt. Aber jetzt wechselten sich Ebbe und Flut in ihrem Inneren immer schneller ab. Die sechzehn Stunden, für die der Sauerstoff reichen würde, waren reine Theorie. Natürlich würde Kathi suchen, allein schon deshalb, weil sie wissen wollte, was Irmi gestern bei Jessi Köglmeier erfahren hatte. Aber wann?

Von irgendwoher machten sich erneut Tränen auf. Irmi sank an Gerhard Weinzirls Schulter, und er streichelte etwas linkisch ihre Hand. Eine neue Hustenwelle kam.

»Irmi, du bist eiskalt. Setz dich wenigstens auf den Tisch. Komm!« Er zog sie hoch, nahm die Pappe vom Boden und drapierte sie auf dem Stahltisch.

»Ich … es … ich müsste …«

Er verstand. Hantierte mit den restlichen Kartonagen herum. »So, das müsste jetzt gehen.«

Wenn irgendwer sie später einmal hier in einem wie auch

immer gearteten Leichenstadium finden würde, würden sie neben zwei Toten den stümperhaften Versuch entdecken, so etwas wie eine Klointimität hinter Pappe zu schaffen.

»Danke«, sagte Irmi. Darin lag mehr als Dankbarkeit. Es war tiefe Verwundbarkeit.

Inzwischen war es nach sechs. Irmi war wohl auf der Pappliege eingedöst. Sie erwachte von einem weiteren Hustenanfall. Von irgendwoher nahm sie Geräusche wahr. Wie das Adrenalin der Hoffnung einschoss!

»Draußen gewittert es. Der Regen peitscht. Das glaube ich zumindest. Jedenfalls ist es nicht die Kavallerie«, meinte Weinzirl.

Noch ein Lied kam von irgendwoher. *Hejo, spann den Wagen an, denn der Wind treibt Regen übers Land …*

»Irmi?«

»Ich beginne verrückt zu werden. Mir fallen komische Sachen ein. Du redest vom Regen, und ich höre: Denn der Wind treibt Regen übers Land.«

»Ein Kanon. Kenne ich aus der Schule. Ich fand ihn schon damals selten blöd! Wer hat den Wagen angespannt? Heinrich?«

Irmi musste lachen. »Nein, Hejo.«

»Stimmt, der alte Hejo. Und wie ging das Lied weiter?«

»Hejo, spann den Wagen an, denn der Wind treibt Regen übers Land. Hol die goldnen Garben, hol die goldnen Garben. Glaub ich zumindest.«

»Garben! Genau! Und das sollst du als Allgäuer Bua singen! Garben!«

Weinzirl sah schlecht aus. Grau. Fahl. Zerknittert.

»Ich als Werdenfelser Madel …«, setzte Irmi gerade an,

doch im selben Moment wurde es dunkel. Zappenduster. Sie schaltete die Taschenlampe am Handy ein. Lichtschlieren taumelten über die Wände des Verlieses.

»Der Strom scheint ausgefallen zu sein«, sagte Weinzirl. »Das Gewitter. Mach besser das Licht aus. Womöglich brauchen wir den Akku noch.«

»Soll ich etwa einen Abschiedsbrief ins Memo schreiben?«, stieß Irmi aus. Sie merkte, wie ihre sonstige Beherrschung entgleiste. Aber das war jetzt auch egal.

Es war nicht fair. Sie wollte mit Fridtjof nur noch ein paar gute Jahre erleben. Der Gedanke klang in ihr nach. Genau darum ging es. Um nichts mehr und nichts weniger. Sie schniefte.

»Der Herr Hase weiß, dass du ihn liebst. Er wird kommen«, sagte Weinzirl nach einer langen Weile aus dem Dunkel heraus.

»Ich, ich … bin nicht so gut drin, meine Gefühle zu äußern.«

»Ich auch nicht.«

Irmi lächelte in die Dunkelheit. »Hast du … also, hast du jemals eine Frau wirklich geliebt? Entschuldige, das ist vielleicht zu privat?«

»Nein. Und ja, das hab ich. Und ich wusste es. Weißt du, da gibt es Jo. Johanna. Wir kennen uns aus den Kemptner Cliquen. Von zugekifften Sonntagen mit Pavlov's Dog. Wir waren Freunde fürs Leben. Sind es noch immer. Es gab lange Pausen, in denen wir uns nicht gesehen haben, aber das war nie ein Problem. Es ging immer um Körperkontakt, mal mehr, mal weniger. Auch um Sex. Immer mal wieder. Und da waren regelmäßig die Bekenntnisse, dass uns das nicht guttut. Wir waren immer sehr zuverlässig darin, inkonsequent zu sein. Irgendwann haben wir uns geschworen, dass wir heiraten, wenn wir über fünfzig sind und keinen Partner gefunden haben. Mittlerweile sind wir über die Schwelle drüber und immer noch Single.« Eine Pause folgte. »Jo war immer da. Immer großzügig. Immer blitzgescheit. Immer wahnsinnig nervig. Aber sie war eben da. Genau genommen brauchte ich keine Freundin, keine Partnerin, ich hatte ja Jo. Friends with benefits.«

»Aber man sagt dir nach, du hättest einen ziemlichen Frauenverschleiß gehabt. Sorry, wieder zu privat.«

»Sagt man? In Polizeikreisen?« Irmi wusste, dass Weinzirl gerade lächelte. »Ja, das stimmt. Und ich hab die Frauen immer da getroffen, wo es am schlechtesten war: bei der Arbeit. Kassandra, ironischerweise heute Jos beste Freundin, und Wilhelmine, eine schöne Rumänin – beide bei irgendwelchen Ermittlungen. Und da sind noch ein paar mehr. Ich hab sie immer mit Jo verglichen, bis … bis …«

»Bis?«

»Bis Miri kam. Sie war wie Jo, nur ohne Vorgeschichte. Nicht so ätherisch wie Kassandra. Nicht so klar wie Wilhelmine. Ungeschminkt so schön, dass ich beim ersten Blick auf ein Foto von ihr nur wie ein Trottel immer weiter draufstarren konnte. Als ich sie zum ersten Mal traf, barfuß, Pflanzenerde an den Händen, hätte ich ihr sofort einen Heiratsantrag machen können.«

»Das klingt schön.«

»Es gab einen papierdünnen Abstand zwischen uns, der nur ein Gespräch lang aufrechtzuerhalten war. Es hat geregnet, stark geregnet. Ich hatte davor bestimmt schon mal wilderen Sex und mehr Akrobatik und mehr Drogen und Alkohol, aber nie wieder eine solche Nähe. Klingt das blöd?«

»Nein, aber was ist aus ihr geworden? Aus den Seelen im Gleichklang?«

»Sie ist tot. Sie starb am Tag nach dieser Nacht. Angeblich war es Selbstmord. In Wahrheit wurde sie umgebracht. Ich musste mir Sätze anhören wie: Glaubst du, sie hätte sich nicht umgebracht, weil du mit ihr geschlafen hast? Weil du so toll warst, dass sich eine Frau danach nicht umbringt?« Er stutzte. »Ich weiß noch, dass Jo gesagt hat, ich hätte so viele interessante Frauen aus Fleisch und Blut vor den Kopf gestoßen und bildete mir jetzt ein, eine Tote zu lieben. Damals war das zu viel für mich. Ich habe alles weggeschoben. Wenn nur das Herz etwas zu sagen hat, dann war Miri meine einzige echte Liebe. Miriam war übrigens Baiers Nichte.«

»Sie war die Frau, die von den langen Jahren gesprochen hat?«

»Ja. Sie hatte lange, schlechte Jahre hinter sich. Sie hat mich aufgerüttelt und irritiert mit ihren Sätzen. Und ja, verdammt! Wir hätten auch noch ein paar gute Jahre haben sollen. Wer weiß, was dann aus mir geworden wäre? Zumindest nicht dieser brummige Zyniker. Vielleicht hätte ich wirklich noch Architektur studiert, ein Altherrenstudium.«

Irmi war sich dessen bewusst, dass der Kollege ihr einen exklusiven Einblick in seine Seele gewährt hatte. Ging er inzwischen davon aus, dass sie sterben würden? War das seine Lebensbeichte gewesen?

»Wie spät ist es?«, wollte sie wissen.

»Gleich sieben«, sagte er. »Feierabend. Noch nie ist mir ein Weißbier verlockender erschienen.«

»Mit Kathi?«

»Kathi.«

Der Name verhallte.

»Sie ist auch keine Miri, oder?«

»Ach, das muss sie doch gar nicht! All die Stunden, die ich hier sitze, denk ich an sie. Sie muss nicht Miri sein. Und auch nicht Jo. Sie ist großartig. Wild. Frech. Jung. Viel zu jung für mich. Unabhängig. Und sehr schön.« Er seufzte.

»Das klingt …«

»… als wäre ich ein verliebter Zehntklässler. Ich könnte sie fragen, ob sie mit mir gehen will, wenn wir wieder draußen sind. Soll ich?«

Draußen! Draußen war so nahe und so fern zugleich. Sie musste Fridtjof sagen, dass sie ihn mochte, bewunderte, liebte, dass er sie zu Tränen rührte. Vieles, was ihr gestern noch abwegig erschienen war, begann an einer Hafenmole zu ankern. Vielleicht wäre Kathi gar keine so schlechte Partnerin für Weinzirl.

»Ja, denn ich glaube, du hast sie erschüttert in ihrer Festung«, sagte Irmi leise und ignorierte seinen ironischen Tonfall.

»Warum sind wir alle nur so beziehungsgestört?«, fragte er. Und hustete wüster, als Irmi es getan hatte.

In ihrem Beruf waren sie mehr mit den Kollegen zusammen als mit ihrer Familie. Sie stießen bei ihrer Arbeit auf gescheiterte Existenzen, stocherten in menschlichen Hinterlassenschaften herum. Nicht immer hatten sie dabei

Gummihandschuhe an, genau genommen in den seltensten Fällen. Vielleicht waren Liebesbeziehungen für sie deshalb besonders kompliziert?

»Setz dich bitte zu mir auf den Tisch!« Irmi schaltete wieder die Handytaschenlampe an. »Los!«

Dann saßen sie nebeneinander auf dem Tisch.

»Wie im Bus«, sagte Weinzirl.

»Der Bus zur Hölle.«

»Irmi, versteh mich jetzt nicht falsch. Wir kommen hier raus. Aber wenn ich mich entscheiden müsste, mit wem ich gemeinsam sterben soll, bist du meine erste Wahl.«

Irmi lachte, immer lauter. Es war wohl Hysterie. Und dem Husten nicht zuträglich. Dann wurde es wieder still. Draußen und in ihr.

»Ich fand dich früher ziemlich merkwürdig, Gerhard, oft auch sehr unfreundlich. Büffelhaft. Aber ich bin unendlich froh, dass du da bist.«

»Ich fand mich auch merkwürdig. Ich bin ja auch merkwürdig. Du hingegen bist großartig. Irmi, wir kommen hier raus.«

Und wenn nicht, dann war es eben so. Was nutzte der Kampf? Es gab nichts zu kämpfen. Sie konnte an die Wand trommeln, Butzke verfluchen, Gott verfluchen. Oder es bleiben lassen.

»Danke, Gerhard.«

»Irmi? Irmi!«

Als die Tür um zehn nach acht abends aufging, war Irmi bewusstlos. Sie hatte den Kopf auf Weinzirls Schoß gebettet und bekam kaum etwas mit von dem, was dann passierte. Dass zwei Rettungswagen den Berg hinaufheulten. Dass der Notarzt in der Situation richtig reagierte und dass sie nach Schongau brausten.

Irmi glaubte sich zu erinnern, rücklings in einem Auto gelegen zu haben. Und sie musste schlafen. Einfach nur schlafen. Es war nun alles in Ordnung. Sie träumte. Dass es gut war, mit Weinzirl zu sterben. Sie lagen beide auf einem blütenweißen Kissen in einem lackschwarzen Doppelsarg. Kathi sah aus wie eine Witwe in einem Mafiafilm. Mit einem schwarzen Spitzenschleier vor dem Gesicht. Und der Hase fuhr unentwegt mit einem uralten Fahrrad um das Grab herum. Immer im Kreis und immer schneller. Raffi buddelte währenddessen Blumen aus dem Nachbargrab aus. Das ging doch nicht!

8

»Raffi, das darfst du nicht!«

»Sie ist wieder da«, hörte sie jemanden sagen.

Sie blinzelte. Es war unangenehm hell. Die Bettdecke war blütenweiß, und in ihrem Handrücken steckte eine Nadel. Und da war Kathi. In einem ganz normalen Sweatshirt. Keine schwarze Spitze umwölkte ihr Gesicht.

»Sie ist wieder da! Hallo, Irmi.«

»Moment!«

Das kam von einem Mann, ebenfalls blütenweiß. Er leuchtete ihr in die Augen. Stellte Fragen.

»Wie heißen Sie?«

»Irmi Mangold.«

»Wie fühlen Sie sich?«

»Gut, glaub ich.«

»Sehen Sie irgendwie Schlieren?«

»Nein.«

»Was ist heute für ein Tag?«

»Das weiß ich ehrlich gesagt nicht.«

»Wie alt sind Sie?«

»Na, das fragt man eine Dame aber nicht!«

Ein Lachen ertönte, das war Fridtjofs Stimme.

»Ich würde mich gern hinsetzen«, sagte sie.

»Bitte schön.« Der Weißkittel gab ihr eine Fernbedienung in die Hand.

Irmi drückte, und allmählich geriet sie in eine sitzende

Position. Und sah in die Augen von Kathi und dem Hasen.

»Wo ist der Weinzirl?«

»Kommt gleich. Die machen noch ein paar Checks mit ihm.«

Im nächsten Moment ging die Tür auf. Gerhard Weinzirl.

»Hallo, Irmi. Können wir den Wagen wieder anspannen?«

»Bloß, wenn du den alten Hejo erreichst. Den Bruder vom Heinrich.«

»Scheiße, die haben doch was wegbehalten!«, bemerkte Kathi.

»Entschuldigung«, sagte Weinzirl in Fridtjofs Richtung. Und dann küsste er Irmi auf die Wange. »Ich bin froh, dass du wieder da bist!«

»War ich lange weg?«

»Na ja, die Kavallerie kam dann doch noch. Wir waren um kurz nach neun Uhr im Krankenhaus.«

»Und wie spät ist es jetzt?«

»Etwa vierundzwanzig Stunden später.«

»Was?«

»Du warst ein bisschen on and off. Bewusstlos, dann wieder da, dann wieder bewusstlos«, berichtete der Hase.

»Aber wer …? Und wie …?«

»Die Kavallerie kam quasi aus zwei Richtungen«, erklärte Fridtjof und lächelte Kathi an. »Frau Reindl hatte am Samstagmittag ein schlechtes Gefühl. Oder sie war einfach nur sehr neugierig.«

Ein »Pfft« kam von Kathi.

»Wir haben uns im Büro getroffen und das Handy von Herrn Weinzirl geortet«, fuhr er fort. »Der Bus stand am Urisee.«

»Warum am Urisee?«

»Das wissen wir auch noch nicht«, meinte der Hase. »Im Bus lag jedenfalls ein toter Mann. Mit einem Steckschuss im Oberschenkel. Und einem weiteren im Kopf. Außerdem haben wir im Bulli das Handy von Herrn Weinzirl gefunden.«

»Und wer war der Tote?«

»Siegfried Butzke – oder Max Bach, als den ich ihn kenne«, sagte der Hase. »Das eine Geschoss wurde aus einer Polizeiwaffe abgefeuert.«

»Das war meine«, warf Weinzirl ein.

»Wir haben gefolgert, dass ihr im Haus von Butzke sein könntet, was uns beide natürlich in Besorgnis versetzt hat. Gerade als wir losgefahren waren, kam ein Anruf, dass am Auerberg zwei Menschen gefunden worden seien. Eingeschlossen in einen Kühlraum. Frau Reindl ist in einer unüberbietbaren Zeit dorthin geflogen. Zwei Rettungswagen standen schon vor dem Hof.«

»Ihr wart da? Ich hab gar nichts mitbekommen!«

»Nein, du warst etwas, na ja, weggetreten. Unterkühlt, dehydriert.«

»Und du?« Irmi sah Weinzirl an.

»Ich habe Wache gehalten. Ich hätte allerdings auch nicht mehr lange meine Sinne beieinandergehabt.«

»Bin ich so wenig robust?«, fragte Irmi.

»Ihr hattet zu wenig Atemluft. Du hast sicher in der Frühe nichts getrunken.«

»Doch, einen Cappuccino. Und Weinzirl hat ja berechnet, dass der Sauerstoff sechzehn Stunden reicht.«

»Theoretisch. Dabei hat der Herr Weinzirl allerdings das Raumvolumen überschätzt. Es war knapp. Eher knapper«, entgegnete der Hase.

Irmi betrachtete die Infusion, die tropfenweise in sie hineingelangte. Dann sah sie die drei an, die vor ihr standen. Scheißknapp war es gewesen. Schließlich blieb sie an Weinzirls Augen hängen. Sie waren nun Kriegskameraden. Nichts von dem, was sie da im Schützengraben gesprochen hatten, würde hinausdringen in die Welt. Irmi wusste: Es hätte niemanden gegeben, mit dem sie hätte würdevoller sterben können. Und da war ein ganz kleines Zwinkern in Weinzirls Augen.

»Und was heißt aus zwei Richtungen?«, erkundigte sich Irmi.

»Was ihr da unten nicht mitbekommen habt, war, dass wieder Wind aufkam. Ein paar Bäume, die vom letzten großen Sturm schon angeknackst waren, fielen auf die Stromleitungen. Und das smarte Home von Herrn Butzke oder Bach hat an einen Servicetechniker gemeldet, dass der Strom weg sei. Damit sind natürlich auch die Wärmepumpe und die Kühlung ausgefallen. Der Mann konnte Butzke-Bach nicht erreichen, weil der zu dem Zeitpunkt schon tot war. Also ist er losgefahren, um vor Ort nach dem Rechten zu sehen. Er hat einen Schlüssel zum Haus und kann das smarte Home reseten. Als er die Kühlräume in Augenschein nahm, hat er euch gefunden.«

»Und dann kamen alsbald die Rettungswagen«, erklärte Weinzirl lächelnd. »Und keine Sorge, Irmi, ich war auch nicht besonders heldenhaft. Gleich im Krankenhaus bin ich zusammengeklappt und war auch stationär untergebracht. Erst vorhin haben sie mich zu dir gelassen. Ich werde aber auch bis morgen bleiben. Und dann werden wir beide hier triumphal hinausreiten.«

»Während ihr hier lasch rumlagt, haben wir einiges in Erfahrung gebracht«, mischte sich Kathi ein. »Wie Weinzirl vorhin schon gesagt hat, stammt die Kugel im Oberschenkel des Mannes aus seiner Dienstwaffe. Die zweite Kugel in Butzkes Kopf ist vom selben Kaliber wie die bei der Drohnenattacke. Die Kugel im Kühlraum stammt von einer Stetschkin APB, die wohl Butzke gehört hat. Wir denken, der Ablauf wird so gewesen sein: Butzke schließt euch ein, nimmt den Bus, findet gottlob das Handy nicht, will den Bus vielleicht verstecken oder versenken oder was auch immer. Doch er wird von seinem Mörder verfolgt und getötet.«

Sie wandte sich an Irmi.

»Von Herrn Hase und von deinem Mitkellerkind habe ich nur Bruchstücke aus deinem Gespräch mit Jessi Köglmeier gehört. Wenn es für dich zu anstrengend ist, ausführlicher zu berichten, könntest du mir wenigstens eine Kurzform liefern? So ganz kriege ich das alles noch nicht klar!«

Und Irmi erzählte.

»Scheiße!«, meinte Kathi schließlich. »Das hört sich alles nach Köglmeier und Marotzke an, die offenbar noch mal nachlegen mussten. Wenn die das waren, dann haben die vielleicht sogar mitgekriegt, dass ihr im Haus seid. Und hätten euch verrecken lassen!«

»Na ja, bei zwei Morden wären die beiden Kollateralschäden im Keller auch nicht weiter ins Gewicht gefallen«, warf Irmi leise ein. »Und wir wissen ja auch noch nicht, wo sie Butzke letztlich gestellt haben.«

»Deren Mission war es, Butzke zu töten. Und nur das!«

»Du glaubst, sie waren es?«

»Zumindest einer von beiden. Wenn Marotzke nachweislich Richtung Berlin unterwegs gewesen ist, dann war es vielleicht Köglmeier allein. Wir müssen wissen, wie lange sein Shooting gedauert hat. Von Garmisch an den Urisee braucht man nicht lange.«

»Heute müssen wir gar nichts. Du musst schlafen. Und morgen genießt du noch ein leckeres Krankenhausfrühstück, bevor ich dich gegen elf Uhr abhole«, sagte der Hase.

»Genau!«, meinte Kathi. »Ich hatte eine Scheißangst um dich. Ich will nur dich als Kollegin! Wenn der dich in solche Gefahr bringt, bist du mit mir besser beraten!«

Weinzirl sah zerknirscht aus. »Es war ein Totalversagen meinerseits«, räumte er ein.

»Trotzdem wäre es auch um dich schade gewesen«, sagte Kathi. Dann ging sie zusammen mit Weinzirl hinaus.

Irmi sah den Hasen an.

»Kathi hatte eine Scheißangst«, berichtete er. »Mehr als das.«

Auch Fridtjof und Kathi hatten einen Schützengraben geteilt. Das wusste Irmi. Und Fridtjof war diskret genug, genau das nicht zu erzählen.

»Fridtjof, wir … ich …«

»Du schläfst jetzt. Da hast du wirklich Glück, dass die dich morgen wieder gehen lassen. Deine Werte sind gut, du hast keinen Schaden genommen.«

»Unkraut vergeht nicht?«

»Es gibt kein Unkraut. Nur Beikräuter. Außerdem ist deine Resilienz gut.«

»Aha.« Irmi lächelte.

»Es geht nicht darum, sich nicht berühren zu lassen. Aber Menschen wie du können selbst in belastenden Situationen glauben, sie könnten doch noch etwas ins Positive verkehren. Ich kann das nicht.«

Irmi sprach zu ihrer Bettdecke. »Es gab den Moment, als ich sicher war, dass es nun vorbei ist. Und irgendwie war das auch in Ordnung. Ich hatte ein gutes Leben. Ich hab dich noch getroffen.«

»So leicht kommst du nicht aus der Nummer raus.« Fridtjofs Stimme brach, und nun war es Irmi, die nicht aufsah. Die Tränen wären ihm vielleicht peinlich gewesen.

Bevor er ging, gab er ihr einen federleichten Kuss auf die Stirn. Hatte er recht? Neigte sie trotz aller Tiefen am Ende doch dazu, an einen positiven Lauf der Dinge zu glauben?

Am nächsten Tag dauerte es eine Weile, bis sie die Entlassungspapiere beisammenhatten. Es war halb zwölf, als Irmi ins Auto sank. Dankbar. Leise. Innerlich und äußerlich. Ein paar Tränen traten ihr in die Augen und einige mehr, als Raffi sie begrüßte, als wäre sie ein Jahr weg gewesen.

»Gut, dann fahr ich jetzt los. Nach Garmisch oder Weilheim?«

Der Hase legte seine Hand auf Irmis. »Vorher bekommst du noch einen Latte macchiato und ein Glas Wasser dazu. Wir wissen ja jetzt, dass du zu wenig trinkst.« Er lächelte.

»Dann fährst du nach Garmisch. Der Weinzirl ist schon dort.«

Keine Einwände. Kein Versuch, sie vom Arbeiten abzuhalten. Der Hase war da. Ebenso leise. Und Irmi wusste, dass ihr nie wieder etwas passieren konnte. Diese schützende Hand würde nicht zurückgezogen werden. Unter keinen Umständen. Das hatte sie noch nie gespürt, und es erschütterte sie. Zu mehr als einem »Danke« reichte es aber nicht.

In Garmisch saßen Andrea, Sepp, Sailer, Kathi und Weinzirl zusammen.

»Super, dass Sie wieder do san«, meinte Sailer. Sepp nickte.

»Find ich auch. Was habt ihr unternommen?«

»Zum einen haben wir das Shooting von Köglmeier analysiert. Ihr wisst ja, dass meine Cousine in der Touristinfo von Garmisch-Partenkirchen arbeitet. Es begann mit einem Briefing am Donnerstagnachmittag. Am Freitag haben die ganztags geshootet, und am Samstag gab es eine … ähm … Sonderfahrt zum Sonnenaufgang für Köglmeier und zwei Models. Um halb neun waren sie fertig.«

»Das heißt, er ist dann abgereist?«

»Stimmt genau. Er hat zwei Nächte im Eibseehotel verbracht, sein Job endete nach dem Sonnenaufgangsshooting.«

»Also hätte er jede Menge Zeit gehabt, an den Auerberg zu fahren! Irmi, ruf du diese Jessi an, ob der überhaupt heimgekommen ist«, rief Kathi.

»Gut.«

Irmi erhob sich wieder und ging hinaus. Es dauerte lange, bis Jessi Köglmeier abhob. »Frau Mangold?«

»Jessi, ich muss Sie leider noch mal stören. Ihr Mann hatte bis Samstagfrüh ein Shooting. Wann ist er heimgekommen?«

»Gar nicht, er ist gleich weitergefahren zu einer Lesung bei Nürnberg am Samstagabend. Warum fragen Sie?«

Irmi zögerte kurz. »Inzwischen ist Herr Butzke auch tot«, sagte sie dann. »Ermordet. Und wir müssen mit Ihrem Mann sprechen. Ich brauche seine Nummer.«

»Sie glauben wirklich, er hätte ihn ermordet? Frau Mangold, das täte er nie!«

»Schicken Sie mir die Nummer bitte per SMS? Und sagen Sie ihm, er soll sich bei uns melden!«

Die Nummer kam nicht. Nun war Köglmeier gewarnt, aber selbst wenn sie die Handynummer erhalten hätten, wusste er sicher, wie man sein Handy vor Ortung schützen konnte.

Irmi ging zurück ins Büro. »Unser Fotograf und Schriftsteller war überhaupt nicht daheim. Er hatte am Samstagabend nämlich eine Lesung in der Nähe von Nürnberg. Wo er jetzt ist, das wissen die Elfen.«

Andrea tippte auf ihrer Tastatur herum. »Er war tatsächlich in der Nähe von Nürnberg«, sagte sie dann. »Bei Erlebe Wigner in Zirndorf. Das ist ein Kaufhaus, wo es Klamotten gibt, aber auch Bücher und ein Restaurant. Außerdem veranstalten die Workshops und Lesungen. Sieht ziemlich cool aus. Da war er in jedem Fall. Es gibt aktuelle Fotos.«

Sie rückten vor dem PC zusammen. Der Mann mit der Maske war zu sehen und dahinter sphärische Bilder, die per Beamer an die Wand projiziert wurden. Wälder, Moose, Farne, Lichtspiele. Eine Gestalt nicht aus dieser Welt.

»Der Edler is der Köglmeier. Brutal!«, sagte Sepp.

»Sie lesen Fantasy?«, staunte Weinzirl.

»Naa, aber mei Tochter«, sagte Sepp achselzuckend. Seine Tochter Katharina Ximena Dolitta – der zweite und der dritte Name waren seiner glutäugigen, höchst temperamentvollen mexikanischen Frau geschuldet – hatte aus dem analogen Niederbayern einen digitalen Kenner gemacht. Als sie es bei den Ermittlungen in einem anderen Fall mit einer Modebloggerin zu tun gehabt hatten, war Sepp der Einzige gewesen, der mit ihrem Namen etwas hatte anfangen können. Dank der Tochter.

»Und der Typ ist so cool, dass er den Butzke umbringt und dann seelenruhig hinter seiner Maske seinem Publikum etwas von den Elfen erzählt?« Kathi schaute Irmi durchdringend an.

»Im Gespräch mit seiner Frau klang es eher so, als wäre er nie seelenruhig. Eher ein Getriebener. Und ja, ich traue ihm das zu«, sagte Irmi leise.

»Mal praktisch gefragt: Hat der noch weitere Lesungen? Heute Abend zum Bespiel? Dann könnten wir ihn einfach dort festnehmen«, schlug Weinzirl vor.

»Die nächste Lesung findet am Freitag statt. In Berlin. Im Pfefferberg-Theater am Prenzlauer Berg«, berichtete Andrea.

»Verdammt! Wahrscheinlich besucht er Marotzke. Die beiden hecken was aus. So viel Zeit haben wir nicht! Wir geben eine Fahndung raus!«, rief Weinzirl. »Und ich will den Marotzke sprechen.«

»Das ist natürlich heikel. Schließlich ist er ein Kollege«, gab Andrea zu bedenken. »Und wenn er tatsächlich beteiligt war, ermöglichen wir es ihm, eventuelle Spuren zu verwischen.«

»Was ist mit Marlies, der Kollegin vom Marotzke? Kannst du da mal vorsichtig anfragen?«, fragte Kathi.

»Schon.«

»Dann los!«, rief Kathi.

»Dann raus mit euch!«, meinte Andrea und lachte.

»Machst du ihr etwa ein unsittliches Angebot?«

»Nein, aber ich telefoniere lieber allein. Und meine Fragetechnik ist ein Geheimnis.«

Irmi freute sich immer wieder an der veränderten Andrea, die so viel mutiger und redegewandter war als früher.

»Versteh ich«, sagte Weinzirl. »Wir sind schon weg.«

Während er die erforderlichen Schritte für eine Fahndung einleitete, ging Irmi in die Küche. Es tat gut, einen kleinen Moment innezuhalten. Inzwischen ging es ihr wieder gut, und doch war etwas in ihr seit den Stunden im Kühlraum sehr leise geworden. Und demütig. Sie war dankbar, dass sie hier sein durfte. Wieder hier sein.

Nach etwa fünf Minuten tauchten die anderen alle auf. Andrea sah zerknirscht aus.

»Leider war ich wenig erfolgreich. Marotzke ist noch im Urlaub, Marlies wusste aber, dass er in Bad Lobenstein bei der Verwandtschaft ist. Die Marotzkes haben nämlich Chinchillas, die Marlies in deren Abwesenheit betreut. Jeden zweiten oder dritten Tag telefonieren sie, ob's den Viechlein auch gut geht. Offenbar war er schon am Samstag in Bad Lobenstein, da war der Geburtstag seines Neffen, sagt sie.«

»Aber das kann er ja auch nur behauptet haben, um sich ein Alibi zu verschaffen!«, rief Kathi.

»Ja, klar. Was tun wir jetzt?«

»Heute nichts mehr. Die Fahndung nach Köglmeier läuft«, sagte Weinzirl. »Und du, Irmi, erholst dich.«

»Und du?«

»Ich erhole mich auch.«

Irmi warf einen unauffälligen Seitenblick auf Kathi, die sehr versonnen lächelte.

Zu Hause wurde sie dazu genötigt, mit einem Glas Wein einfach nur dazusitzen. Und nach einer köstlichen selbst gemachten Pizza und einer Mousse au Chocolat à la Fridtjof sank Irmi wieder in die Couch. Sie hatte zu viel gegessen, aber kein schlechtes Gewissen wie sonst. So oft hatte sie sich selber geschimpft, warum sie es in ihrem hohen Alter nicht schaffte, konsequent zu sein und abends gar nichts mehr zu essen oder das schicke Intervallfasten anzugehen. Die Antwort lag auf der Hand: Sie aß oft berufsbedingt den ganzen Tag nichts, und die Abende waren ihre Erholung. Und dann gab es noch einen Grund: Sie hatte einfach keine Lust. Und heute schon gar nicht. Wenn sie tatsächlich gestorben wäre, dann wäre es völlig egal gewesen, ob sie zu fett oder zu dünn war. Der Pathologe hätte entweder notiert, sie sei etwas adipös in der Körpermitte oder aber ziemlich boanig. Gut, »boanig« hätte er wohl nicht geschrieben … Sie lächelte ganz leicht.

»Was erfreut dich so?«, wollte der Hase wissen.

»Dass ich hier bin«, sagte Irmi ernst.

»Natürlich bist du hier!«

»Ich stand ziemlich dicht am Abgrund. Es hätte vorbei sein können.«

»Niemals!«

»Fridtjof, woher nimmst du diese Gewissheit?«

»Das hätte er nicht gewagt, der da oben. Er hat mir mit seinem zynischen Humor schon meinen Sohn genommen, da hätte er sich nicht getraut, dich auch noch zu holen.«

Ein paar Tränen verließen Irmis Augen und verweilten lange auf den Wangen, bis sie salzig am Mundwinkel ankamen. Der Hase reichte ihr die Hand.

»Komm, ich geleite dich nach oben.«

Er wartete auf der Bettkante, bis Irmi wieder aus dem Bad gekommen war.

»Ich bewache dich«, sagte er nur.

Irmi schlief ziemlich schnell ein. Als sie kurz vor vier aufwachte, war der Hase zwar weg, dafür war sie von den beiden Katern flankiert. Der kleine schnurrte sonor vor sich hin, während sich der große stundenlang wusch. Das beruhigte.

Als Irmi am nächsten Morgen ins Büro kam, saßen Kathi und der Weinzirl vor zwei Bechern mit sehr schwarzem Kaffee. Irmi holte sich lieber einen mit Milch.

»Hatte die Fahndung nach Köglmeier schon Erfolg?«, wollte sie wissen.

»Nein«, brummte Weinzirl.

»Spätestens bei seiner Lesung in Berlin können wir ihn festnehmen«, meinte Irmi wenig überzeugt.

»Der wird niemals dort auftauchen!«, wandte Kathi ein.

»Da wäre ich mir nicht so sicher«, sagte Irmi. »Er ist klug

und weiß, dass eine überstürzte Flucht ihn noch viel verdächtiger machen würde.«

Doch im Prinzip redeten sie sich die Situation eher schön.

Irmi verzog sich in ihr Büro, es war einiges an Dokumentation liegen geblieben.

Es war halb zwölf, als Kathi und Andrea hereinstürmten.

»Andrea hat gerade einen Post entdeckt«, rief Kathi. »PS-Kracher meldet, dass Jonas Edler gerade bei ihm getankt hat.«

»Was?«

»Auf Insta. PS-Kracher scheint an der Tanke zu arbeiten und hat den Mann mit der Maske erkannt.«

»Welche Tankstelle?«

»Autohof Berg«, berichtete Andrea.

»Wie, am Starnberger See?«

»Nein, Berg-Bad Steben. Hinter Hof.«

»Wann war Köglmeier da?«

»Er ist noch immer da. Gerade sitzt er in Mayrs Wirtshaus, das gehört zur Tanke. Und isst eine halbe Ente«, sagte Andrea triumphal.

»Anrufen, Kollegen alarmieren!«, ordnete Irmi an. »Die sollen ihn festnehmen!«

»Schon passiert! Wir müssten jeden Moment etwas hören.«

Die sprichwörtlichen heißen Kohlen glühten, bis die erlösende Nachricht kam: Köglmeier war festgenommen worden. Und mit ihm ein zweiter Mann, Torsten Marotzke, der bei ihm gewesen war. Irgendwie hatte es Weinzirl geschafft, im Eilverfahren einen zweiten Haftbefehl zu erwirken.

»Zwei Fliegen mit einer Klappe! Marotzke gleich als Dreingabe. Das ist ja perfekt!« Kathi war euphorisch.

»Wann sind die beiden hier?«, wollte Irmi wissen.

»In ungefähr drei Stunden«, sagte Weinzirl.

»Scheiß Warterei!«, rief Kathi.

»Wir sind kurz vor dem Ziel. Die drei Stunden halten wir auch noch aus«, meinte Irmi, doch innerlich war sie längst nicht so entspannt.

Gegen drei waren die Männer da und wurden in zwei getrennte Vernehmungszimmer gebracht. Irmi und Weinzirl vereinbarten, als Erstes Köglmeier zu befragen. Vielleicht war Marotzke durch Warten weichzuklopfen, wobei Irmi wenig Hoffnung hatte, dass das bei ihm fruchten würde.

Irmi und Weinzirl waren nun hoch konzentriert, alles rundum war ausgeblendet. Und da saß er nun: Franz Köglmeier. Manchen Leuten sah man ihren Job nicht an – weder dem hemdsärmeligen Typen, der dann erzählte, er sei Atomphysiker, noch dem anämisch und ätherisch wirkenden jungen Mann, der nicht Pianist war, sondern Elektriker. Das Gehirn wollte Verknüpfungen schaffen, es schien seine Klischees und Vorurteile zu brauchen. Köglmeier hingegen sah ganz einfach intellektuell aus. Er war etwa eins fünfundachtzig groß und wirkte sportlich. Sein grau meliertes Haar und der Dreitagebart verliehen ihm den nötigen Ernst. Ein schöner Mann, bei dem die Auftraggeber seiner Fotoshootings und die Verlagsleute hinter seinen Büchern sicher dahinschmolzen. Für einen Moment kam es Irmi merkwürdig vor, dass ausgerechnet er hinter einer Maske las. Andererseits war er sich bestimmt darüber im

Klaren, dass die Natur ihn mehr als begünstigt hatte. Vielleicht wollte er nicht von seinen Texten ablenken?

»Ich war auf dem Weg nach Berlin und bin jetzt in Garmisch. Erklären Sie mir das mal!« Auch seine Stimme war angenehm. Tragend, dunkel, gar nicht laut und irgendwie erotisch.

»Wir haben zwei rätselhafte Todesfälle«, erwiderte Weinzirl. »Zum einen den Herrn Unger, der am 5. Februar am Auerberg erschossen wurde. Und zum anderen den Herrn Bach, den Sie als Herrn Butzke kennen. Er wurde ebenfalls erschossen, und zwar am 15. Februar. Gefunden haben wir ihn am Urisee.«

»Ja und?«

»Seit Kurzem wissen Sie, dass Butzke unter falschem Namen in Ihrer unmittelbaren Nachbarschaft lebt. Sie und Ihr Kumpel Marotzke sind mit ihm auf fatale Weise verbunden, denn er hat Ihrer beider Leben aus der Bahn geworfen. Jetzt haben Sie ihn dafür bestraft. Das ist doch die Thematik Ihrer Bücher, nicht wahr? Strafe und Sühne«, sagte Weinzirl mit harter und doch ruhiger Stimme.

»Sie lesen meine Bücher?«, erwiderte Köglmeier mit einem provozierenden Lächeln.

»Sie sind da oben rumgekrochen, dafür gibt es Zeugen!« Weinzirl wurde lauter.

»Gekrochen würde ich das nicht nennen.«

»Verzeihen Sie, dass ich Ihrem fein ziselierten Sprachstil nicht gerecht werde. Ich bin eben ein dummer Bulle. Sie haben sich jedenfalls mehrfach dort oben aufgehalten. Sie und Marotzke.«

»Das bestreite ich ja gar nicht.«

»Warum waren Sie dort?«, fiel Irmi ein.

»Wissen Sie, ich fahre zu einem Hof in meiner Nachbarschaft, bin ein wenig in Gedanken, beim Autofahren entwickle ich oft Dialoge und bin daher etwas abwesend. Eigentlich soll ich nur ein paar Bestellungen abholen, und da sehe ich ihn. Siegfried Butzke! Etwas gealtert, aber braun gebrannt und gesund. Und er blickt mich aus diesen Augen an, aus diesen ganz fiesen Tiefen. Er hat mich nicht erkannt. Anfang der Neunzigerjahre war ich ein anderer, auch optisch. Ich hatte lange, rot gefärbte Haare und eine runde Nickelbrille.« Er blickte Irmi an. »In der Rückschau war das alles natürlich ein eher flaches Auflehnen gegen das Establishment. Aber bei Butzkes Anblick wurde ich binnen Sekunden zurückkatapultiert in eine Vergangenheit, die nie vergangen ist.«

Spätestens jetzt war Irmi klar, warum ihm bestimmt alle Frauen und vermutlich auch etliche Männer verfielen. Seine Stimme war tragend und verführerisch zugleich. Sein ganzes Auftreten nicht etwa arrogant, nur eben klar und selbstbewusst im besten Sinne des Wortes, und das wirkte anziehend und sexy.

»Und?«, kam es von Weinzirl.

»Ich musste tief durchatmen und das Erlebnis erst mal verarbeiten. Ich habe mit meiner Frau gesprochen, ich brauchte Zeit. Ich habe Torsten angerufen, der ja ein paar Tage später ohnehin kommen wollte. Ein Mann, der uns alle so schmählich verraten und in den Abgrund gezogen hatte, nur seines Profits wegen, der lebte unter falschem Namen in meiner Nachbarschaft? Wie bizarr kann das Schicksal spielen? Oder war das ein Wink des Schicksals?

Sollten wir etwas vollenden, was wir damals nicht geschafft hatten?«

Merkte er gar nicht, dass er sich um Kopf und Kragen redete?, dachte Irmi.

»Sie haben es doch zu Ende gebracht«, sagte sie. »Beim zweiten Anlauf haben Sie ja den Richtigen erwischt. Leider gab es einen Kollateralschaden.«

»Wir haben weder Butzke noch diesen Herrn Unger ermordet.«

»Was hatten Sie denn dann mit ihm vor?«

»Torsten hat Polizeiarchive bemüht, und ich habe im Internet recherchiert. Das Puzzle wurde immer deutlicher, wir hatten etliche Rahmenstücke gefunden. Zur Mitte hin fehlten uns allerdings noch Teile.«

»Was haben Sie herausgefunden?«

»Dass der Mann, dessen Vita Butzke sich angeeignet hatte, in Kanada als verschollen gilt. Oder tot ist. Wir wollten mehr wissen. Irgendwann verliert sich die Spur des Kanadiers in Kanada. Und Butzke verschwindet auch. Was würden Sie daraus folgern?«

Das, was sie auch schon gefolgert hatten, dachte Irmi.

»Für uns ging es auch darum, unseren Frieden zu machen mit der ganzen Geschichte«, fuhr Köglmeier fort.

»Den haben Sie ja nun. Butzke ist tot!«

»Das ist schade. Sehr schade sogar. Butzke hat sein Geheimnis mit in den Tod genommen. Das nützt mir nichts. Natürlich wollten wir ihn nicht töten.«

»Was wollten Sie denn?«

»Wissen, was aus diesem Herrn Bach geworden ist. Und im Idealfall beweisen, dass Butzke ihn umgebracht hat. Wir wollten Butzke dorthin bringen, wohin er schon lange gehört. In einen Knast voller Kakerlaken.«

»So unhygienisch sind deutsche Gefängnisse nicht«, grummelte Weinzirl. »Wenn ich Ihrer kruden Ansicht folge, dann wollten Sie Sheriff spielen. Schwertkämpfer wie in einem Ihrer Romane. Oder sogar Gott, Köglmeier?«

»Es hätte tatsächlich jemand über ihn richten sollen.«

»Sie sind aber nie auf die ach so abwegige Idee gekommen, die Polizei einzuschalten?«, hakte Irmi nach.

»Torsten ist doch bei der Polizei. Das war er schon damals, als wir alle aneinandergekettet wurden, ohne es gewollt zu haben. Auf diese Staatsmacht vertrauen wir schon lange nicht mehr.«

»Ein schöner Kollege, der Herr Marotzke. Lieber Selbstjustiz als Staatsjustiz?«

»Herr Weinzirl! Wir wollten erst Fakten schaffen, belastbare Fakten, so nennt man das doch, und nicht mit einer vagen Idee auftauchen. Butzke wäre durch die weiten Maschen dieser deutschen Versagerjustiz entkommen. Wir wollten ihn einkreisen und uns einen Informationsvorsprung verschaffen.«

»Wie weit zogen sich Ihre Kreise denn?«

»Wir sind uns ziemlich sicher, dass Butzke verantwortlich für das Verschwinden von Herrn Bach ist. Wir wissen, dass Max Bach 2000 in Deutschland war. Damals lebte Siegfried Butzke in Berlin, noch unter seinem richtigen Namen. Ein gieriges Monster, das sich durch Häuserzeilen gefressen hatte. Aber der Widerstand hat seinen Appetit etwas geschmälert. Er hat seine Beute weiterverkauft, ganz elegant unter der Hand. Dieses ominöse Konsortium, an das er verkauft hat, ist bis heute nicht greifbar.«

»Das ist ja alles schön und gut, aber was haben Sie am Auerberg getrieben? Mit dem Fernrohr Ihren alten Kontrahenten bespitzelt?«

»Wir haben an seinem Wagen einen Peilsender befestigt. Wir haben gehofft, dass er uns eventuell zu Bach führt. Wir wollten wissen, ob er womöglich noch einen Wohnsitz hat. Wir haben Informationen gesammelt, ist das so schwer zu verstehen?«

Es klang plausibel, aber von so einem Mann durften sie sich nicht einlullen lassen.

»Sie waren am Samstag bei einem Shooting in Garmisch, oder?«

»Ja, auf der Zugspitze. An diesem Tag hat Torsten mir die Koordinaten von Butzkes Wagen durchgegeben. Gleich nach meinem Garmischer Shooting bin ich hingefahren. Sein Auto stand am Urisee, von Butzke selbst keine Spur.«

»Wann war das?«

»Gegen elf.«

»Und da war kein Bus zu sehen?«

»Nein, was denn für ein Bus? Schulbus? Reisebus? Globus?«

»Ein VW-Bus!«

»Nein, um diese Uhrzeit stand Butzkes Auto ganz allein am See.« Köglmeier sah eher irritiert als ängstlich aus. »Und jetzt würde ich doch gern meinen Anwalt anrufen. Sie scheinen ja so einige fixe Ideen zu haben.«

Irmi nickte Weinzirl zu. »Tun Sie das«, sagte sie. »Wie lange wird Ihr Anwalt brauchen, bis er hier ist?«

»Nicht lange. Ich habe ihn vorinformiert, er ist bereits in Weilheim.«

Das war wirklich ein ausgebuffter Hund.

»Der Anwalt schon in den Startlöchern!«, meinte Weinzirl verärgert, nachdem sie Köglmeier in die Obhut von einem streng blickenden Sailer übergeben hatten. »Dem Maskentyp trau ich keinen Meter über den Weg.«

Irmi zuckte mit den Schultern. »Hilft ja nichts. Warten wir eben. Wenn tatsächlich stimmt, was er sagt, dann könnte der Ablauf folgendermaßen gewesen sein: Butzke sperrt uns ein, entdeckt dein Auto, in dem noch der Schlüssel steckt. Wittert Morgenluft. Also fährt er mit seinem Auto zum Urisee und nimmt ein Taxi retour. Dann fährt er mit dem Bus an den Urisee, um dort das Auto zu wechseln. Wird aber erschossen.«

»Da vertraue ich auf deine Intuition, Irmi. Ich habe mir schon unten in seinem Keller gedacht, dass er mein Auto wegfahren wird. Aber warum der Urisee?« Er überlegte. »Dann sollten wir recherchieren, ob es in Reutte oder Füssen eine Taxifahrt zum Urisee gab. Das würde die Theorie bestätigen.«

»Mach ich«, sagte Kathi.

»Aber warum ausgerechnet der Urisee?«, wiederholt Weinzirl.

»Weil ich glaube, dass Butzke über den Fernpass Richtung Süden wollte. Vielleicht nur nach Innsbruck, vielleicht nach Italien oder weiter, um sich endgültig abzusetzen?«, schlug Irmi vor.

»Da setz ich mich dran«, meinte Andrea.

Wenig später erfuhren sie, dass Köglmeiers Anwalt bereits eingetroffen war.

»Gut, gehen wir wieder rein«, meinte Weinzirl.

Der Anwalt war ihm offenbar bekannt, denn die beiden Männer tauschten ein paar Floskeln aus. Köglmeier erzählte seine Geschichte ein weiteres Mal.

»Und es hat Ihnen gereicht, dass Sie das Auto von Butzke gesehen haben?«, hakte Irmi nach. »Sie haben es dabei belassen und sind einfach weitergefahren?«

Köglmeier zückte seinen Geldbeutel und reichte ihr eine Tankquittung. »Sie sehen, ich habe an der Araltankstelle in der Holledau getankt.«

»Allzu lange kann mein Mandant dann ja wohl kaum am Urisee verweilt haben«, schob der Anwalt nach.

»Ihre Lesung begann erst um acht Uhr abends. Wieso waren Sie schon so früh vor Ort?«

»Lieber Herr Weinzirl, waren Sie schon einmal auf einer literarischen Lesung? Nein? Dann waren Sie als Kind wahrscheinlich mal im Kasperletheater. Auch dort mussten sich die Spieler vorher konzentrieren und fokussieren. Ich bin immer schon einige Stunden vorher am Veranstaltungsort. Ich checke im Hotel ein, zentriere mich. Und bin eineinhalb Stunden vor der Veranstaltung hinter der Bühne. Es gibt Soundchecks. Oft auch Interviews. Stellen Sie sich das alles nicht zu lässig vor. Maske drauf und ein bisschen lesen. Wenn das so einfach wäre, Herr Weinzirl!«

»Sie haben Herrn Butzke bespitzelt. Sie haben über Max Bach recherchiert. Ihr Alibi ist sehr dünn. Und für den Mord an Herrn Unger gar nicht erst vorhanden. Wenn Sie uns noch irgendetwas zu sagen hätten, wäre das jetzt der richtige Zeitpunkt«, sagte Irmi eindringlich.

»Butzke hat auch ein Haus oder eine Finca in Guatemala.«

»Guatemala?«

»Ja, am Lago de Atitlán. Am Nordufer von Guatemalas zweitgrößtem See auf rund sechzehnhundert Metern. Die Luft ist schon dünn, und es weht oft ein starker Wind, der sogenannte Xocomil. Er ist benannt nach einem unglücklichen Prinzen, der der Legende nach seine Geliebte sucht, die bei einer Bootsfahrt auf dem See ums Leben gekommen ist.«

»Klingt wie aus einem Ihrer Romane«, knurrte Weinzirl.

»Von denen Sie ja keinen gelesen haben.«

»Stimmt, aber ich war am Atitlán-See. Ein tiefblauer Zauberer, dem viele verfallen waren, nicht nur Alexander von Humboldt«, entgegnete Weinzirl. »Und natürlich habe auch ich den Santa-Catalina-Steinbogen in Antigua fotografiert.«

Köglmeier fixierte ihn. »Sie waren in Antigua? Wunderbar. Etwas morbid, aber immer bunt, laut und fröhlich. Palast- und Kirchenruinen, abenteuerlich durch schwere Stützbalken gesichert, einstöckige Kolonialhäuser, deren Holzportale schon Patina haben, und das Schmiedeeisen rostet malerisch vor sich hin. In den Innenhöfen plätschern die Brunnen, überall wuchern Pflanzen. Übermächtig die Kräfte der Natur, umrundet von den betörenden Vulkanen, die wohl doch Sitze der Götter sind.« Er sah nun Irmi an. »Ja, und dieses Land hat sich Butzke erwählt. Wie lange schon, wissen Torsten und ich nicht. Auch da waren wir noch mittendrin in der Recherche.«

Jonas Edlers Sprachgewalt machte Irmi eher sprachlos. Sie hatte das Gefühl, dass sie eine Pause brauchte. Weinzirl schien ähnlich zu empfinden. Er wandte sich an den Anwalt.

»Wir würden uns kurz mit Herrn Marotzke unterhalten. Wollen Sie dabei sein?«

Der Anwalt nickte und sandte Köglmeier einen Blick, der schwer zu deuten war.

Irmi kam sich etwas dämlich vor, als sie den Kollegen Marotzke über seine Rechte aufklärte. Er trug einen Bart und sah mehr aus wie ein Hipster als … als was eigentlich? Irmi rief sich zur Räson. Musste ein Mann im Rollstuhl krank aussehen? Natürlich nicht. Marotzke war ein hipper Berliner, die Hemdärmel waren hochgerollt, Muskeln und Sehnen spielten. Seine dunklen, fast schwarzen Augen blickten sie ruhig und abwartend an.

»Herr Marotzke, wir sind Kollegen, und ich hoffe, wir können uns unnötige Spielchen sparen. Sie haben eine Woche Urlaub im Allgäu gemacht?«

»Ja. Emily und ich haben unter anderem die Köglmeiers besucht.«

»Und am 5. Februar gegen elf waren Sie wo genau?«

»Wissen Sie noch, wo sie am Fünften waren?«

Das wusste Irmi in der Tat. Sie hatte um diese Zeit in einem Bauernhof gestanden, und neben ihr war ein Mann erschossen worden.

»Wahrscheinlich saßen wir noch beim Frühstück. Ich pflege im Urlaub immer in den Morgenstunden zur trainieren. Emily schläft länger.«

Was bedeutete, dass er sehr wohl mit Köglmeier am

Auerberg gewesen sein konnte, um den Falschen zu erschießen.

»Und am 15. Februar, also letzten Samstag?«

»Da war ich in Bad Lobenstein bei der Verwandtschaft. Meine Frau hat jede Menge Bilder im Handy, die Sie zeitlich zuordnen können.«

»Warum haben Sie sich dann so konspirativ an der Tanke getroffen?«

Er lachte kurz auf. »Konspirativ? Mein Kumpel war unterwegs nach Berlin und hatte nicht viel Zeit. Wir wollten aber trotzdem die Gelegenheit nutzen, uns noch mal zu sehen. Ich weiß nicht, ob Sie die Karte Thüringens vor Augen haben, jedenfalls liegt Bad Lobenstein in der Nähe des Rasthofs, und Franz liebt Autobahnraststätten. Sie inspirieren ihn, sagt er. Die kurze Verweildauer, die ganz unterschiedlichen Menschen, die Aufbruchsstimmung.«

»Und im inspirierenden Rasthof hat Ihnen Köglmeier erzählt, wie er am Samstag Butzke eliminieren konnte?«

»Wir haben über Butzke gesprochen, ohne jedoch zu wissen, dass er tot ist. Wir wollten noch mehr über seine Existenz in Guatemala in Erfahrung bringen. Außer uns kann es ja noch andere gegeben haben, die Butzke im Fokus hatten. Es wundert mich gar nicht, dass sich ein Mann wie er Feinde geschaffen hat. Was ist denn mit der Familie Bach? Das war unser Gedanke. Was, wenn seine Angehörigen erfahren haben, dass ihr verschollener Verwandter angeblich am Auerberg lebt?«

Genau das hatten sie ja auch vermutet. Andrea stand immer noch mit Kanada in Kontakt, aber noch hatte sie kein Ergebnis, was den Verbleib des echten Bach betraf.

Sollten sie Marotzke glauben? Natürlich konnte es sein, dass Köglmeier die Sache nach dem gescheiterten Anschlag allein zu Ende gebracht hatte. Er war der Emotionalere der beiden, er war ein Pulverfass voller Ideen und Emotionen.

»Mensch, Marotzke! Du bist Polizist, was soll der Alleingang? Diese Selbstjustiznummer?«, brüllte Weinzirl plötzlich.

Das zumindest schien wie eine Art Weckruf zu wirken. Marotzkes Beherrschung schwand etwas, und er wurde deutlich lauter.

»Ja was? Ich war jung. Der Polizeiberuf erschien mir sinnvoll, gerade in Berlin damals!« Er sah Irmi scharf an. »Ich war kein Träumer. In meinem Kanuverein hatten wir ein Projekt, bei dem es darum ging, kriminellen Kids eine Perspektive zu bieten. Ich hatte einen ganz guten Draht zu den Jungs. Dass es als Polizist kein Zuckerschlecken werden würde, war mir klar. Aber was da in Friedrichshain passiert ist, das war purer Hass. Das war Krieg. Als mir zum ersten Mal ein Pflasterstein auf den Kopf gefallen ist, war es vorbei. Meine Unschuld war verloren. Ich war zur Zielscheibe geworden, die man mit Steinen und Brandsätzen beschoss. Klingeln standen unter Strom, die haben Treppen und Treppengeländer angesägt. Und wir haben fünfhundert Euro weniger verdient als die Kollegen in Bayern, die Personalsituation war katastrophal, und ich habe Wochen durchgearbeitet, ohne ein freies Wochenende. Die Politik hat uns verraten, wir haben den Extremisten als Kanonenfutter gedient.«

Irmi hatte als junge Polizistin in den Reihen der Bereitschaftspolizei in Wackersdorf gestanden. Sie konnte sich nur zu gut an das beklemmende Gefühl erinnern, an die Angst in den Augen einiger Kollegen, die sich im Kollektiv in Hass verwandelte. Hass auf die etwa gleichaltrigen Demonstranten, die im Chor »Bullenschweine!« skandierten und schuld daran waren, dass man das Wochenende hier verbringen musste statt zu Hause. Die schuld waren an dem Gefühl der Demütigung.

»Wir könnten trefflich über das Versagen der Politik plaudern«, sagte Irmi, »aber jetzt geht es um den konkreten Fall des Herrn Butzke.«

»Sie von der Alpenpolizei haben doch sowieso keine Ahnung von sozialen Brennpunkten.«

Das stimmte wahrscheinlich. Marotzke würden sie so nicht knacken. Auch weitere Nachfragen ergaben keine Abweichungen von der Geschichte, die Köglmeier ihnen erzählt hatte.

»Sie bleiben also dabei, weder mit dem Mord an Herrn Unger zu tun zu haben noch mit dem Tod von Herrn Butzke am Urisee?«, fasste Weinzirl schließlich zusammen.

»Genau.«

»Da Fluchtgefahr ebenso wie Verdunkelungsgefahr besteht, würden wir den Herren Marotzke und Köglmeier gerne den Service unserer Untersuchungshaft anbieten«, knurrte Weinzirl.

»Sie sind doch nicht bei Trost!«, rief Marotzke.

Als Köglmeier davon erfuhr, sprang er empört auf. »Das ist Rechtsbeugung, Sie bayerische Weißwurstermittler!«

Der Anwalt fuhr ihm in die Parade.

»Immer mit der Ruhe. Länger als vierundzwanzig Stunden können sie dich eh nicht festhalten.«

Köglmeier und Marotzke wurden abgeführt. Wieder gab es einen leisen Wortwechsel zwischen Weinzirl und dem Anwalt, der sich schließlich mit einem Kopfnicken von Irmi verabschiedete.

»Was hat er gesagt?«, wollte sie anschließend wissen.

»Was schon! Der Anwalt zerreißt uns in der Luft, der Haftrichter auch. Wenn wir nichts vorweisen, wird der nie einem Untersuchungshaftbefehl zustimmen!«

»Umso schneller müssen wir sein!«, rief Irmi.

Sie eilten zurück ins Büro, wo die anderen warteten.

»Wir haben erfahren, dass Butzke ein Haus in Guatemala hat«, berichtete Irmi.

Andrea nickte aufgeregt. »Das passt. Ein Siegfried Butzke hat einen Flug gebucht. Mailand – New York – San Salvador, Endziel Guatemala City.«

»Warum Guatemala?«

»Nun, es gilt als eines der wenigen Länder ohne Auslieferungsabkommen«, meinte Weinzirl. »Sonst gehen deutsche Kriminelle ja gerne in die Dom Rep, aber da ist man nicht so sicher vor dem Zugriff der internationalen Justiz. Guatemala ist gut gewählt. Kleines Land mit hohen Bergen. Unter dem internationalen Radar. Gegen Bestechungsgeld bekommst du da fast alles.«

»Und du warst dort? Auch wegen deiner kriminellen Machenschaften?«, kommentierte Kathi lächelnd.

»Ertappt. Don Gerardo, der Drogenboss«, konterte er. »Nein, ich war dort biken und kenne deshalb einen Amerikaner, der eine Mountainbike-Schule hat. Ein guter Typ, der auch weiß, dass der Tourismus seine Schattenseiten hat, dass er Begehrlichkeiten weckt und jahrhundertealte Traditionen beschädigt. Den werde ich kontaktieren, der soll sich mal umhören.«

Weinzirl ging hinaus.

»Auch noch polyglott, der Herr«, sagte Andrea und grinste Kathi an.

»Ich kann noch beitragen, dass am Samstag um elf Uhr dreizehn ein Taxi zum Saunaclub am Urisee geordert wurde. Ich hab mit dem Taxler telefoniert. Er hat einen Mann, dessen Beschreibung zu Butzke passt, an den Auerberg gefahren. Der Taxler hat sich nicht groß gewundert, er meinte, er würde öfter notgeile Männer hin- und herfahren. Allerdings habe sein Fahrgast etwas angespannt gewirkt, geradezu gestresst. Wo Sex doch entspannen soll.« Kathi grinste in die Runde. »Das heißt, unsere Hypothese könnte stimmen. Nur ist Butzkes Fluchtplan gescheitert, weil Köglmeier ihn vorher erschossen hat. Bloß, wie beweisen wir ihm das?«

»Wir brauchen weitere Zeugen, die die beiden Männer am Tag des Drohnenschusses gesehen haben. Zeugen am Urisee. Womöglich waren Fischer dort, Sportler, ein Lkw-Fahrer. Das liegt an der Fernpassstraße, da ist doch was los! Wir könnten Jessi Köglmeier und Emily Marotzke befragen. Womöglich haben die beiden Frauen gemerkt, was sie in Gang gesetzt haben, indem sie die beiden Männer zusammenbrachten. Womöglich wissen die beiden doch mehr«, schlug Irmi vor, ohne wirklich überzeugt zu sein. Denn irgendwo in ihrem Inneren saß ein schelmischer Troll, der sie auslachte, weil sie schon wieder an einer Kreuzung falsch abgebogen war. Dabei hatte er die Runen geworfen, sie hatte nur nicht genau hingesehen. Irgendetwas in ihr wollte Köglmeier gern glauben, aber lag das nicht vielleicht nur daran, dass er als Jonas Edler so charismatisch und sicher auch manipulativ war?

Weinzirl war wieder zurückgekommen. »Was ich mich die ganze Zeit frage: Warum ist Butzke nicht gleich nach Guatemala gegangen, nachdem er seine Buden da in Berlin verkauft hatte? Da unten hätte er in Saus und Braus leben können. Mit seinem Vermögen hätte er Leute schmieren können, er wäre der King des Atitlán-Sees gewesen! Warum nur ist er all diese Risiken eingegangen?«

»Vielleicht hatte er Gründe hierzubleiben«, mutmaßte Irmi. »Andrea, was habt ihr zu seinem Privatleben gefunden? War er verheiratet? Hat er Kinder?«

»Ich setze mich noch mal ran und versuche, etwas über die Meldebehörden in Berlin rauszukriegen.«

Draußen war es längst dunkel.

»Langsam, Andrea, heute wird das nichts mehr«, meinte Irmi. »Du gehst jetzt heim und schläfst mal eine Runde. Du starrst schon viel zu lange in den PC.«

»Na gut, dann treffen wir uns morgen früh alle wieder hier?«

»Ja. Bis dann!«

Sie sahen Andrea nach, die sich erstaunlich schnell nach Hause schicken ließ. Vielleicht würde sie die Gelegenheit nutzen, um mal wieder mit ihrem Lars zu telefonieren.

»Ist Butzke ein Mann, der sich durch Liebe oder Familienbande aufhalten lässt?«, fragte Kathi.

»Schlummert nicht in jedem etwas Sentimentales?«, entgegnete Weinzirl leise.

Irmi lächelte in sich hinein. Sie spekulierten und diskutierten noch eine Weile. Natürlich war es eine naheliegende Idee, am Urisee nach Zeugen zu suchen. Kathi, Sailer und Sepp versprachen, sich am nächsten Tag dort durchzufragen.

Zu Hause war Irmi so alle, dass sie sich aufs Sofa hockte und durchs Fernsehprogramm zappte, das im Wesentlichen aus Werbung bestand.

Der Hase kam herein.

»Und, was siehst du?«

»Nichts Spezielles. Vor allem Werbung, die war früher auch irgendwie logischer.«

»Natürlich! Die Männer rauchten, und die Frauen putzten. Oder sie ließen ihr Haar leben. Mit Gard. Da war die Welt noch in Ordnung!« Er lachte und sah zum Fernseher. »Und jetzt – Weihenstephan? Da erhitzt eine Frau auf der Herdplatte genau drei Sekunden die Milch. Da frag ich mich doch: Macht sie das wirklich bei all den Millionen Litern Milch? Bei Lindt gibt es einen Konditor, der ganz händisch lauter kleine Pralinés bastelt. Wollen die mich verarschen?«

Irmi lachte, der Hase war ein wunderbarer, sehr feiner Beobachter.

9

Als Irmi eintraf, saß Andrea natürlich längst vor ihrem PC. Rotbäckig wie immer, wenn es um etwas Wichtiges ging.

»Morgen!«, schmetterte sie. »Butzke war nur gute zwei Jahre verheiratet. Keine Kinder. Seine Ex-Frau wohnt auf den Kanaren. Mit ihrem zweiten Gatten. Außerdem lebte bis vor Kurzem noch seine Mutter, eine gewisse Brigitte Eweleit.«

»Eweleit?«

»Das war ihr Mädchenname. Sie ist erst kürzlich verstorben, am 8. Februar. In einer Seniorenresidenz in Ulm.«

»Wie bitte? Seine Mutter stirbt, wenige Tage bevor er sich endgültig absetzen will?«

»Ich habe in dieser Residenz angerufen, aber die waren am Telefon nicht gerade auskunftsfreudig. Die alte Dame war sechsundneunzig, sie ist quasi am Alter gestorben.«

»War Butzke auf der Beerdigung?«

»Keine Ahnung. Die haben ja kaum was gesagt.«

»Das werden sie aber noch! Ab nach Ulm!« Weinzirl war aufgesprungen.

»Was soll das bringen? Butzke hatte eine Mutter. Wie jeder andere Mensch auch«, maulte Kathi. »Womöglich hat er sich ihr verpflichtet gefühlt. Selbst ein Arsch wie er hat Gefühle. Aber was nützt uns das in Bezug auf Köglmeier?«

Irmi warf Weinzirl einen vorsichtigen Blick zu. Er schien denselben Gedanken zu haben wie sie.

»Auch Köglmeier hat recherchiert«, erwiderte Weinzirl. »Womöglich hat er Frau Eweleit besucht. Wir brauchen jeden Input, den wir kriegen können. Ihr versucht solange, am Urisee weiterzukommen, ja?« Er schickte ein ganz ungewohntes »Bitte« hinterher.

Wenig später saßen sie in Irmis Auto. Während sie am Bahnübergang im Loisachtal standen und der kleinen roten Außerfernbahn zusahen, die gerade vorbeirumpelte, rief Weinzirl: »Ach, verdammt!«

Irmi drehte sich zu ihm um. »Was ist?«

»Ich bin versucht, Köglmeier zu glauben. Das nervt mich«, grummelte er.

»Weil du schöne Männer nicht ausstehen kannst?«

»Wahrscheinlich. Drum mag ich mich selber auch nicht.«

Irmi musste lachen. »Ich bin auch versucht, ihm zu glauben. Dabei frage ich mich, ob es nicht nur an seinem selbstbewussten Auftreten liegt.«

Sie rauschten auf der A 7 durchs Allgäu, vorbei an Kempten und Memmingen, wo das Land immer flacher wurde. Schließlich geriet das Ulmer Münster in ihren Blick. Weinzirl schien sich auszukennen, er gab knappe Anweisungen, wo Irmi abzubiegen hätte, und sie landeten schließlich nordöstlich der Innenstadt in einem Park. Die Anlage wirkte gepflegt, die Lage mitten im Grünen mehr als angenehm. Hier konnte man seinen Lebensabend sicher gut verbringen, sofern man noch fit genug war und das nötige Kleingeld hatte, um ins Café zu gehen, Schwarzwälder Kirschtorte zu mampfen und an einem Likörchen zu süffeln. Trotzdem war Irmi überzeugt, dass sie nicht ins Heim wollte, wenn sie mal alt war. Sie wollte daheim sterben, aber wo war das eigentlich?

Die beiden Kommissare fragten sich zur Heimleitung durch und wurden vom Direktor freundlich, aber auch ein klein wenig skeptisch empfangen. Weinzirl hatte erklärt, dass sie im Umfeld des Sohnes ermittelten, der zu Tode gekommen sei.

»Gut, dass Frau Eweleit das nicht mehr erleben musste«, bemerkte der Direktor, sah in seinen PC und umriss kurz, was er wusste. Frau Eweleit hatte bis auf das letzte halbe Jahr ziemlich selbstständig gelebt. Sie war dann gestürzt und hatte sich nach einem Oberschenkelhalsbruch nicht mehr richtig gefangen.

»Wie war sie denn so?«

»Eine feine, angenehme Frau. Eher still. Zurückhaltend und höflich. Sehr musikalisch. Ehemalige Pianistin. Sie hat uns wunderbare Stunden geschenkt.«

Nach allem, was sie über Butzke wussten, war es schwer vorstellbar, dass seine Mutter so musisch gewesen war und er ein Macher, der womöglich über Leichen gegangen war.

»Wann war ihr Sohn denn zuletzt zu Besuch?«, fragte Irmi.

»Da müsste ich auf Station anrufen, Moment.«

Ein Gespräch ging kurz hin und her.

»Die Kollegin, die vor allem für Frau Eweleit zuständig war, kommt gleich dazu«, erklärte der Direktor. »Sie meint, am 6. Februar war er in jedem Fall da. Da ist sie sich ziemlich sicher. Wir hatten angerufen, dass es ihr nicht so gut geht. Sie ist dann ja auch in der Nacht vom 8. auf den 9. Februar verstorben. Ihr Sohn wurde informiert und konnte sich noch verabschieden. Am Freitag drauf war dann auch schon die Beerdigung.«

»Ziemlich schnell, oder?«, hakte Irmi nach.

»In der Tat. Wir arbeiten eigentlich immer mit demselben Bestattungsinstitut zusammen, aber Herr Eweleit …«

»Ihr Sohn heißt Eweleit?«, unterbrach Irmi.

Er zwinkerte. »Ja, warum?«

»Der Vater hieß Butzke, Kinder führen ja häufig den Namen des Vaters«, wiegelte Weinzirl ab. »Woher kam denn das Geld für die Residenz?«

Der Direktor sah erneut in den PC. »Die Kosten wurden monatlich von Frau Eweleits Konto abgebucht.«

Entweder war ihre Rentensituation so golden gewesen, oder aber der Sohnemann hatte sie unterstützt.

»Bitte fahren Sie fort«, sagte Irmi.

»Nun, Herr Eweleit hat ein anderes Institut beauftragt. Seine Mutter war evangelisch, und es gab eine bescheidene Trauerfeier in der Aussegnungshalle des Hauptfriedhofs an der Stuttgarter Straße. Dort wurde sie auch bestattet.«

»Bescheiden?«

»Nun ja. Es waren zwei Mitarbeiter unserer Einrichtung dabei, zwei Weggefährtinnen von Frau Eweleit und ihr Sohn. Das war es dann auch schon.«

»Erd- oder Feuerbestattung?«, erkundigte sich Weinzirl.

»Eine Erdbestattung. Das lag Frau Eweleit am Herzen. Sie wollte auf keinen Fall verbrannt werden. Aha, da ist die Petra!«, sagte er, als eine Frau den Kopf hereinstreckte.

Petra war eine etwas festere Person mit burschikosem Kurzhaarschnitt und einer roten Strähne, die über die Stirn hing. Sie sah so aus, als würde sie wenig aus der Bahn werfen. Der Direktor stellte die Kommissare vor und erwähnte, dass der Sohn von Frau Eweleit ums Leben gekommen sei. Auch Petra äußerte, dass die alte Dame das zum Glück nicht mehr habe erleben müssen.

»War sie so zart besaitet?«, fragte Weinzirl.

Er bekam einen bösen Blick. »Beim Tod von Angehörigen ist wohl jeder zart besaitet!«

Irmi griff ein. »Wie war Ihr Eindruck von Frau Eweleit?«

»Ruhig war sie. Angenehm. Sie hat nicht so viel von sich erzählt. Wir erleben das häufig, dass die Bewohner, die Schlimmes erlebt haben, das in sich verschließen.«

»Schlimmes?«

»Sie stammt aus Ostpreußen und ist als junge Frau wohl vertrieben worden. Ihre Schwestern waren noch Backfische, hat sie gesagt. Ich glaube, eine Schwester und die Mutter sind auf der Flucht ums Leben gekommen. Nur selten hat sie über diese Zeit gesprochen. Sie hatte mit den Bildern zu kämpfen. Gegen Ende ihres Lebens mehr als zu der Zeit, als sie hier einzog.«

»Wann war das denn?«

»Schon vor zehn Jahren. Sie war einige Jahre in einer Einrichtung unserer Gruppe in Berlin wohnhaft. Ihr Sohn hat sie dann aber überredet, nach Ulm zu gehen, damit er sie näher bei sich hätte.«

»War er denn so oft da? Ich meine, dass es sich gelohnt hat?«

Der Direktor sah Weinzirl mit gerunzelter Stirn an. »Es gibt keine Regel, wie oft man seine Angehörigen zu besuchen hat.«

»Besser seltener, dann schauen sie Ihnen nicht so auf die Finger.«

»Sieht es hier etwa so aus, als müsse man uns auf die Finger schauen?«, entgegnete der Direktor scharf.

»Nein, keineswegs. Der Kollege wollte nur wissen, ob der Sohn häufig zu Gast war«, sagte Irmi und trat Weinzirl diskret auf den Fuß.

»Bestimmt einmal im Monat, manchmal auch nur alle zwei Monate. Aber Frau Eweleit hat lange im Betreuten Wohnen gelebt, da kriegen wir nicht immer mit, wer wen wann besucht«, erklärte Petra.

»Sie sprachen von Ostpreußen?«, hakte Irmi wieder ein.

»Richtig. Sie ist mit ihrer Familie dann wohl in Schleswig-Holstein gelandet, irgendwo bei Lübeck, zusammen mit einigen anderen Familien, die auch dort gestrandet sind. Sie hat geheiratet, verlor aber, wenn ich mich richtig erinnere, 1965 ihren Mann. Sie hat fast nie von ihm geredet. Nur einmal hat sie gesagt, er habe seine Strafe erhalten. Jeder erhalte seine Strafe. Es muss eine traumatische Zeit gewesen sein, denn sie hat nach seinem Tod ihren Mädchennamen wieder angenommen. Bis zu ihrer Pensionierung war sie als Musiklehrerin tätig. Sie hat bei uns einige Konzerte gegeben. Wissen Sie, es gibt Menschen, die spielen handwerklich gut Klavier. Doch bei ihr kam die Musik tief aus der Seele. Wunderschön, wirklich.«

Der Direktor nickte. »Ja, in der Tat. Das wird uns immer in Erinnerung bleiben.«

Sie schwiegen eine Weile. Irmi ließ ihren Blick durch den Raum schweifen, an dessen Wänden ein paar impressionistische Drucke hingen. Gefällig, aber gesichtslos.

»Und zu ihrem Sohn hatte sie ein gutes Verhältnis?«

»Schwer zu sagen. Sie gingen nie besonders herzlich miteinander um. Frau Eweleit war korrekt, ja, preußisch, würde ich sagen. Aber er hat sich um sie bemüht. Hat ihr immer Blumen mitgebracht. War mit ihr im Park. Ich hatte eher den Eindruck, sie konnte die Nähe schlecht zulassen. Aber das ist ja oft so bei den Frauen dieser Generation.«

Vielleicht weil der Sohn dem Vater ähnelte? Und zugleich ihr eigen Fleisch und Blut war? Sicher hatte der Sohn auch etwas Gutes von ihr geerbt. Zumindest hoffte Irmi das für die Frau.

»Sie erwähnten zwei Weggefährtinnen, die auf der Beerdigung waren«, meinte Irmi. »Könnten wir eventuell mit denen sprechen?«

»Frau Moser ist mit ihrer Tochter unterwegs«, sagte Petra. »Frau Professor Bäuerle könnte ich fragen. Das Mittagessen ist ja schon vorbei. Ich würde sie zu Ihnen ins Café schicken, ja? Sofern sie bereit ist, mit Ihnen zu sprechen.«

»Das wäre fein«, sagte Irmi.

Sie erhoben sich, gingen durch die Flure und blieben an einer Tafel stehen, auf der die Wochenaktivitäten verzeichnet waren. Yoga, Bridge, ein Kochkurs, ein Literaturkreis …

»Ich weiß nicht«, sagte Weinzirl.

»Was?«

»Ach, das ist alles schon sehr durchdacht hier, und doch …«

»… möchten wir alle niemals unsere Freiheit und Unabhängigkeit aufgeben. Möchten bei bester Gesundheit sterben«, entgegnete Irmi. »Hast du eigentlich Kinder?«

»Nein, meine Gene zu verteilen wäre auch unklug gewesen!«

»Da ist aber noch Luft nach oben! Männer werden doch gerne mit siebzig noch Papa.«

»Bewahre! Ich werde unvermehrt aus dem Leben scheiden!«

Irmi grinste. »Um uns kümmert sich dann aber keiner und kommt mit Blümchen. Wahrscheinlich bleibt uns nur der Weg ins Heim.«

»Mir wäre ein Weißbier ja lieber als Blumen«, brummte Weinzirl.

»Du Jungspund bist doch grad mal über fünfzig«, meinte Irmi grinsend.

»Es zwickt im Knie, es schmerzt im Kreuz. Ich werde nie mehr Mountainbike-Weltmeister«, meinte Weinzirl überraschend ernst. »Ich hasse es, alt zu werden.«

Irmi konnte das nur zu gut nachvollziehen. Das Leben wurde mit jedem Jahr endlicher, das war nicht mehr wegzudiskutieren. Auch sie hasste das Älterwerden. Hasste das immer schlapper werdende Fleisch an der Innenseite der Oberschenkel, die Knitterfältchen am Unterarm, die nun schon entstanden. Ein schleichender Verfall. Da gab es nichts schönzureden.

Inzwischen hatten sie das Café erreicht. Gerade als sie eine Tasse Kaffee und einen Becher Cappuccino geordert hatten, kam eine Frau auf sie zugesteuert. Die Frau Professor war kaum größer als einen Meter fünfzig und sehr schmal. Ihre Jeans schlabberte eher, und ihr gestreifter Rollkragenpulli sah aus, als hätte sie ihn in der Kinderabteilung gefunden.

»Ich bin bereits über Ihr Ansinnen im Bilde«, sagte sie ohne eine weitere Begrüßung. »Sie wollen etwas über Brigitte wissen.«

»So ist es! Sie waren als eine der wenigen auf der Beerdigung?«

»Es wären mehr gekommen, aber ihr Sohn hat pietätlose Eilsamkeit verbreitet.« Sie bestellte sich eine Tasse Kaffee. Ohne Zucker und Leitungswasser dazu. »Früher gab es auf der Terrasse nur Kännchen. Kennen Sie das noch?«

Irmi nickte. »Ja, natürlich.«

»Ich mochte ihren Sohn nicht«, fuhr Frau Professor Bäuerle fort. »Irgendetwas stimmte mit dem Burschen nicht. Aber ich habe ihn nur selten erlebt, und Brigitte hat auch jedes Gespräch über ihn abgewiegelt.«

In der Tat stimmte etwas nicht mit ihm. Er hatte ein Doppelleben geführt oder auch ein Triple-Leben, wenn man so wollte. Hier kannte man ihn offenbar nur als Herrn Eweleit.

»Hat Ihre Freundin Brigitte denn sonst etwas erzählt? Aus ihrer Vergangenheit zum Beispiel?«, erkundigte sich Weinzirl höflich.

»Nur kurze Schlaglichter. Kleine Sequenzen. Nie eine komplette Geschichte.«

»Die Sie aber sicher zu einer Erzählung zusammenfügen könnten«, entgegnete Irmi.

»Ein Poem würde nicht daraus werden, das sage ich Ihnen.« Sie hielt inne. »Ich habe an der Uni Tübingen Literatur unterrichtet. Schon damals habe ich mich über den Sprachverfall unter den Studenten echauffiert. Heute ist es noch viel schlimmer geworden. Man twittert oder verfasst grammatikalisch völlig krude Textnachrichten. Mein Enkel schreibt beispielsweise: ›Gönn dir!‹ Wen oder was soll ich gönnen? Das Akkusativobjekt fehlt! Grauenhaft! Manchmal komme ich mir vor wie ein Fossil. Schuppige Haut, die Äuglein verschwinden immer tiefer in den Höhlen …«

»Sie beobachten aber noch so einiges«, bemerkte Weinzirl lächelnd. So unwirsch er sonst oft war, bei einer alten Dame wusste er sich zu benehmen.

Die Professorin warf ihm einen koketten Blick zu. »Ich habe mehrfach in meinem Leben feststellen dürfen, dass ich wohl ein Sonntagskind bin. Geboren auf der Ostalb, mein Vater Bäcker, meine Mutter eine Göttin im Anbau von prächtigstem Gemüse. Ein paar Händel, weil ich zu klug war und aufsässig und am Ende meinen Weg durchsetzen konnte. Aber ich hatte eine behütete Kindheit im Dorf und in meinem unmittelbaren Umfeld. Meine größten Probleme entstanden, weil ich im universitären Getriebe zu wenig kuscheliges und devotes Häschen war und mich nie hochschlafen wollte. Gegraut hätte es mir! Was ich damit aber sagen will: Ich habe wenig Not leiden müssen in meinem Leben und niemals Todesangst ausgestanden wie Brigitte!«

Irmi und Weinzirl warteten.

»Sie kennen das Bonmot von der Gnade der späten Geburt«, sprach die Professorin weiter. »Sie hatten noch ordentlichen Geschichtsunterricht, nehme ich an. Sie haben in Ihrer Jugend sicher aufgeheult, man möge Sie mit der ewigen NS-Zeit nicht über Schuljahre hinweg nerven. Meine Kinder haben bei Kriegsfilmen weggezappt, wie wir alle. Doch Brigitte konnte nicht wegzappen. Ihre Bilder sind geblieben. Die Familie stammte aus dem Umland von Königsberg. Großgrundbesitzer wie aus den alten Bilderbüchern mit Familien, die auf Steintreppen vor einem gewaltigen Gutshof posieren. Ihr Vater musste nicht an die Front, weil er kriegswichtige Güter anbaute. Deshalb waren sie zu spät, als die Rote Armee vorrückte. Der Vater wollte zunächst nicht wahrhaben, was da passierte. Schließlich beluden sie die Wagen, um zur Hafenstadt Pillau zu gelangen, wie all die anderen auch. Doch dort warteten schon sechzig- bis siebzigtausend andere hungernde Flüchtlinge. Aufgrund ihrer Kontakte kam die Familie Eweleit zumindest in einem Privathaus unter. Am Hafen landeten Schlepper, Fischkutter, Minensucher, Eisbrecher und sogar luxuriöse Kreuzfahrtschiffe, um die Menschen abzutransportieren über die See. Noch gab man sich der Hoffnung hin, das Ganze werde zivilisiert ablaufen. Man gab Schiffskarten aus, doch die Schiffe wurden regelrecht gestürmt, Kinder wurden niedergetrampelt, Sterbende blieben liegen. Vater Eweleit bekam trotz aller Bemühungen keine Passage und beschloss, die Familie zu Fuß über das zugefrorene Frische Haff zu bringen. Achtzehn Kilometer Luftlinie.«

Frau Bäuerle nahm einen Schluck Kaffee. Jetzt schon hatte Irmi Mühe, die Tränen zurückzudrängen. Die alte Dame sprach leise und doch so kristallklar. Es gab keinen Deutungsspielraum, nichts herunterzuspielen.

»Brigitte beschrieb die toten Pferde, die auf dem Eis lagen. Oft aufgedunsen, mit riesigen Augen, die Eingeweide hervorquellend. Sie erzählte, wie sie in knie- und hüfttiefem Eiswasser wateten, vorbei an Koffern, Kisten, Kochgeschirr und Kinderwagen. Zwei neblige Tage lang schleppten sich die Eweleits durch die Hölle, nur durch ein Wunder wurden sie nicht von sowjetischen Fliegern getroffen. Sie liefen vorbei an Toten, deren Blut das Eis rot färbte, und an weiteren Pferden, deren Beine aus dem Eis stakten. Schließlich erreichten sie den Strand, an dem ein totes Kind lag. Nackt, mit einem gespenstischen Lächeln. Brigitte war damals zwanzig Jahre alt, ihre jüngeren Geschwister siebzehn, vierzehn und zehn. Sie alle erreichten Danzig und gelangten irgendwie nach Swinemünde. Von Kurbad keine Spur mehr, auch hier hungernde und verzweifelte Menschen. Die Mutter starb bei einem Luftangriff der US Air Force im März, die siebzehnjährige Schwester verblutete wenige Tage später als Folge einer Serienvergewaltigung. Brigitte sagte, das war der Moment, als ihr Vater innerlich zerbrach. Er mobilisierte letzte Kräfte und Kontakte, und sie schafften es per Eisenbahn und immer wieder in zermürbenden Gehetappen bis nach Scharbeutz, zu ehemaligen Nachbarn. Die waren schon 1942 geflohen, damals von Brigittes Vater noch als Verräter beschimpft. Eweleit war wie eine Eiche nicht von seiner Scholle zu trennen gewesen. Als leere Hülle kam er in Schleswig-Holstein an. Herzlos und seelenleer hat Brigitte das mal genannt. Sie musste nun die kleine Schwester und den Bruder an Mutter statt aufziehen.«

Frau Bäuerle hatte von diesem Grauen ganz ruhig erzählt, doch das machte es eher schlimmer. Ja, Irmi zappte bei Kriegsfilmen immer weg. Sie wollte dem abstrakten historischen Wissen keine Gesichter zuordnen. Nun konnte sie sich nicht mehr entziehen.

»Brigitte hatte nichts mehr bei sich«, fuhr die Professorin

fort. »Aber ihre Geige hatte die Flucht überdauert. Brigitte spielte an gegen die Bilder in ihrer Erinnerung. Es war ihr großes Glück, dass sie eine Musikschule besuchen durfte. Sie übte und übte, wenn sie nicht gerade kochte, putzte und für ihre Familie da war. Die Musik erhielt sie am Leben. Der Vater fand bei einer Getreidebörse Arbeit und stieg allmählich zum Direktor auf. Ein junger Ingenieur namens Karl-Uwe Butzke fand Gefallen an der Brigitte, und 1950 heirateten die beiden. Der kleine Bruder lebte bei ihr, die Schwester hatte selbst geheiratet und zog 1951 in die USA.«

»Ihr Mann starb aber schon 1965, oder?«

»In Brigittes Erzählungen nahm er den geringsten Raum ein. Er sei gottlob nur selten daheim gewesen, hat sie einmal gesagt, und habe dann seine ehelichen Rechte eingefordert. Von Vergewaltigung in der Ehe sprach man damals noch nicht. Sie deutete an, dass sie nach der Geburt des Sohnes 1955 etwas unternommen habe, um keinesfalls ein zweites Mal schwanger zu werden.«

Irmi wollte sich gar nicht vorstellen, was »etwas unternommen« 1955 geheißen haben mochte. Der Kaffee brannte und rumorte in ihrem Magen.

»Zumindest erlaubte er, dass sie sich weiter an der Geige und am Klavier ausbilden ließ und später selbst Musikunterricht gab. Damals galt es als Schmach, wenn die Ehefrau arbeitete, weil das normalerweise nur dann vorkam, wenn der Mann seine Gattin nicht versorgen konnte. Das war hier allerdings nicht der Fall. Man war für damalige Verhältnisse eher begütert, konnte sich schon bald einen VW Käfer leisten und quer durch Deutschland reisen, in die Alpen und bis an die Adria. Das war zumindest der Plan.

Am Wurzenpass rastete man, Butzke fotografierte, doch die Bremse des Autos löste sich und überrollte den Fotografen. Wenig später erlag er in einem Klagenfurter Spital seinen Verletzungen.«

Irmi fiel es nicht schwer, die Zwischentöne herauszuhören. Es war offensichtlich, warum die sprachgewaltige Frau Bäuerle auf das neutrale »man« ausgewichen war. Und Irmi war als Kommissarin nun einmal darin geschult, auf Zwischentöne zu lauschen. Hatte sich die Bremse ganz von selbst gelöst?

Frau Bäuerle nippte wie ein Vögelchen am Wasser. »Nun, Brigitte fand eine Stelle an einer Musikschule in Lübeck. 1974 wechselte sie an eine Schule in Berlin. Sie hat einmal gesagt, das Angebot sei gerade noch rechtzeitig gekommen. Der Kontakt zu ihrem Sohn scheint allerdings nicht sehr intensiv gewesen zu sein, wenn ich es richtig verstanden habe. Ihr Seelenmensch war der kleine Bruder, der ihr immer nachfolgte auf all ihren Lebensstationen. Er starb letztes Jahr. Wenig später stürzte sie. Ich denke, sie schloss damit das letzte Kapitel. Sie war immer verantwortlich gewesen, nun gab sie die Verantwortung ab.«

Die alte Dame wirkte nun doch ein wenig erschöpft und schickte hinterher: »Ich habe Brigittes Leben noch nie in so eine Zeitleiste gegossen. Ihre Erzählungsfragmente sind über die Jahre unserer Freundschaft zusammengekommen. Am Stück erzählt klingt das Ganze nur schauerlicher.«

Weinzirl hatte sich während ihrer Rede unauffällig ein Weißbier bestellt, das mittlerweile schon halb geleert war.

»Wir haben gehört, dass Frau Eweleits Sohn zwei Tage vor ihrem Tod noch im Haus war«, sagte er.

»Ach, das habe ich gar nicht mitbekommen. Ich weiß nur, dass er sie noch am selben Tag besucht hat, an dem sie dann nachts gestorben ist.«

»Ganz sicher?«, hakte Irmi ungläubig nach.

»Ja, ich habe sogar sein Auto wegfahren sehen. Ziemlich spät am Abend noch. Von meinem Balkon blickt man direkt auf den Parkplatz.«

Die Explosion in Irmis Innerem war so heftig, dass die anderen sie eigentlich hätten hören müssen. Auch Frau Bäuerles Blick war plötzlich fassungslos. Sie erhob sich ziemlich brüsk. »Ich muss zu meinem Literaturkreis und das Monatsprogramm vorbereiten. Sie wissen ja, wo Sie mich finden.«

Die alte Dame zahlte an der Theke und ging davon.

Weinzirl leerte sein restliches Weißbier in einem Zug. »Ich muss hier raus«, sagte er. Dann winkte er der Bedienung, gab großzügig Trinkgeld, und sie hasteten regelrecht Richtung Parkplatz.

Als sie wieder im Auto saßen, atmete er tief durch. »Ich will das nicht glauben.« Er sah auf die Uhr. »Könntest du dich für eine Kneipe erwärmen?«

Irmi nickte. Er dirigierte sie wieder sicher durch die Stadt bis zu einem Parkhaus, von dem es nur wenige Schritte zum Wilden Mann waren. Sie fanden einen Platz, und Weinzirl orderte ein Rumpsteak, Irmi einen Flammkuchen.

»Entschuldige, aber ich muss was essen, wenn ich solche Geschichten höre. Mein Magen muss gefüllt sein, sonst wird es gallenbitter. Noch bitterer.« Weinzirl hob sein Weißbier und Irmi ihre Weinschorle, die sie sich als Fahrerin ausnahmsweise zutraute.

Sie schwiegen eine Weile und hingen ihren Gedanken nach.

»Kriegen wir eine Exhumierung durch?«, fragte Weinzirl schließlich.

»Du glaubst wirklich, er hat seine eigene Mutter umgebracht?«

»Nachgeholfen? Sie erlöst? Er war all die Jahre in Deutschland. Nun wurde es ihm zu eng. Er war in den Startlöchern nach Guatemala. Vorher musste er alles zu Ende bringen. Darin hat er Übung. Und dann Reset und Neustart in Guatemala.«

»Die Frau war alt und krank. Sie kann auch eines natürlichen Todes gestorben sein.«

»Zeitlich so auf den Punkt? Nein, Irmi, das Leben macht es selten passend.«

Das Essen kam. Und obgleich Irmi keinen Hunger hatte, tat es doch gut. Essen war eine klare Aufgabe. Essen beruhigte.

»Also, was wissen wir jetzt?«, fragte Irmi.

»Dass seine Mutter Traumatisches erlebt hat. Und dass wir spätgeborenen Wohlstandskinder nicht einmal ansatzweise begreifen können, was nacktes Überleben bedeutet. Wir wissen, dass Frau Eweleit auch in der Nachkriegssicherheit wenig Glück hatte. Gegen sexuelle Gefügigkeit hat ihr Mann ihr ein gewisses Maß an Freiheit gewährt. Beine breit für die Arbeitserlaubnis.«

Aus Weinzirls Rede sprachen Empörung und Wut auf seine Geschlechtsgenossen.

»Männer wurden in den Fünfzigerjahren zu Kerlen erzogen. Ein Junge durfte nicht weinen. Was, wenn der kleine

Siegfried gesehen hat, dass die Bremse sich nicht einfach so löste?«

»Vielleicht hat er beobachtet, wie seine Mutter den Wagen irgendwie in Gang setzte. Ihn anschubste. Was macht das mit einem Kind?«

»Einen verstörten und gestörten Erwachsenen? Was mich am meisten nervt, ist die Tatsache, dass wir die Betroffenen selbst nicht mehr fragen können. Wir hören alles aus zweiter Hand. Durch deren Filter. Durch deren Brillen. Verdammt!«

»Glaubst du, dass er dennoch an seiner Mutter hing? Sich doch verpflichtet gefühlt hat? Hast du den Satz von Frau Bäuerle noch im Ohr, dass Brigitte Eweleit im Jahr 1974 an eine Schule in Berlin gewechselt sei? Im Nachhinein hat Brigitte zu ihrer Freundin gesagt, das Angebot sei ›gerade noch rechtzeitig‹ gekommen.«

»Ja, da hab ich auch gestutzt. Heißt das, 1974 ist etwas passiert, vor dem sie quasi aus Lübeck geflüchtet ist?«, fragte Weinzirl.

»So könnte man das deuten.«

»Reden wir noch einmal mit Frau Bäuerle? Ich hab jetzt was im Magen. Das macht mich gewichtiger.«

Wieder fuhren sie durch Ulm. Der Verkehr hatte zugenommen, es war kurz nach sechs. Frau Bäuerle kam gerade vom Abendbrot. Auch sie wirkte nun weniger fragil.

»Ihnen ist noch etwas eingefallen?«, erkundigte sie sich.

»Ja, haben Sie noch ein paar Minuten für uns?«

»Sicher, setzen wir uns doch.«

»Frau Bäuerle, Sie haben erwähnt, dass Brigitte Eweleit 1974 nach Berlin ging. Ihnen gegenüber hat sie geäußert, dass das Angebot gerade im richtigen Moment gekommen sei. Ist 1974 irgendetwas passiert?«

»Das weiß ich nicht. Aber ich würde es so deuten. Als sie diesen Satz sagte, war sie aufgewühlter als bei ihren Erzählungen vom Weg über das Frische Haff. Ja, ich glaube, 1974 ist etwas passiert.«

Die beiden Kommissare ahnten, dass von Frau Bäuerle nichts weiter zu erfahren war. Weinzirls Blick glitt über die Wand. Er stutzte. Da hing ein Bild von Jonas Edler. Darunter ein Datum: 28. März 2020. *Der Meister der Fantasy. Lesung und exklusives Gespräch.*

»Jonas Edler kommt hierher?«

»Richtig. Das ist zwar weniger mein Genre, aber ein sehr interessanter Schriftsteller, den wir uns kaum hätten leisten können, aber er hat seinen Besuch selber angeboten.«

»Ach was? Wann denn?«

»Lassen Sie mich überlegen. Ende Januar, Anfang Februar? Das ist mir entfallen, ich war ziemlich überrascht.«

Das war der Zeitpunkt gewesen, als er begonnen hatte, mit Marotzke zu recherchieren. Auch er hatte also Frau Eweleit treffen wollen!

»War er vorher schon mal da?«

»Nein, wir haben nur telefoniert. Er sagte, er mache ab und zu Charity-Veranstaltungen und unsere Einrichtung sei ihm empfohlen worden. Das freut uns natürlich! Warum fragen Sie? Sind Sie etwa Fantasy-Jünger?«

Weinzirl schaltete schnell. »Nein, aber meine Nichte.«

Dabei wusste Irmi, dass ihr Kollege Einzelkind war.

»Immerhin liest Ihre Nichte. Und Edler ist sprachlich durchaus beachtenswert.«

Köglmeier war ihnen immer einen Schritt voraus, dachte Irmi. Momentan saß er in U-Haft, aber die Zeit rann ihnen durch die Finger. Sie brauchten weitere Informationen. Sonst würde man ihn wieder auf freien Fuß setzen.

»Sprachgewaltig war Tolkien auch«, bemerkte Irmi.

Frau Bäuerle nickte zustimmend. Dann fixierte sie Irmi. »Sie sind immer noch nicht zufrieden, oder?«

»Da liegen Sie richtig. Wissen Sie mehr über die Berliner Zeit? Wir haben gehört, dass Brigitte Eweleits Sohn erfolgreich in der Immobilienbranche tätig war.«

»Darüber weiß ich kaum etwas. Brigitte hatte damals wohl nur wenig Kontakt zu ihrem Sohn. Schade, dass die Maria nicht mehr lebt.«

»Maria?«

»Ja, eine ehemalige Bewohnerin hier aus der Seniorenresidenz. Sie war nur ein gutes Jahr hier und ist dann leider verstorben. Kurz vor Weihnachten letzten Jahres. Brigitte trauerte sehr über ihren Tod. Die beiden kannten sich von früher.«

»Brigitte und Maria?«

»Ja, mir fällt nur gerade der Nachname nicht ein. Es liegt in der Natur solcher Einrichtungen, dass der stete Wechsel die Norm ist. Wahrscheinlich hat der da oben nur vergessen, mich abzurufen.« Sie lächelte und stand auf.

Auch Weinzirl und Irmi erhoben sich aus den tiefen Sesseln.

»Frau Bäuerle, ganz lieben Dank.«

»Gern geschehen. Wenn mir noch etwas einfällt, ruf ich Sie an. Sie müssten mir nur ein Kärtchen geben. Im Fernsehen ist das jedenfalls so.«

Weinzirl grinste und reichte ihr eine Visitenkarte, die sie einsteckte, bevor sie davonging. Eine winzige Frau in einem langen Gang.

»So kann man auch altern«, kommentierte Irmi.

»Eine Kombi aus guten Genen und Unbeugsamkeit«, erwiderte Weinzirl.

Sie schlugen den Weg zum Direktorat ein, wo sie um Einsicht in die Liste der Bewohner aus den letzten zwei Jahren baten. Der Direktor war sich etwas unsicher, ob er das tun dürfe, aber schließlich druckte er ein Dokument aus, das die Bewohner von 2018 bis 2020 umfasste. Hinter vielen Namen stand der Vermerk »verstorben«.

Irmi blieb an einem Namen hängen. Maria Rudnick. Verstorben am 23.12.2019. Das musste die Maria sein, von der Frau Bäuerle gesprochen hatte.

»Rudnick. Wo hab ich den Namen schon mal gehört?«

»Die Schauspielerin?«, fragte Weinzirl.

»Ja, die auch. Barbara Rudnik, diese schöne Frau, die viel zu früh gestorben ist. Aber die meine ich nicht.«

Man hörte gedämpfte Geräusche auf dem Gang, von irgendwoher rief jemand etwas.

Dann sagte Weinzirl sehr leise: »Nein, du meinst Onkel Heini.«

»Richtig, Onkel Heini, der Dauerläufer.« Irmi überlegte. »Rudnick ist kein so seltener Name, aber wir müssen noch mal die Mitarbeiterin von vorhin befragen.«

Sie erwischten sie gerade noch. Petra hatte Feierabend, konnte sich aber gut an Maria Rudnick erinnern.

»Ja, das war auch eine feine Frau. Sie hat lange noch allein gelebt, mithilfe polnischer Pflegerinnen. Aber ihre Demenz wurde dann doch zu kritisch, deshalb ist sie hierhergezogen.«

»Und sie kannte Frau Eweleit?«

»Ja, was für ein Zufall! Beide waren aus Ostpreußen geflüchtet und bei Lübeck gestrandet. Frau Rudnick konnte aus dem Langzeitgedächtnis noch vieles abrufen. Die beiden hatten nur noch eine sehr begrenzte Zeitspanne zusammen, aber ich habe gespürt, dass sie sich sehr nahestanden. Als ich einmal ins Zimmer von Maria Rudnick kam, saß Frau Eweleit bei ihr, und beide weinten. Es war aber kein verzweifeltes Weinen. Verstehen Sie? Eher ein Weinen, das etwas abschließt.«

Irmi nickte. »Bekam Frau Rudnick öfter Besuch?«

»Ja, von ihrem Sohn. Ein ganz reizender Mann. Er lebt im Allgäu, kam aber jede Woche.«

Allgäu! Nun begannen die Reime zu purzeln.

»Hat er hier vielleicht auch den Sohn von Frau Eweleit getroffen?«, erkundigte sich Weinzirl.

Petra runzelte die Stirn. »Keine Ahnung. Das weiß ich wirklich nicht. Warum fragen Sie?«

»Ich dachte nur, wenn sich die Mütter kannten, kannten sich vielleicht auch die Söhne und hätten uns in unserem Fall weiterhelfen können. Wundern Sie sich nicht, Kommissare denken manchmal etwas verquer«, behauptete Weinzirl.

»Mich wundert schon lange nichts mehr! War es das? Ich müsste heim und kochen.«

»Danke, natürlich. Was gibt's denn?«

»Spaghetti carbonara, meine Kinder sind süchtig danach.«

»Ich auch«, entgegnete Weinzirl lächelnd.

Sie verabschiedeten sich und gingen hinaus zum Parkplatz.

»An solchen Tagen hasse ich es ganz besonders, älter zu werden«, meinte Weinzirl.

»Immerhin leben wir noch. Wir standen knapp davor, nicht besonders alt zu werden«, sagte Irmi leise.

Er drehte sich zu ihr. Nahm ihre Hand. »Das war aber nicht vorgesehen, wir sind noch nicht dran.« Dann wurde sein weicher Tonfall wieder härter. »Zurück zu den beiden alten Damen, die verbunden waren durch eine Vergangenheit, die man besser in sich verschließt. Unser Dauerläufer könnte tatsächlich Maria Rudnicks Sohn sein. Wir müssen sofort zu ihm. Heini hat nämlich einen entscheidenden Vorteil. Er lebt noch. Und kann reden.«

»Wenn er's denn tut.«

»Er wird. Das schwöre ich dir!«

Irmi rief Andrea an. Berichtete. Bat sie um ihre Vorarbeit, bis sie da wären.

Dann flogen sie förmlich über die Autobahn. Normalerweise raste Irmi nicht so. Aber ihr Inneres drohte zu explodieren. Da waren hundertachtzig Stundenkilometer nur angemessen.

Als sie in Garmisch ins Büro stolperten, kam Andrea ihnen schon entgegen.

»Also, dieser Heini heißt eigentlich Heinrich Rudnick. Geboren 1950 in Lübeck. Studium der Ingenieurwissenschaften in Tübingen. Erste Anstellung bei Carl Walther in Ulm. Ab 1989 bei Fendt in Marktoberdorf. Seit 2013 Rentner.«

Irmi war außerstande, etwas zu sagen. »Aber … aber …«, stammelte sie schließlich.

»Wir haben Onkel Heini kein Ingenieurstudium zugetraut«, entgegnete Weinzirl. »Weil er uns nicht ganz bacha vorkam. Ein etwas schräger älterer Herr. Bisschen wunderlich. Der war Ingenieur in der Waffenschmiede Walther und bei Fendt in der Entwicklungsabteilung. Kein kleiner Schrauber! Wir sind so dämlich!«

Das waren sie gewesen, die Runen, die der Troll in ihrem Inneren geworfen hatte. Deutlich lagen sie vor ihnen im Sand. Sie hatten sie nur nicht gesehen.

»Butzke ist auch in Lübeck geboren. Seine Familie stammt ebenfalls aus Ostpreußen. Butzke ist fünf Jahre jünger als Heinrich. Was, wenn die sich als Buben gekannt haben? Vielleicht gab es in ihrer Vergangenheit etwas Schlimmes, das jetzt, Jahre später, zu einem Mord geführt hat?«

»Du meinst, dass auf der Flucht, dass sie …?« Irmi war völlig konfus.

»Da waren sie doch noch gar nicht auf der Welt. Aber es kann natürlich etwas in der Geschichte der Eltern sein. Oder in ihrer eigenen Kindheit.«

»Auf zu Heini! Jetzt sofort!«

»Ihr seid doch völlig fertig«, meinte Andrea. »Wartet bis morgen! Es ist neun Uhr.«

»Ich bringe das jetzt zu Ende. Keiner hält mich auf!«, rief Weinzirl.

»Ja, wir bringen das zu Ende«, sagte Irmi beruhigend. »Aber wir verhalten uns dabei gesetzeskonform.«

10

Auf dem Weg zum Auerberg schwiegen sie. Aus Heinrich Rudnicks Haus funzelte nur ein vereinzeltes Licht in die finstere Nacht hinaus. Sie klopften an, und er öffnete sofort.

»Wollen Sie mir den Kalender bringen?«, fragte er.

»Nein, wir müssen mit Ihnen reden.«

Das freundliche Berg-Du war auf beiden Seiten dem distanzierten Sie gewichen.

»Hat ja lange gedauert, bis Sie gekommen sind«, sagte er.

»Sie geben also zu, dass Sie Butzke getötet haben? Und Unger als Kollateralschaden gleich dazu?«

»Kommen Sie herein. Setzen Sie sich.«

Es war wieder peinlich genau aufgeräumt. Die Zeitung lag im rechten Winkel auf dem Tisch.

»Wir waren in der Ulmer Seniorenresidenz, in der Ihre Mutter im vergangenen Dezember verstorben ist.«

»Ja, kurz vor Weihnachten. Und wissen Sie was? Die haben ihr so einen Sterbehilfskasten hingestellt. Man konnte säuselnde sphärische Musik anmachen. Oder Lichtlein, die an der Decke tanzen. Oder eine Wassersäule. Davon stirbt man aber auch nicht besser. Ich habe das Ding auf den Gang gestellt und ihr stattdessen Roy Black vorgespielt. Den mochte sie.«

»Butzke hatte auch keinen besseren Tod! Warum musste er sterben?«

»Das wollen Sie wissen? Die ganze olle Geschichte?«

»Ja, das wollen wir.«

Irmi und Weinzirl nahmen am Küchentisch Platz.

»Genau wie Butzkes Mutter kam auch meine aus Ostpreußen«, begann Rudnick. »Einst die Kornkammer Deutschlands, reich an Wild und Wald. Die Eltern waren in beiden Fällen Gutsbesitzer gewesen. Auf ihren Gütern wurde hart gearbeitet, ohne dass sie Sklaventreiber gewesen wären. Sie entlohnten ihre Pächter, sie sorgten sich um sie. Aufrichtigkeit, Ehrlichkeit, Fleiß, Gerechtigkeit und Pflichtbewusstsein galten ihnen als höchste Tugenden. Mein Vater sagte immer, wir müssten mehr sein als scheinen! Heute glaube ich, dass es diese Tugenden waren, die unsere Eltern so lange haben zögern lassen. Es kam in ihrem Weltbild nicht vor, dass sie wirklich und wahrhaftig vertrieben werden. Krieg ja, Bomben ja, aber das angestammte Land zu verlassen, das zögerten sie hinaus bis zum allerletzten Moment. Die Wurzeln auszureißen bedeutet, dass nichts mehr nachwachsen kann. Auch der stärkste Baum ist dann verloren. Die Familien, oder besser die Überlebenden der Familien, trafen sich in Scharbeutz. Meine Mutter und Frau Eweleit waren gleichaltrig, doch wir waren besser dran. Meine Mutter war ein Einzelkind, hatte sich bei einem Heimaturlaub 1943 noch vermählt, ihr Mann wurde mit gerade mal zwanzig an die Front geschickt, die am Ende nur noch aus Kindern bestand. Er überlebte und kam wie durch ein Wunder 1947 in Lübeck an. Mit einer Hand weniger, aber er hatte überlebt. Aufseiten der Eweleits sah es bitterer aus: Der Vater war ein gebrochener Mann, und Brigitte hatte keinerlei Halt. Überlegen Sie! Millionen hochtraumatisierter Menschen. Kollektiv zerstörte Seelen. Da gab es keine Hilfe von irgendwoher.«

Rudnick sah zum Fenster. Dann in Irmis Augen.

»Ich wurde 1950 geboren«, fuhr er fort, »und meine Schwester 1954. Sie wollte Ärztin werden und in Tübingen studieren. Ich war schon im vierten Semester, als sie Abitur machte. Wir wollten uns zusammen eine Wohnung nehmen. Wir waren die Unzertrennlichen. Brüderlein und Schwesterlein. Ungewöhnlich, wo sich Geschwister doch eher kabbeln und streiten.«

»Sie wollten?«

»Ja, wir wollten. Wir hatten große Pläne, gleißend helle Hoffnungen. Dann hing sie an unserem Apfelbaum. Meine einzige echte und wahre Freundin, meine einzige wahre Ergänzung, das schönste Mädchen an der Ostsee war tot.«

Er verstummte. Nur der Uhrzeiger der alten billigen Küchenuhr rückte voran.

»Sie fragen gar nicht, warum sie das getan hat? Wo sie doch diese große Zukunft gehabt hätte?«

Irmi blickte in seine Augen. Und sie sah einen schwarzen Abgrund.

»Es hat eine Weile gedauert, bis ich die Wahrheit wusste«, fuhr Rudnick fort. »Ich habe Details aufgepickt und kombiniert. Als ich begriffen hatte, was passiert war, da waren sie schon weg.«

»Wer?«

»Brigitte Butzke und ihr Sohn Siegfried. 1974 sind sie aus Lübeck weggezogen. Nach Berlin, wie ich in Erfahrung bringen konnte. Dort lebten sie unter dem Namen Eweleit.

Den Namen Butzke hatten sie abgelegt und alles andere auch.«

»Was ist passiert?« Nun musste Irmi doch fragen.

»Siegfried Butzke hat meine Schwester vergewaltigt. Nicht einmal, nein, gleich mehrfach. In seiner Gartenhütte, wo er sie eingesperrt hatte. Dort wurde sie von seiner Mutter aufgefunden. Mit Wunden im Gesicht, blauen Flecken an den Armen, den Beinen voller Blut.«

»Hätte man nicht auch 1974 eine Anzeige erstatten können?«, wandte Irmi ein.

»Glauben Sie ernsthaft, was Sie da fragen? Die hätten es doch verdreht. Sie hätten es so verdreht, dass meine Schwester es nicht anders gewollt hätte. Frauen waren Schlampen, Männer nur Eroberer. Ihr Rock wäre zu kurz gewesen, ihre Bluse zu eng. Er hingegen war ein junger Mann in Saft und Kraft. Er wäre davongekommen, und meine Schwester hätte einen Prozess vor lauter Scham ohnehin nicht durchgestanden. Als ich all das in Erfahrung gebracht hatte, da hatte meine Mutter sich auch längst bezahlen lassen.«

»Wie bezahlen?«

»Brigitte Eweleit hat sich ihr Schweigen erkauft. Zehntausend Mark war es ihr wert. Im Jahr 1974 eine ungeheure Summe. Ein Jahreseinkommen. Wir hatten wenig Geld, im Gegensatz zu den Eweleits. Und meine Mutter hat mich angefleht, die Sache ruhen zu lassen. Ruhen zu lassen!«

Siegfried Butzke war mindestens so gewalttätig gewesen wie sein Vater. Womöglich hatten sie nicht einmal ein Unrechtsbewusstsein gehabt. Hatten sich einfach ihre Bedürfnisse erfüllt. So wie Essen und Trinken.

»Aber …«

»Sie meinen, warum ich die Sache tatsächlich so lange habe ruhen lassen, Frau Mangold? Ich hatte mit meiner Familie gebrochen. Bin nach Tübingen zurückgekehrt und von dort weiter nach Ulm. Dann zu Fendt. Es hat lange Jahre gebraucht, bis ich meiner Mutter wieder in die Augen sehen und begreifen konnte, dass auch sie ihre Tochter verloren hatte, nicht nur ich die Schwester. Wir beerdigten meinen Vater zusammen. Am Ende zählen die Überlebenden. Ist das nicht immer und überall so?«

Was hätte Irmi antworten sollen?

»Es war reiner Zufall, dass ich ihn sah, wie er im Heim über den Gang lief. Ich habe ihn nicht gleich erkannt. Als ich begriffen hatte, wer er ist, bin ich ihm hinterher. Auf dem Parkplatz stieg er in ein Auto aus dem Landkreis Weilheim-Schongau. Ich war völlig aus der Bahn geworfen. Ungefähr zu dieser Zeit haben sich unsere Mütter wiedergetroffen. Meine Mutter war am Ende dement, man hat ihr wenigstens die Schmerzen genommen. Vor dem Tod meiner Mutter haben die beiden sich wohl noch ausgesprochen. Und ich habe dann ein wenig nachgeforscht und bin Siegfried mal mit dem Auto gefolgt. Lebt der in meiner unmittelbaren Nachbarschaft! Und dann auch noch unter falschem Namen!«

»Wissen Sie, warum er diesen Namen führte?«

»Nein, und das ist mir auch egal. Wenn es mit ihm zu tun hat, kann es nur zutiefst böse sein. Ich habe ihn beobachtet und sogar ein paarmal gegrüßt, aber er hat mich nie erkannt. Und das hat mich letztlich zu meinem Entschluss gebracht. Wenn er mich erkannt hätte, Überraschung und Reue gezeigt hätte, dann hätte auch ich vielleicht abschließen können. Aber Siegfried Butzke saß so selbstgefällig auf seinem Bulldog und in seinem Auto, hat immer so herablassend getan.«

»Und dann haben Sie geplant, ihn zu erschießen?«

»Ich laufe viel, und ich sehe viel. Irgendwann ist mir der Fotograf aufgefallen, seine Frau kenne ich flüchtig, sie geht immer mit den Hunden. Eine sehr angenehme Person. Sie hat mir mal erzählt, sie stammten beide aus Berlin. Und das hat mich doch alarmiert. Kannten die ihn? Gab es eine Verbindung?«

»Haben Sie uns bewusst auf die Spur des Fotografen und des Rollstuhlfahrers gelenkt?«

»Bewusst? Unbewusst? Wer weiß das schon. Es war offensichtlich, dass auch sie ein Interesse an Butzke hatten. Sie haben den Hof beobachtet. Und da habe ich es plötzlich gespürt.«

»Was?«

»Dass mir niemand zuvorkommen darf. Meine Mutter hat immer gesagt, jeder bekäme seine Strafe. Und daran wollen wir doch auch glauben. An diese ausgleichende Gerechtigkeit. Aber das stimmt nicht. Das Leben ist perfider. Gerade die Bösen kommen oft nicht vor Gericht und können ganz unbehelligt ins Grab fahren.«

Auch diese Aussage traf Irmi. Leider hatte er recht.

»Ihr erster Schuss traf den Falschen«, gab sie zu bedenken.

»Ja, und das betrübt mich sehr. Aber es war in der Tat nicht so einfach, einen Moment zu finden, in dem ich freies Schussfeld hatte. Sie waren vor Ort, Frau Mangold, und hätte ich gewusst, dass Sie Kriminalkommissarin sind, hätte ich natürlich von meinem Plan Abstand genommen. Aber es war ja offensichtlich, dass Butzke sich absetzen wollte.«

»Und dann?«

»Ich habe ihn quasi observiert. Er war einige Tage weg, doch dann sah ich ihn letzten Samstag den Berg runterfahren. Ich war wieder zu spät, hoffte aber, er käme zurück. Und er kam zurück, diesmal mit einem Taxi. Mit dem Bus, der vor seinem Hof stand, ist er wieder weggefahren. Und ich bin ihm gefolgt. Bis zum Urisee.«

»Und dann?«

»Ich habe ihm meine Waffe an den Kopf gehalten. Erst da hat er mich erkannt. Es war erbärmlich. Er hat mir Geld angeboten. Wollte mir sogar seinen Hof überschreiben, als Wiedergutmachung. Als könnte man das Leben meiner Schwester mit einer Immobilie aufwiegen! Ich habe geschossen und ihn in diesem Bus liegen lassen.« Rudnick wandte sich an Weinzirl. »Der Bus gehört Ihnen, oder?«

»Stimmt. Sie haben wirklich einen Blick für Autos. Wussten Sie eigentlich, dass wir im Haus von Butzke waren?«

»Nein, es sah alles verlassen aus.«

Das konnte man glauben oder nicht. Jetzt war es auch egal.

»Herr Rudnick, wir nehmen Sie jetzt fest.«

Der Mann lächelte und zog dann blitzschnell eine Pistole unter dem Kissen auf der Eckbank hervor.

Sofort zog Weinzirl seine Dienstwaffe. »Nehmen Sie sofort das Ding runter!«

Rudnick lächelte weiter, doch etwas in seinem abgrundtiefen Blick änderte sich, als er sich die Waffe an die Schläfe hielt.

Und dann zerbarst sein Leben. Das Blut tropfte von der Wand und rann über das Kalenderblatt, auf dem jene Dame mit den blutroten Lederhotpants abgebildet war. Irmi musste wegsehen.

Weinzirl ließ seine Waffe langsam auf den Küchentisch sinken.

»Ach, Heini«, sagte er leise und schob Irmi aus dem Zimmer. Er telefonierte. Es vergingen etwa dreißig Minuten, bis blaulichternde Fahrzeuge vorfuhren. Es ging auf Mitternacht zu.

Gegen halb zwei kam Irmi zu Hause an. Der Hase war wach geblieben und reichte ihr ein Bier. Und dann eine Schulter, die nass und nässer wurde.

Irmi fühlte sich taumelig, als sie erwachte. Sie sah auf ihr Handy. Es war schon zehn! Als sie hochfuhr, fiel ihr Blick auf den Hasen, der ihr ein Tablett mit einem Croissant und einem Cappuccino hinhielt.

»Ich weiß, du frühstückst normalerweise nicht. Heute tust du das aber!«

»Ich muss ins Büro.«

»Anschließend. Der Weinzirl kümmert sich. Grüße. Er ist in Weilheim.«

»Ist das eine Verschwörung?«

»Nein, nur ein normales Leben, das nicht jeden Tag an den Nerven zerren muss. Oder zumindest ein Tag, der etwas feiner beginnt.«

»Danke.«

Als Irmi schließlich um halb zwölf nach Weilheim kam, hatte Weinzirl bereits einiges in Bewegung gesetzt: Die

Herren Köglmeier und Marotzke waren auf freiem Fuß, und er versuchte gerade, eine Exhumierung von Frau Eweleit durchzusetzen.

»Weißt du, Irmi, was Köglmeier gesagt hat? ›Wir wollten nie die Vollstrecker sein. Aber wenn ein anderer zum Vollstrecker wurde, kann ich ihm nur gratulieren!‹ Als ich ihm erzählte, dass der Mann sich erschossen hätte, lautete sein Kommentar: ›Er hat sich nicht selbst gerichtet. Er hat etwas Glückliches getan.‹ Irre, oder?«

»Ich weiß nicht. Womöglich stimmt es sogar. Heinis Lächeln war beinahe glücklich.«

»Aber das dürfen wir als Polizisten eigentlich nicht so sehen! Uns wurde doch eingebläut: Die Exekutive greift zu, die Judikative urteilt weise. Einen Scheißdreck tut sie! Marotzke hat recht mit der Versagerjustiz. Und Onkel Heini hat endlich seinen Frieden.«

»Wäre Frieden nicht eher gewesen, noch ein paar Jahre lang am Berg herumzuspazieren? Wenn wir nicht gekommen wären …«

»Er war ein integrer Mann, und ich glaube, er hätte sich so oder so erschossen.«

»Redest du dir gerade schön, dass wir einen Mann dazu getrieben haben, sich seinen Kopf wegzuschießen?«

»Nein!«, sagte Weinzirl entschieden.

Heinrich Rudnick wäre in einem Gefängnis eingegangen wie ein Adler im Käfig, dachte Irmi. Das hatte er selbst gewusst und einkalkuliert, und deshalb hatte er seinem Leben vorher ein Ende gesetzt. Doch diesen Gedanken behielt sie für sich.

»Ist unsere Arbeit hier beendet?«, fragte sie stattdessen.

»Nun, wir wissen jetzt, wer Unger und Butzke erschossen hat«, sagte Weinzirl. »Aber wollen wir nicht auch Bachs Geschichte zu Ende bringen?«

»Doch, natürlich, und sei es nur, damit seine Familie endlich ihren Frieden findet.«

»Siehst du, und genau deshalb habe ich Kluge herbestellt. Kathi hatte da so eine Idee.«

»Ach was!« Irmi lächelte.

In diesem Moment klopfte es an der Tür, und der Makler trat ein.

»Sieh an, da ist der Herr Kluge ja schon!«, meinte Weinzirl zur Begrüßung.

»Ich weiß wirklich nicht, was Sie jetzt schon wieder von mir wollen!«, maulte der Makler.

»Gemach, Herr Kluge. Sie haben doch Zeit, jetzt wo Sie den Hof nicht mehr verkaufen müssen. Wer erbt den denn nun eigentlich?« Weinzirl zwinkerte Irmi zu.

Kluge japste.

»Herr Kluge, ich muss noch einmal auf die Zeit der Immobiliensuche zurückkommen«, übernahm Irmi. »Als Herr Butzke damals einen Hof gesucht hat.«

»Frau Mangold, allmählich verfluche ich den Tag, an dem …«

»An dem Sie mich getroffen haben?«

Er schluckte. »Ja … nein. Ich verfluche den Tag, an dem ich Herrn Butzke etwas verkauft habe. Das gab ja nur Ärger im Nachgang.«

Und diesmal leider keine fette Provision, ergänzte Irmi im Geiste.

»Genau genommen haben Sie ja damals an Herrn Bach

verkauft«, fuhr Irmi fort. »Sie haben uns erzählt, dass er mit Ihnen einige Höfe besichtigt hat.«

»Ja, die alte Leier.«

»Es tut mir leid, wenn wir Sie langweilen, aber der Herr Interessent hat ja wahrscheinlich auch noch andere Makler beauftragt und andere Anwesen besichtigt?«, fuhr Weinzirl dazwischen.

»Einen besseren als mich gibt es nicht am Markt. Diese Spezialisierung, das Portfolio, meine Kompetenz …«

»Die bezweifelt ja keiner. Aber Sie waren eine Weile zusammen unterwegs. Hat er nie von anderen Besichtigungen gesprochen?«

»Er hat wohl ein paar Objekte besichtigt, es war aber nie etwas dabei, weil ich …«

»Weil Sie der Beste sind! Ja, das wissen wir! Aber auch unter den Graupen gab es doch wohl einige, die mit ihm Häuser angesehen haben. Haben Sie konkrete Namen?«, pampte Weinzirl ihn an.

»Nein!«

»Anders gefragt, Herr Kluge, in welchem Gebiet hat Herr Bach denn gesucht?«, hakte Irmi nach.

»Das Allgäu. Vom Westallgäu bis ins Ostallgäu. Alleinlage war das Kriterium.«

»Genau genommen liegt der Hof ja in Oberbayern.«

»Das war auch seine Ostgrenze. Denn weiter im Osten wird es immer schwieriger mit Alleinlagehöfen. Da wäre er eher wieder im Bayerischen Wald fündig geworden, aber da wollte er nicht hin.«

»Weil da der Böhm so pfeift«, knurrte Weinzirl.

»Bitte?«

»Der Böhmische Wind«, sagte Weinzirl mit bedrohlicher Stimme.

Irmi grinste in sich hinein. »Diese Festlegung bedeutet aber auch, dass gar nicht so viele Ihrer Kollegen infrage kommen. Würde es Ihnen etwas ausmachen, uns eine Liste zusammenzuschreiben, welche Makler in dieser Region tätig sind?«

»Wie Sie sich das denken! Da sind doch auch diese Garants, Remaxis und von Polls am Werk. Und die Banken! Sparkasse, Post, Raiba!«

»Würden Sie das bitte dennoch für uns tun? Oder die werte Mitarbeiterin?«

Kluge rauschte hinaus.

»Willst du die alle durchtelefonieren?«, fragte Irmi.

»Hast du eine bessere Idee?«

»Nö.«

»Ich vertraue da auf dein Team, Irmi. Auf Andrea, die Superrecherchemaus.«

Nach ein paar Minuten war Kluge zurück. Seine Mitarbeiterin hatte ihm eine Liste aufs Handy geschickt, die er nun an Weinzirl weiterleitete. Sie umfasste neun Makler. »Natürlich gibt es auch Leute, die privat verkaufen. Es kann …«

»Es kann morgen die Welt untergehen! Danke, Herr Kluge. Und seien Sie versichert, wir versuchen, Sie nicht mehr zu belästigen. Auch in unserem eigenen Interesse.«

Kluge war die sprichwörtliche Klappe heruntergefallen. Was ihn nicht gerade intelligent aussehen ließ.

Als er gegangen war, meinte Irmi: »Richtige Milde lässt du aber immer noch nicht walten.«

»Du hast keine Ahnung, wie milde das schon war.« Weinzirl lachte. »Ich lass mir von Tom auch noch ein paar Namen nennen, und dann telefonieren wir halt. Komm, wir fahren nach Garmisch.«

Und wie zum Beweis seiner Milde hielt er an einem Supermarkt, wo er ein Sortiment an Schokolade und ein paar Bier kaufte. Mit dieser Bestechung konnten sie Kathi, Andrea, Sailer und Sepp überzeugen, die die Drähte glühen ließen. Oder die Glasfaserkabel, die es leider noch nicht überall gab.

Es war Sailer, der am Ende eine Maklerin der Raiffeisenbank Kempten-Oberallgäu ausfindig machte, die 2010 in der Nähe von Kempten ein Haus zu verkaufen gehabt hatte. In Absprache mit der Maklerin aktivierte Sailer die Lautsprecherfunktion des Telefons, damit alle mithören konnten. Ein schwieriges Objekt, berichtete die Dame, weil das Wohnhaus in einem desolaten Zustand gewesen sei und nur wenige Interessenten genug Fantasie und Geld gehabt hätten, um da einzusteigen. Am Ende sei es wegen des vielen Grundes und des sanierten Landwirtschaftsteils einer rein landwirtschaftlichen Nutzung zugeführt worden. Die Dame erinnerte sich noch gut an das Objekt und noch besser an zwei Interessenten.

»Ja, es war eigenartig«, sagte sie. »Ich hatte mit Herrn Siegfried Butzke aus Berlin eine Besichtigung vereinbart. Und eine weitere mit einem Herrn namens Max Bach. Der hatte einen ganz reizenden Akzent und war nach eigenen Aussagen Kanadier mit deutschen Vorfahren. Da es zeitlich nicht anders ging, war ich gezwungen, die Termine sehr knapp hintereinander zu legen.«

»Das heißt?«, fragte Kathi.

»Die Termine überschnitten sich etwas. Und wir waren dann alle ein wenig überrascht.«

»Inwiefern?«

»Die beiden Herren sahen sich sehr ähnlich. Man hätte meinen können, es seien Brüder. Ich weiß noch, wie der Herr Bach herumgealbert hat, er müsse seinen Vater mal befragen, ob der nicht noch einen Sohn habe. Wir haben dann mit der Besichtigung weitergemacht, beide fanden die Lage großartig, nur einen Strommast sehr störend. Und sie hatten beide gar nicht so große Zweifel, dass man das Haus renovieren könne.«

»Und dann?«

»Ich hab dann alles wieder abgesperrt, die beiden Herren waren in ein Gespräch vertieft, und ich habe vorgeschlagen, sie könnten das Ganze gern noch etwas auf sich wirken lassen.«

»Sie sind dann gefahren?«

»Ja, und die zwei wollten sich zeitnah melden.«

»Haben Sie das denn getan?«

»Nun, auch das war etwas seltsam. Von Herrn Bach kam nämlich nur eine SMS, dass das Objekt doch nicht das Richtige sei. Und der Herr Butzke hat mir einige Tage später per E-Mail abgesagt. Aber wissen Sie, man erlebt so einiges mit Kunden. Manche melden sich gar nicht mehr.«

»Gibt es das Haus denn noch?«, fragte Irmi und konnte ein leises Beben in der Stimme nicht verhindern.

»Ja, und es steht wieder zum Verkauf, allerdings nicht über uns. Aber ich denke, diesmal wird es auf einen Abriss hinauslaufen.«

»Könnten Sie uns die Adresse durchgeben?«

»Sicher, ich maile sie Ihnen gleich. Es ist im Übrigen ein geschichtsträchtiges Haus.«

»Inwiefern geschichtsträchtig?«, wollte Irmi wissen.

»Na ja, eine nicht gerade positive Geschichte. Was einige auch vom Kauf abgehalten hatte«, meinte die Maklerin zögerlich.

»Wieso? Hat sich der Opa da erhängt, oder was?«, warf Kathi ein.

»Nein, aber Sie liegen ganz richtig. Häuser, in denen jemand zu Tode gekommen oder gar ein Mord geschehen ist, lassen sich schlecht verkaufen. Einige stehen ewig lang leer. Als könne so ein Haus etwas für seine vorherigen Besitzer.«

»Manche Häuser haben aber auch wirklich eine schlechte Aura«, sagte Irmi leise.

»Kann man alles ausräuchern, sagt meine Mama«, erwiderte Kathi. »So schlimm wird's schon nicht gewesen sein.«

»Kennen Sie den Begriff Enzianmord?«, fragte die Maklerin.

Sie stutzten alle.

»Ich bin aus der Nähe von Kempten«, sagte Weinzirl schließlich. »Sie meinen diese Blausäuregeschichte, oder?«

»Ja, dabei handelte es sich nämlich um ebendieses Anwesen. Adresse folgt.«

Man verabschiedete sich.

»Was für a Enzianmord?«, wollte Sailer wissen.

Weinzirl wiegte den Kopf hin und her. »Also, der ursprüngliche Enzianmord geschah, glaub ich, Anfang der Sechziger. Ein Mann trank einen mit Blausäure versetzten

Enzianschnaps und starb daran. Leider war er nicht derjenige, den es hätte treffen sollen.«

Kathi hatte inzwischen gegoogelt, und sie erfuhren Folgendes: Im Jahr 1967 bekam ein gewisser Manfred Müller bei einem Lehrgang im Fliegerhorst Fürstenfeldbruck von einem unbekannten Absender ein Päckchen, das einen Krug Enzianschnaps, eine Packung Katzenzungen und einen Zettel mit der Aufschrift »Gruß aus der Pfalz, aber alleine trinken und mit Genuss« enthielt. Müller mochte keinen Enzianschnaps, schenkte aber dafür seinem Stubenkameraden Albert Blumoser etwas davon ein. Der trank das Stamperl auf ex, brach wenig später zusammen und starb im Krankenhaus an einer Blausäurevergiftung.

»Krude Geschichte«, meinte Irmi. »Und dann?«

»Die Polizei, also wir«, Kathi grinste, »hat ermittelt. Es kam raus, dass das Päckchen von der Ehefrau des Adressaten aufgegeben worden war. Diese Christel Müller hatte eine Affäre mit dem Hallodri Wilhelm Leinauer, der sich von einem Kumpel aus einem Galvanikbetrieb die Blausäure besorgt hatte. Es kam zum Prozess, Christel Müller und Wilhelm Leinauer bekamen je fünfzehn Jahre Haft, wurden aber nach zwei Dritteln der Haftzeit wegen guter Führung entlassen und haben sich wohl nie wiedergesehen.«

»I woaß ja ned«, brummte Sailer.

»Das ist jedenfalls deutsche Kriminalgeschichte«, meinte Weinzirl. »Irgendwie ist es ja schon etwas gespenstisch, dass ausgerechnet Butzke dieses Haus besichtigt hat.«

»Zwoamal schlechte Aura. Mensch und Haus, da kann nix Gscheits rauskommen«, kommentierte Sailer.

»Seid ihr alle auf dem Esotrip?« Kathi schüttelte den Kopf.

»Bleiben wir beim Wesentlichen«, sagte Irmi. »Siegfried Butzke ist bei der Besichtigung also auf Max Bach getroffen.«

»Wir wissen aber auch, dass der wieder nach Kanada eingereist ist«, entgegnete Kathi. »Und dann bei den Natives verschwand.«

»Wenn das mal wirklich so war«, bemerkte Andrea.

»Fahren wir?«, fragte Weinzirl.

Irmi sah sich um.

»Ihr fahrt morgen«, sagte Kathi. »Es ist euer Finale und nur eures.«

Irmi war froh, noch einen Abend Aufschub zu bekommen. Sie kaufte Käse ein und nötigte den Hasen fast dazu, mal nicht warm zu kochen.

»Ich habe große Teile meines Lebens mit Käsebroten überstanden«, erklärte sie.

»Wenn wir heiraten, wird aber ordentlich gegessen«, sagte er lächelnd.

Irmi starrte ihn an. »War das ein Antrag?«

»Nur eine Voranfrage.« Er grinste. »Du musst erst mal deinen Fall abschließen. Da kann ich doch nicht mit so was ankommen.«

Mit so was! Er ironisierte das Ganze, aber würde er wirklich …? Würde sie …? Irmi stieg in die konjunktivischen Witzeleien ein. »Würdest du dann ein Schlafzimmer haben wollen?«

»Wie?«

»Na, so eins mit Doppelbett und Spiegelschrank?«

»Bewahre. Bitte kein Spiegelschrank. Und bitte zwei große Zimmer mit zwei großen Betten.« Er lachte.

»Fridtjof, du bist wirklich der Mann meines Lebens!«

»Natürlich. Und wir sind ja jung. Wir haben noch Zeit.«

»Mir stehen aber keine weißen Kleider.«

»Ich dachte mehr an ›nur wir zwei ganz leger‹, ein Bürgermeister und sonst keiner.«

»Dann kann Kathi aber keinen Reis werfen«, wandte Irmi grinsend ein.

»Den Ärger kalkuliere ich ein.«

Irmi Herz klopfte. Es war ein Blick durch eine Tür. Sie könnte den Hasen heiraten. In aller Stille. Weil es auch ihm nur um sie beide ging. Nicht darum, besoffene Gäste zu verköstigen und alberne Spiele auszuhalten. Nicht darum, nach außen zu zeigen, dass man noch einen abbekommen hatte.

»Ich werde die Voranfrage wohlwollend behandeln«, versicherte sie. Alles in ihr jubilierte.

»Ich kann noch ein wenig warten. Das werden wir wohl sowieso müssen«, meinte der Hase.

»Was meinst du?«

»Ich habe ein bisschen über dieses Virus gelesen. In seriösen Quellen. Die Menschheit erkennt wieder einmal die Zeichen nicht. Sie wird wie immer zu spät handeln und dann in blinden Aktionismus verfallen.«

»Weißt du noch, wie wir am Tag des Sturms über die Apokalypse gesprochen haben? Du hast gesagt, die Erde müsse den Menschen abschütteln! Tut sie das gerade?«

»Sie hat ein vergleichsweise harmloses Virus geschickt.

Nenn es eine Art Weckruf. Jeder sollte nun begreifen, wie verletzlich diese vernetzte Welt letztlich ist! Viren kennen keine Grenzen zwischen Ländern und Kontinenten. Ich wette aber mit dir, dass unsere Herren und Damen Politiker genau das glauben und dem Wahlvolk vorgaukeln wollen.«

Irmi sah ihn fragend an.

»Wir werden bitterste Kleinstaaterei erleben, jeder wird seine Schäfchen retten wollen und sich nach außen abschotten.«

»Glaubst du wirklich, die sperren die Welt zu? Und uns alle ein? Es muss doch unter den Politikern auch ein paar kluge Köpfe geben?«

»Irmi, du bist reizend positiv. Es werden sich in Deutschland neue Männer für das Kanzleramt empfehlen. Es wird eine große Bühne sein für noch markigere Auftritte. Letztlich sind die Deutschen ein Duckmäuservolk, das sich freut, wenn es weder selber denken noch lenken muss.«

»Aber momentan sieht es doch so aus, als wäre das Virus eher ein Problem für China?«

»Heute wurde in Italien der erste Coronatote gemeldet. In Kürze wird es in Italien Quarantänesperren geben. Und ich bitte dich zu bedenken: In Deutschland kommt der Fasching. Abertausende Besoffene, die auf engstem Raum Körpersäfte austauschen. Es wird eine explosionsartige Verbreitung dieses Virus geben, ich bin zwar nur Biochemiker, aber das kann sogar ich berechnen.«

»Das klingt für mich wirklich apokalyptisch«, sagte Irmi.

»In der Offenbarung des Johannes ist die Rede von sieben Plagen. Erstens: schlimme Geschwüre an den Menschen, die das Zeichen des Tieres tragen. Wie verstehst du das? Könnte natürlich ein Virus sein, das vom Tier auf den Menschen überspringt. Zweitens: Meerwasser wird zu Blut und Tod aller Meereslebewesen. Das Blut wäre heute Mikroplastik. Drittens: Flüsse und Quellen werden zu Blut. Siehe zweitens, dazu Dioxine und Co. Viertens: Die Sonne versengt die Menschen mit großer Hitze. Das tut sie längst. Südlich der Sahara sind manche Gebiete bald nicht mehr bewohnbar. Fünftens: Das Reich des Tieres wird verfinstert. Das darfst du selber deuten. Umweltzerstörung? Massentierhaltung? Such dir was aus! Sechstens: Die Austrocknung des Stromes Euphrat. Der Krieg um die Wasserversorgung hat längst begonnen. Und zuletzt: Das größte Erdbeben seit Menschengedenken vernichtet alle Inseln und Berge, und großer Hagel fällt auf die Erde hernieder. Das steht noch aus. Wenn die Berge herabfallen, geht's bei uns am Alpenrand in jedem Fall schnell.«

Fridtjof hatte das alles in einen witzigen Tonfall verpackt, aber es war ihm ernst, das spürte Irmi.

»Ich musste grad an die Bewohner der Seniorenresidenz in Ulm denken, insbesondere an Frau Bäuerle, so eine vitale Frau. Es wäre tragisch, wenn sie nun an so etwas sterben muss.«

»So etwas ist im allgemeinen Lebensrisiko enthalten, wie Grippe, Krebs und Herzversagen. Aber wir in Mitteleuropa wollen den Tod nicht wahrhaben. Damit wir ihn nicht miterleben müssen, schieben wir die Alten lieber ins Heim ab. Am Ende können wir dann unsere Trauer twittern oder auf Facebook teilen.« Er schenkte Wein nach. »Wir stehen vor der Götterdämmerung. Hattest du nicht neulich erst nach der Ziege gefragt?«

Irmi nickte. »Ja, Heidrun.«

»Die nordische Mythologie hat uns längst alles erklärt. Am Ende gibt es einen Weltenbrand, der alles zerstört. Odin will eine neue Welt schaffen. Die Asen einigen sich. Alles Böse bessert sich. Eine altnordische Utopie. In Wirklichkeit bessert sich gar nichts.« Er sah ihr in die Augen. »Die wirklich guten Zeiten sind vorbei. Sie kommen auch nicht mehr zurück. Umso wichtiger ist es, dass wir uns haben.«

Auch darauf wusste Irmi nichts zu antworten. Das ging ihr oft so. Angesichts von Sprachgewalt wurde sie sprachlos.

Als sie zu Bett ging, war ihr Herz leicht und schwer zugleich. Es gab einen Weg in die Zukunft, der einem kleinen mäandrierenden Bach folgte. Aber da war auch ein Himmel voller Blitz und Donner. Es würde darauf ankommen, wie man sich wegduckte und ob man einen Unterstand finden würde, wo man warten konnte, bis die Sonne wieder schien.

11

Irmi träumte von Ziegen und blutroten Flüssen. Als sie aufwachte, brauchte sie eine Weile, um wieder in der Realität anzukommen. Sie hatten ihren Fall gelöst, doch noch viele Fragen waren offen. Und ja, Kathi hatte recht: Weinzirl und sie mussten die Sache zu Ende bringen. Es war ihre gemeinsame Geschichte.

Und so stieg sie mal wieder in Weinzirls VW-Bus, der mittlerweile gereinigt und freigegeben war. Während vor den Fenstern die Landschaft vorüberflog, fiel Irmi auf, wie sehr die Gegend von monströsen Straßenbauwerken zerschnitten war. Für die Anwohner der Ortschaften war eine Umgehungsstraße sicher eine feine Sache, doch die mehrspurigen Trassen, Kreisel und Brücken fraßen sich gierig in die Landschaft hinein, damit die Menschen immer schneller vorankamen. Irmi beobachtete die Autos auf der Überholspur. Es war ein Kennzeichen dieser Zeit, dass der Mensch sich ständig auf Überholspuren begab. Es zählten die paar Stunden am Ende eines Lebens, die man irgendwann durch Raserei gewonnen hatte.

Schließlich Kempten. Weinzirl bog ab. Sie kamen am Autozentrum einer Nobelmarke vorbei, und Irmi musste an Unger denken, mit dem die Ermittlungen begonnen hatten und dessen Götter vor PS strotzende Wagen gewesen waren. Der VW-Bus kurvte über immer kleiner werdende Asphaltsträßchen, bis sie einen Schotterweg erreichten. Sie passierten einen Hof in Alleinlage, der ein wenig traurig wirkte, vor dem aber Kinderspielzeug wenigstens Zukunft verhieß. Der Weg machte einen Knick, die letzten Meter weiteten sich zu einer Baumallee, dann waren sie da. Links eine Tenne mit Tennenbrücke, die gepflegt aussah, rechts ein weiteres Gebäude, vor ihnen das Wohnhaus. Sie stiegen aus und verharrten eine Weile neben dem Wagen. Ein Sirren lag in der Luft, das vermutlich von dem gewaltigen Strommast kam, der unweit des Hauses dräute. Irmi hatte mal gelesen, dass sich bei hoher Luftfeuchtigkeit die Wassertropfen an den Hochspannungsleitungen im Takt der Wechselspannung verformten und beim Hin-und-her-Schwingen dieses Geräusch verursachten.

Das Haus wirkte kraftvoll und düster zugleich. Die Fenster kamen Irmi wie Augen vor, die sie anblickten, und obwohl das Gebäude dem Untergang geweiht war, hatte es offenbar beschlossen, in Würde unterzugehen. Sie erinnerte sich an Orson Welles' eigenartige Stimme, wie er den Beginn von Edgar Allan Poes Erzählung *Der Untergang des Hauses Usher* rezitierte.

»Das also ist das Leinauer-Haus«, stellte Weinzirl fest.

Sie zögerten, dann stapfte er los, sah sich um, hob eine wacklige Steinplatte in der Nähe des Eingangs an. Darunter lag ein rostiger Schlüssel, der ins Schloss passte. Es knackte und knarzte, die Tür ging auf, und sie betraten einen breiten Gang, an dessen Ende sie ein Plumpsklo anstarrte. Nach rechts ging es in die ehemalige Stube, wo an den Fenstern noch fadenscheinige Gardinen hingen. Als Irmi eine davon zögerlich anfasste, zerfiel sie zu Staub. Noch immer empfand Irmi keine Trostlosigkeit, eher den ungeheuren Willen, den ihr das Haus aufzwang. In der ehemaligen Küche bröckelten ein paar alte Fliesen vor sich hin, und in der einen Ecke des Hauses zog sich ein gewaltiger Riss von der Decke bis zum Boden. Die Außenmauer würde bald wegsacken, doch noch behielt das Gebäude seine Fasson. Irmi folgte ihrem Kollegen eine breite Treppe nach oben, wo die Räume überraschend weitläufig und hoch waren.

»Ungewöhnlich«, bemerkte Weinzirl. »Für ein Bauernhaus zumindest.«

Auch der leere Speicher war großzügig bemessen. Irgendwo sang der Wind, und Irmi meinte, selbst hier noch das Summen der Hochspannungsleitung zu vernehmen. Auf einmal ging ihr Atem schwer, und ein beklemmendes Gefühl befiel sie. Irmi stellte sich ans Fenster und starrte hinaus. Elektroleitungen liefen über das Land, über die Wiesen, die noch winterbraun waren. Weit hinten war die B 12 zu sehen, auf der Spielzeugautos entlanghuschten. Früher einmal, vor der Asphaltzeit, musste dieser Hof ein erhabener Platz gewesen sein, doch Irmi spürte die Aura des sterbenden Hauses, nicht böse, sondern eher verstörend.

Sie gingen wieder nach unten in die Küche.

»Da gibt es einen Keller«, sagte Weinzirl und zeigte auf eine Bodenklappe. Dann sah er Irmi prüfend an. »Geht's dir gut?«

»Ja, aber das Haus …«

»Es verwirrt einen, nicht wahr?«

Gemeinsam stemmten sie die hölzerne Kellerluke auf und kletterten nach unten. Weinzirl schaltete seine Taschenlampe an und beleuchtete den düsteren Raum. Es war der typische Keller eines Bauernhauses, in dem Kartoffeln, Äpfel und Eingekochtes die immer gleiche Temperatur vorgefunden hatten – lange bevor smarte Kühlschränke das Fehlen von Joghurts vermeldeten, die gesund machten und richtig herum drehten. Jäh durchzuckte Irmi ein Schmerz, der in Wellen von Wehmut abebbte.

Der Keller war leer.

Weinzirls Lampe malte eine Lichtspur auf die Wände. Dann verweilte das Licht länger an einer Stelle. Er trat näher und klopfte. Dann drehte er sich zu Irmi um. Sie ahnten es beide, doch Irmi war sich plötzlich gar nicht mehr so sicher, ob sie die Wahrheit wissen wollte. Die Kurzgeschichte *Das verräterische Herz* kam ihr in den Sinn, anscheinend war sie gefangen in Edgar Allan Poes bitteren Welten.

»Wir brauchen Werkzeug«, sagte Weinzirl. »Einen Hammer, einen Geißfuß. Irgendwas.«

»Willst du …?«

»Wer sonst? Ich möchte momentan möglichst wenig Aufsehen erregen. Lass uns mal im Stall nachsehen.«

»Ich gehe rüber«, erklärte Irmi, die froh war, dem Keller zu entrinnen. Vielleicht war ihr Aufenthalt im Kühlraum einfach zu viel gewesen. Schon mehrfach in ihrem Leben war sie dem Tod gerade noch entkommen, aber wie oft durfte man das Schicksal strapazieren? Und seinen Schutzengel auf eine so harte Probe stellen?

Die Stalltür war unverschlossen. Drinnen fand sie akkurat gerollten Stacheldraht, Pfähle und einen dickköpfigen Vorschlaghammer. Außerdem entdeckte sie ein Stemmeisen. Auf einmal fühlte sie sich unendlich erschöpft. Irgendwer zog alle Energie aus ihren Beinen.

Sie raffte sich auf, stieg mit Hammer und Stemmeisen in den Keller hinab, reichte Weinzirl das Werkzeug. Er setzte in einem Spalt an und schlug zu. Die Ziegelwand gab sich schnell geschlagen, bald klaffte vor ihnen ein Loch. Weinzirl sah Irmi an, die fast unmerklich nickte. Er hob seine Taschenlampe an und erhellte damit die Dunkelheit. Der Staub, Ergebnis von Weinzirls Schlägen, waberte noch, und Lichtschlieren tanzten. Der Schein der Taschenlampe fiel auf ein Skelett.

»Verdammt!«, sagte Weinzirl.

Er stieg über die Mauerreste, sie folgte ihm. Die hohlen Augen des Schädels starrten sie an, und Irmi durchzuckte so etwas wie Freude. Der Schädel war deutlich deformiert. Der Mann war mit hoher Wahrscheinlichkeit erschlagen worden, also nicht lebendig begraben.

Sie stiegen wieder über die Mauerreste, kletterten die Stufen hinauf und gingen hinaus. Sanken auf die Bank vor dem Haus, die auch schon bessere Zeiten gesehen hatte.

»Das dürften die sterblichen Überreste von Bach sein«, sagte Irmi schließlich.

»Wenigstens das wird sich herausfinden lassen. Der Rest der Geschichte bleibt Spekulation. Wir können uns Reime darauf machen. Mehr nicht. Verdammt!«

Irmi verstand ihn. Sie zählten eins und eins zusammen. Aber war zwei die richtige Lösung? Max Bach und Siegfried Butzke waren sich bei der Besichtigung begegnet und hatten verdutzt festgestellt, dass sie sich sehr ähnlich sahen. Der Kanadier und der Mann aus Berlin. In Butzke musste – vielleicht ganz spontan – die Idee gereift sein, wie er mit einem Schlag all seine Probleme lösen könnte. Untertauchen mit der Identität eines anderen. Vielleicht hatten die Männer Telefonnummern ausgetauscht, wahrscheinlich hatte Butzke seinen Doppelgänger unter einem Vorwand erneut zum Haus gelockt, dann erschlagen und eingemauert. Höchstwahrscheinlich war er wenig später mit Bachs Papieren wieder in Kanada eingereist. Wahrscheinlich hatte er sogar eine Weile auf dessen Farm gelebt. Nachdem er alle Spuren verwischt hatte, war er als Siegfried Butzke wieder ausgereist. Wie er im Detail vorgegangen war, würde Spekulation bleiben müssen, aber zumindest hatten Bachs Angehörige einen Anhaltspunkt und konnten vielleicht ihren Frieden finden.

»Zur falschen Zeit am falschen Ort gewesen«, bemerkte Irmi leise.

»Oder zur richtigen Zeit die falschen Menschen getroffen.« Weinzirl sah sie lange an. »Es gibt Menschen, die das Dunkle in dein Leben tragen.«

EPILOG

Irmi kam gerade aus der Wanne. Sie wand sich ein Handtuch um den Körper und ein zweites wie einen Turban um die Haare.

»Wer war das eben am Telefon?«

»Der Weinzirl. Er hat dich auf dem Handy nicht erreicht.«

»So wichtig?«

Der Hase schwieg.

»Sag schon, was wollte er?«

»Der Weinzirl hat die Ergebnisse von Frau Eweleits Obduktion reinbekommen.«

»Und?«

»Sie wurde erstickt. Man hat ein Bettfederchen gefunden, in ihrem Mund.«

»Mit einem Kissen erstickt?«

»Höchstwahrscheinlich ja.«

»Wann?«

»Am 8. Februar.«

»Sie ist also wirklich ermordet worden. Wir haben es geahnt, ja befürchtet, aber kann es wirklich sein, dass Butzke seine eigene Mutter getötet hat?«

»Er hat viele Jahre ein hohes Risiko getragen. Wegen seiner Mutter ist er in Deutschland geblieben. Doch irgendwann musste er endgültig verschwinden, weil das Eis immer dünner wurde. Und was, wenn er dachte, er würde sie damit erlösen?«

»Einer wie Butzke!« Irmi schüttelte den Kopf.

»Vergiss nicht, sein Weltbild war völlig verquer. So einer verliert nicht. So einer lässt nichts geschehen. So ein Mann stellt selbst die Weichen. Er hat die Macht. Und Machtmenschen denken nun mal ganz anders als unsereiner.«

»Aber die eigene Mutter!«

Der Hase schwieg.

»Der Weinzirl hat neulich gesagt: ›Es gibt Menschen, die das Dunkle in dein Leben tragen.‹«

»Da stimme ich ihm zu. Aber es gibt auch Menschen, die Licht ins Leben bringen, so wie du.«

NACHWORT

2020 war ein Jahr, das ohne Winterschnee begann, dann kamen die Stürme. Unsere Bäume knickten um wie Streichhölzchen, es schlug ein kalter Blitz in eine 30-Meter-Fichte an unserer Grundstücksgrenze. Gewaltige Holzscheite flogen meterweit – noch nie war etwas lauter hier in der Idylle, in der wir leben. Es sind oft nur Sekunden, die alles verändern. Doch dann kam Corona, und wir spürten alle, wie fragil jeder Einzelne ist, und mehr noch: wie verletzlich diese ganze vernetzte Welt ist!

Ich will die Maßnahmen zur Eindämmung genauso wenig bewerten wie die mediale Berichterstattung. Mich erschütterte sehr schnell, wie leicht man sich von den Menschen abwendete, wie schnell vom Menschsein. Ich spürte, wie wichtig es ist, sich analog mit ein paar guten Freunden zusammenzusetzen und zu philosophieren über ebendiese Welt. Menschen sind Emotion, und das Telefon und die Videokonferenz ersetzen die echte Nähe nie!

Und dann riegelten sie ab! Ich stamme aus Oberstaufen, wir standen immer mit einem Bein in Österreich und der Schweiz, und die Grenzen waren verrammelt wie in Kriegszeiten. Nun bin ich so alt, dass ich mich noch gut erinnere, wie es war, in stundenlangen Grenzstaus zu stehen. Ich kann das Gefühl bis heute abrufen, wenn man gehofft hatte, dass der Wein oder der Kaffee, der geschmuggelt war, eben nicht entdeckt wurde. Diese geschlossenen Grenzen waren beklemmend, mich traf das tief in der Seele, das ist doch meine Heimat! Im Sommer 1989 war ich mit Freunden in Sopron. Und es war ein Zufall, dass zu dieser Zeit das sogenannte Paneuropäische Picknick stattfand. Wir hörten davon und waren fassungslos. Sie hatten wirklich am Nachmittag des 19. August 1989 den Stacheldraht geöffnet! Wir trafen gegen siebzehn Uhr dort ein, da waren bestimmt schon zweihundert DDR-Bürger nach Österreich gelaufen. Ein Freund von mir unterhielt sich mit einem der ungarischen Grenzsoldaten, die von ihren Vorgesetzten die Weisung erhalten hatten, einfach wegzusehen. Ich war völlig überwältigt, ich hab geheult, weil das in der Welt, die wir alle kannten, in der wir groß geworden waren, einfach zu unglaublich war. Umso mehr hoffe ich, dass wir angesichts des Virus, das uns weiter beschäftigen wird, nicht in egoistische Kleinstaaterei verfallen. Wir müssen die Freiheit eines vereinten Europas schützen!

Wie europäisch ich fühle, ist mir zweimal aufgefallen, zum ersten Mal, als ich länger in Australien war, nach dem Abi, ich war jung und fühlte mich schlau und groß und kosmopolitisch. Aber nach kurzer Zeit machte sich das Gefühl breit, ich müsse unbedingt über italienisches Kopfsteinpflaster laufen und dort die Geräusche, die Gerüche einsaugen. In Down Under fährst du in einer Kleinstadt los, fährst sechshundert Kilometer auf staubigen Pisten und landest in einer weiteren gesichtslosen Stadt, die genauso aussieht wie die vorige – trotz der Entfernung dazwischen! Es hat mich damals bis ins Mark getroffen, dass ich so europäisch (spießig?) sozialisiert bin. Die Sperrung der Grenzen im Frühjahr 2020 allerdings hat mich noch mehr getroffen. Ich war eingesperrt, dabei bin ich doch Bewohnerin des Alpenraums, der weit über Deutschland hinausgeht. Das ist meine Herzensheimat, mein Lebensraum!

Zum Eingesperrtsein gehörte auch, dass alle geplanten Lesungen abgesagt waren, gleichzeitig kamen so einige Anfragen vom Fernsehen, wie ich mit dem verordneten Daheimbleiben zurechtkäme. Eine für mich irritierende Frage, denn ich fand es immer schon merkwürdig, dass alles Schöne am Wochenende und im Urlaub stattfinden soll. Ich wollte immer so leben, dass jeder Tag schöne Momente hat, dass es jeden Tag Sekunden und Minuten gibt, die der Seele guttun. Einige meiner Freunde waren ganz glücklich, dass ihre vielen Business-Trips entfielen, ich empfand die Zeit als lähmend. Als kreativer Mensch geht es ohne Input nicht. Wo kein Input, da kein Output. Die Balance zwischen Anspannung und Entspannung macht das Leben aus.

Zugleich wurde das Thema des Buchs ungleich aktueller. Weil das Thema Wohnen, das ureigene Biotop, in schwierigen Zeiten umso wichtiger ist. Wohnen ist Emotion, ist Persönlichkeit. Alte Häuser können sprechen, sie haben die Aura ihrer Vorbesitzer aufgesogen und führen ein Eigenleben. Alte Fensterrahmen blättern ab, alte Häuser sind auch verwundbar. Ein Niedrigenergiehaus hingegen bleibt clean, effektiv und völlig charmelos. Wo Fenster hermetisch abriegeln, wo kein Lüftchen nach draußen dringt, ist kein Austausch.

Auch schlechte Luft bekam eine ganz neue Dimension. Überall dort, wo Menschen dicht aufeinanderhocken, am schlimmsten in geschlossenen, wenig belüfteten Räumen, kam es zu Massenausbrüchen. Bei den chinesischen Textilarbeitern, in Flüchtlingsheimen, in all jenen elenden Unterkünften der Menschen, die bei uns die Jobs machen, für die sich der Mitteleuropäer zu fein ist. Erntehelfer und all die namenlosen Männer in den Schlachthöfen, wo erbärmlich gehaltene und geschundene Tiere zu dem werden, was der Deutsche an der SB-Theke zu Billigstpreisen kauft und später vom Grill frisst! Mariniert und überwürzt. Nun ist ein Schlaglicht auf diese Zustände gefallen, und hoffentlich bekommen die Arbeiter bessere Unterkünfte. Aber die kosten, und das Fleisch müsste dann noch billiger produziert werden, die Tiere noch unwürdiger leben. Eine gnadenlose Abwärtsspirale. Wieso gibt eines der reichsten Länder der Welt am wenigsten für wertige Lebensmittel aus? Warum machen wir uns zum Schweinefleisch-Billigproduzenten für die ganze Welt? Krisen legen Finger in Wunden, sie decken Schwachstellen auf – aber wird sich dauerhaft etwas ändern? Der Mensch vergisst schnell …

Mein Dank geht zuerst an den Emons Verlag, der es erlaubt hat, dass der Weinzirl mal fremdgeht. »Haushoher« Dank geht an die Immobilienprofis Herbert Schlusche und Günter Bauer. Danke an den kanadischen Limnologen Markus Heinrich. Danke an Fritz aus Ulm, an Sigi und Richard vom Bergbauern Museum. Danke an Oliver Ahegger und Klaus Engelen. Lieben Dank an alle, die mir beim Weinzirl-Krimi »Donnerwetter« mit den Recherchen am Auerberg geholfen haben. Danke an Ines Zacharias für Osteinblicke. Danke an Anette in Berlin und die »Ungarn-Community« für die vielen Erinnerungen. Lutz hat sich diesmal nicht nur als Begleitung auf dem Radl in all den Regionen zwischen Starnberger See und dem Westallgäu hervorgetan, sondern auch bei den launigen Flashbacks zum Kanon *Hejo, spann den Wagen an* oder zur Kultserie *Am laufenden Band*. Und ich danke all den lieben Veranstaltern von Lesungen, die mich nach Maierhöfen oder auch Albstadt eingeladen haben – Orte, die im Buch zu Schauplätzen wurden. Ich danke meiner Agentin Andrea, meiner Lektorin Annika und den »Mädels« im Verlag, die immer an meine Ideen glauben und großen Anteil daran haben, dass diese Serie schon so lange Erfolg haben darf.